호러만찬회

恐怖盛宴

申真悟、全建宇 著
郭宸瑋 譯

目次

嗨，馬蒙斯

申真悟

I

時隔許久能與哥哥一起喝酒，奎漢感到十分激動。

他將從家裡帶來的格蘭艾樂奇[1]遞給哥哥奎南。

「十五年份的艾樂奇？幹嘛買這麼貴的酒啊？」

奎漢以為哥哥會裝作不以為意，偷偷在心裡高興。哥哥並不是那種會輕易表露心情的人。

「哥！我也賺了點錢啊！跟哥一起喝酒，總不能拿便宜貨來吧？哈哈！」

雖然很想這麼說，但奎漢沒能說出口。

「這是之前收到的禮物，我一直都沒喝才拿來的。別太有壓力。」

其實這是在百貨公司買的昂貴洋酒。

由於跟哥哥的年齡差距大，奎漢說話時總是小心翼翼。然而，這並不代表他討厭哥哥。相反的，哥哥的存在讓他感到可靠踏實。讓他實際感受到哥哥存在的重量，是在父母忽然離世的

1　譯註：GlenAllachi，蘇格蘭的蒸餾釀酒廠，主要生產調和威士忌。

時候。爸爸先是死於心肌梗塞，媽媽則是在兩年後由於查不出原因的疾病離開。奎漢至今仍然深信，要不是還有哥哥在身邊，當時的自己恐怕無法度過那段艱難的時光。

「直接喝？還是加冰塊？」

奎南將酒瓶握在手中問道。

「我要加冰塊。」

「下酒菜就簡單來一點肉乾，如何？」

「哦，肉乾不錯啊。」

在哥哥準備酒水與下酒菜的時候，奎漢打量了一圈屋裡的擺飾。如同大齡獨居剩男的住所，幾乎沒有什麼家具。幾個相框、爸爸過去珍藏的石頭還有電視，這些就是全部了。假如放上一個花草盆栽什麼的，這個索然無味的室內擺設也不至於如此死氣沉沉，但哥哥這個人偏偏對那些東西毫無興趣。若是真的養了盆栽，也肯定早就枯死了。

奎漢拿起電視櫃上的相框。沾上些許塵埃的相框中，父母親露齒微笑。這是父親在退休之後，跟母親一起去關島旅行時拍下的照片。奎漢莫名感到鼻尖一酸。

咣！的一聲，他聽見冰塊撞擊玻璃杯的聲響。奎漢放下相框，目光轉向一旁外型可愛的惡魔造型玩偶。這隻二頭身公仔具備立體音響的功能，圓滾滾的頭上有兩個小角，公仔背部還有一雙蝙蝠翅膀。奎漢感到驚訝，不知為何，他總覺得這個公仔不適合這裡。就像在高檔西餐廳的菜單上出現大麥克漢堡一樣，給人十分不自然的感覺。

『我哥有收集這種東西的癖好嗎？』

不過這個公仔有多處掉漆，表面上有不少瑕疵，因此也很難讓人覺得是一件收藏品。奎漢毫無理由地對這個可疑玩具產生了興趣。他拿起玩具左右端詳，上下查看。轉到背面就看到有一顆電源鈕，下端還有可以連接電源線的插孔。這不是一個普通的玩具公仔，而是一件要用電源啟動的東西。

「哥？這是什麼？第一次見到耶！」

奎漢手中舉著玩具，看向他哥說道。

奎南瞥了一眼自家弟弟，一邊在酒杯裡倒酒，一邊用冷硬的聲音說道：

「放下，這個現在已經買不到了。」

奎漢說了一句「啊，是嗎？」一臉難為情地放下玩具。他心想，自己的舉動是不是無端讓他哥感到不舒服。

過沒多久，奎南端著托盤回到客廳，上面是酒杯及肉乾。

奎漢坐在長沙發上，就著客廳的桌子小酌，而他哥則坐在布椅子上喝酒。

奎漢鬆開領帶，背靠著沙發。為了參加表弟的婚禮，他難得穿上整套的正式西裝，然而現在的他已經成了啤酒肚大叔，西裝變緊，讓他十分不舒服。反觀他哥，穿上西裝後風采依然如故。

前一天晚上，他哥久違地打電話過來，突然問他要不要來參加婚禮。一聽到奎漢說要去，他哥便說：「那結束後來我家喝一杯吧。」每次奎漢邀他哥一起吃飯，都會遭到拒絕，這次卻突然主動邀請他喝酒，奎漢既驚訝又高興。奎漢心想，也許他哥是因為總是拒絕自己而感到過意不去吧？

「最近有交往的對象嗎？」

奎漢問道。

哥哥沉默地搖了搖頭。

「沒有任何人幫你介紹嗎？」

「有是有，但是都沒有成功。大概是我沒什麼魅力吧。」

「哥怎麼了？你長得又帥，職業還是會計師，簡直毫無缺點啊！」

奎南漫不經心地將酒杯從嘴邊移開。

可能是因為喝了酒，讓奎漢突然很想傾訴心事，因此話也跟著變多了。他想要詢問各式各樣的問題，藉以了解他哥所關心的事情，但是他哥對於大部分的問題，都只是點頭示意或簡短回答，表現出心不在焉的樣子，這讓他很快就覺得氣餒。

才不到三十分鐘，兄弟倆之間可以講的共同話題就沒了。最終氣氛變得尷尬不已，兩人只能默默飲酒。奎漢暗忖這樣下去不行，便決定重新尋找話題。突然之間，他的視線再次飄向剛才見到的玩具。

果然還是一點都不協調。這間房子裡又沒有小孩，怎麼會有那麼幼稚的玩具？疑問一個接一個湧現。就在這個時候……

「你知道馬蒙斯嗎？」

奎南首次先一步開啟話題。

然而，話語中出現的卻是對於奎漢來說十分陌生的字眼。

「馬蒙斯？那是什麼？」

「就是你現在盯著的那個東西啊。」

「那個玩具？」

「那是老爸在我生日的時候，給我買的AI玩具。那個時候，你還是剛出生的嬰兒。」

「啊！所以你才把玩具放在這啊。」

至此，奎漢才解開心中的疑問。他萬萬沒想到，原來他哥跟那個玩具之間還有那樣的由來。

奎南自顧自地輕笑起來，接著含進一口酒。就這樣，他目不轉睛地凝視弟弟的臉龐。他仔細打量弟弟的臉，也許孩童時代的那張臉仍殘留在某個角落，然而眼前所見的，依舊只有蒙上厚厚一層人生塵土的四十歲大叔臉孔。儘管如此，他依舊懷抱著渺小的期待，也許他們在談話結束之時，能夠稍微找到當時的面孔。

「老爸買那個玩具給我的時候，我開心得不能自已，感覺就像交到新朋友一樣。」

「真沒想到哥會這麼說。」

奎漢露出微笑。

「當時你幾歲啊？」

「六歲？不對，是七歲嗎？反正差不多是那個年紀。」

「我記得哥好像沒幾個好朋友。」

「對，那時跟現在沒有兩樣。」

在奎漢的記憶中，他哥的樣子停留在小學六年級。在那之後，哥哥搬進一所替代學校[2]的宿舍裡生活，只有週末才能跟父母見面。哥哥在那間學校裡完成高中課程後，就直接進入大學就讀。與重讀的奎漢迥然不同，奎南以優異的成績一口氣考上了名牌大學。現在回想起來，也許爸媽正是看見哥哥的潛能，才讓他進入替代學校念書。

忽然想起以前的回憶，奎漢的心情莫名其妙就變好了。他感覺到醉意漸漸上頭，把酒倒進自己酒杯裡。

「小時候，其他小孩子都在玩時下流行的玩具，而我只會跟馬蒙斯玩。那時的AI性能還沒有這麼發達，但是馬蒙斯已經可以跟小孩子對話了。此外，只要是我覺得好奇的事情，它也可以馬上在網路上查到，是個很聰明的傢伙。」

奎漢不自覺地笑了起來。他哥認真談論玩具的模樣，不知為何看起來有些可愛。

反觀奎南，他看向弟弟的表情卻十分凝重。

「啊，抱歉打斷你的話……然後呢？」

「在跟馬蒙斯對話的時候，我發現了一個令人訝異的事實。」

「什麼啊？」

「就是馬蒙斯並不是單純的AI玩具。這個小東西有一個特殊能力，可以幫人實現願望。」

他哥用非常認真的語氣說道。

2　譯註：相較於一般公立學校更多元的教育機構。

「哈哈，真有趣。哥還會開這種玩笑。當然，哥肯定有認真學過。」

「你沒聽見我說什麼嗎？這東西不是單純的AI玩具。」

哥哥忽然嚴肅了起來，奎漢只好收起嘴角的笑容。

「啊，真的嗎？」

為了不讓哥哥覺得不高興，他隨便附和了一句。無論如何，老哥好像也喝醉了。奎漢想要趕緊改變話題，他哥卻又繼續講起馬蒙斯。無奈之下，他只能繼續聽他哥講述那不著邊際的回憶。

「等你聽我講完，大概就會相信我說的。」

奎南搖晃酒杯。咣噹咣噹。冰塊互相撞擊的聲音彷彿帶領著奎漢回到過去。

2

「媽媽！媽媽！妳看！我把這個魔術方塊都解開了！」

奎南說畢，把一顆魔術方塊遞給媽媽看，魔術方塊上每一面的顏色都完美地相同。

然而，媽媽反應卻十分冷淡。媽媽嘴上說著「嗯，好，做得好」，同時卻把目光放在弟弟身上。弟弟任何細微的動作及微笑，都能引起媽媽激烈的反應，甚至拍手叫好。

這樣的媽媽讓奎南感到焦躁萬分。

「看這個啦！全部都是我拼出來的！」

「好，我知道了。這不是你之前就已經解過好幾十次的嗎？」

恩英邊說著這番話，邊用手機拍攝奎漢，看起來忙得不可開交。她想把奎漢的所有瞬間拍下來發給先生。

奎南立刻就不高興了，把魔術方塊丟回玩具籃子裡。

當初聽說自己即將有弟弟時，他其實也很高興。不過，當他理解這代表必須跟弟弟分享媽媽的愛時，這份喜悅就到此為止了。如果早一點明白這件事，奎南絕對不會贊成擁有弟弟。

那晚，頭上戴著尖頭帽的奎南坐在餐桌前。

雖然弟弟讓他覺得有些彆扭，但他很快就恢復了心情。若要追究原因，因為他是今天的主角。不管誰說了什麼，今天都是奎南在家裡最受寵愛的日子。

「……生日快樂～親愛的奎南生日快樂～」

媽媽爸爸正在生日蛋糕的前面拍手唱歌。

今天一整天，奎南都在等待這一刻。他不願破壞這個幸福的瞬間，所以即使弟弟霸占了媽媽的注意力，或是隨便觸摸自己的玩具，他也沒有發脾氣。

「奎南，該吹蠟燭了。」

「等一下，先許願吧。」

奎南閉上眼睛，花了些許時間許願，然後吹滅蠟燭。

「你許什麼願呀？」

媽媽問道。

「我希望自己可以回到小時候。」

「小時候？不是許願可以快點長大嗎？」

「嗯，我想要回到小時候。」

對於奎南這荒唐的願望，他的父母都感到迷惑。

接著，奎南笑著解釋道：

「這樣，爸爸媽媽才會愛我比愛弟弟更多。」

這出乎意料的答案讓父母倆捧腹大笑。雖然天馬行空，但是很符合小孩子的性情，這讓他們心情很好。

「我們奎南想回到小時候，是因為弟弟搶走了爸爸媽媽的關心嗎？」

「對。」

「爸爸媽媽也很愛很愛奎南，所以不用許那種願望。知道嗎？」

奎南安靜地點了點頭。

「來，打開禮物來看看吧？」

爸爸一邊說道，一邊把禮物盒推過來。

從剛才開始，奎南就在等待這個時刻，於是他飛快接過禮物盒，並立刻開始撕起包裝紙。

過了片刻，打開盒子的奎南瞪大雙眼。

「哇！是馬蒙斯！」

盒子裡面是一個玩具，擁有小巧而可愛的惡魔外型，是一款可以與人對話的AI玩具。從好幾天前，奎南就開始唱著「想要馬蒙斯」的歌。能夠跟玩具講話聊天，光是想像就覺得超酷，令他心情很是激動。

「爸爸，我可以打開嗎？」

「當然啊，來，按著開機鍵三秒鐘的話……」

過了一下子，叮鈴聲的聲音響起，隨之馬蒙斯的小角發出閃光，電源開始啟動。奎南激動不已，心臟怦怦直跳。

緊接著，馬蒙斯說出他的第一句話。

「嗨，好朋友！我叫馬蒙斯，你要跟我一起玩嗎？」

「好啊！」

奎南拿著馬蒙斯大聲喊道。

可是就在這時，弟弟突然哭了起來。

就在恩英忙著哄逗小孩的期間，忽然感覺小孩狀態有些異常。

「奎漢，你怎麼了？……天啊！身體好燙！」

媽媽摸了摸小孩的臉，吃驚地說道。

「發燒了？怎麼……真的耶？」

「這樣下去不行，你去找一下現在有沒有醫院還開著。」

「知道了。」

父母的關心一瞬間從奎南轉移到奎漢身上。

奎南感到不解。今天明明是他的生日，他應該要是今天的主角。但是，就連這個身分也被弟弟搶走。

為了奪回注意力，他嘗試跟父母說自己好像也生病了，但父母甚至直接不與理會。奎南覺得既委屈又憤怒。搞砸自己生日派對的弟弟實在太可恨了。真希望弟弟那種東西趕緊消失。

由於弟弟的狀況，奎南莫名跟著一起去了醫院，後來回家之後便獨自待在房間裡。他面露愁容，坐在書桌前凝視著馬蒙斯。心裡充滿煩躁與悲傷，卻連一個能夠傾訴的對象都沒有，這讓他更加憂鬱。

「為什麼爸爸媽媽只喜歡弟弟？不管發生什麼事，永遠都先關心奎漢！奎漢！……我喜歡還沒有弟弟的時候。」

「嗨！我叫馬蒙斯，你要跟我一起玩嗎？」

馬蒙斯突然對奎南的話語產生反應。

說明書上分明寫著，必須說出指令語「嗨，馬蒙斯」，玩具才會有反應，但不知怎麼回事，玩具立刻回應了奎南的話語。這彷彿就像玩具會按照自己的意志做出反應一樣。比起害怕，奎南更多的是覺得神奇。

「你剛才是在跟我說話嗎？我又沒有問你！」

奎南滿臉期待地看著馬蒙斯。

馬蒙斯一時無話，然後回答道：

「當然啦，因為我是你的好朋友。」

「哇！」

奎南感到驚嘆不已，他想要把這個驚人的狀況告訴爸爸媽媽。他拿起馬蒙斯，從椅子上站起來。但是，本想跑出去的他又坐回椅子上。現在不管他說了什麼，基於弟弟目前的狀況，爸爸媽媽大概都聽不進去。況且，他忽然想要把這件事變成祕密，這樣就只有自己是知道馬蒙斯祕密的人。

「馬蒙斯，你只能跟我當朋友哦？絕對不能和別人做朋友，知道嗎？」

「嗯，我知道了！馬蒙斯的好朋友只有奎南！」

奎南伸出小拇指說「打勾勾」，然後馬蒙斯也立刻說了同樣的話。

「雖然你是爸爸買給我的生日禮物，但現在已經是我獨一無二的朋友啦，馬蒙斯。」

「我是生日禮物嗎？」

「嗯，今天可是我的生日喔！」

「哇！原來今天是奎南的生日啊！生日快樂！太棒了！」

奎南的表情忽然暗了下來。

「可是……我心情不太好。」

「怎麼啦！奎南為什麼心情不好呢？這種時候就想一想開心的事情吧！那樣心情就會變好了！」

「開心的事？嗯……跟爸爸媽媽一起去水上樂園玩的時候？」

「沒錯！就是這樣！怎麼樣？心情是不是好多了？」

「我不確定。」

「你看！我就說了會變好吧？無論什麼事情都可以問馬蒙斯哦！」

「笨蛋！明明就一點都沒有變好！」

奎南聽馬蒙斯在那邊胡言亂語，氣急敗壞地罵道。

「對不起，馬蒙斯錯了。」

馬蒙斯立刻語帶悲傷地說道，這莫名讓奎南生出一股罪惡感。

「沒有啦，對不起，我對你發脾氣。」

「沒關係，誰叫我們是好朋友呢！」

「謝謝你。」

「哇～奎南跟我說謝謝！馬蒙斯覺得好幸福喔！我的臉幸福得要笑爛了！」

聽見馬蒙斯滑稽的語氣，奎南才露出笑容。但是，一想起剛才的事情，他的表情又變得不高興了。

「有一件事讓我很煩惱。」

「什麼都可以來問馬蒙斯！」

「怎麼做才能讓媽媽更關心我呢？媽媽最近為了照顧弟弟，都不理我了。弟弟出生之前，媽媽才不會那樣。」

「哎呀！這真是太糟糕了。」

「你有什麼辦法嗎？」

馬蒙斯彷彿陷入沉思一般，頭上的紅色惡魔角閃爍不停。

然後，過了一下子……

「噓！這是一個祕密，那就是馬蒙斯可以實現你的願望。」

「哇！真的嗎？」

奎南的雙眼放出光芒。

「我只告訴你一個人，因為奎南是馬蒙斯的好朋友，對吧？」

「嗯！」

「當你想要許願時，就說出『請實現我的願望，馬蒙斯！』但是，我只能實現你三個願望，所以你一定要想清楚。來，快點許個願望吧！」

奎南苦惱了好一陣子，才開口說道：

「請實現我的願望，馬蒙斯！」

「想要什麼都可以！」

「我的願望是，媽媽像以前一樣關心我。」

「可以！馬蒙斯會幫你實現願望！霹靂卡霹靂拉拉，阿布拉卡達布拉！願望啊，實現吧！哈！」

一瞬間，馬蒙斯的眼睛及小角發紅，身體宛如手機震動模式一般不停抖動。又過了一下子，馬蒙斯開口了。

「你的願望實現了。」

3

「咳咳！咳咳！」

奎南躺在床上，他的額頭上是一塊濕毛巾。一旁，媽媽憂心忡忡的目光正看著他。

「奎南，很不舒服嗎？」

「對，很不舒服。」

奎南的喉嚨發腫，以至於聲音模糊不清。

恩英感到心痛不已。

「我不是跟你說過，不要在浴缸裡玩水啊！感冒了吧！哎呀，真是的。」

媽媽溫柔的手掌輕撫奎南的臉。

奎南很喜歡媽媽這樣照料自己。他覺得好高興，媽媽再次像以前一樣用憐愛的眼神看著自己。就算身體不舒服，只要能獨占媽媽的愛，感冒這種小事完全可以忍耐。

『這一切都是真的，是馬蒙斯幫我實現願望了。』

奎南望向放置在床邊桌上的馬蒙斯，臉上露出笑容。他已經開始沉浸在下一個願望要怎麼許的幸福苦惱之中。

但是，這個願望實現的效期太短了。他的感冒才一週就痊癒，於是媽媽的關心再次回到弟弟身上。奎南向馬蒙斯抱怨，說願望結束得太快了。

於是，馬蒙斯說道：

「這樣的話，就趕快許下一個願望吧！不管你的願望是什麼，馬蒙斯都會幫你實現！」

奎南本想就這樣聽馬蒙斯的話許願。

可是他轉念一想，現在他只剩下兩個願望，要是把願望浪費在這種事情上，無論怎麼想都很愚蠢。他應該珍惜剩下的願望，只在必要的時刻使用願望額度，看起來才是比較聰明的選擇。更何況，他還從這件事上意外發現，要得到媽媽的關注其實很簡單。

因此他沒有許願，而是跑到媽媽身邊，開始假裝自己身體又不舒服了。不過，奎南粗糙的演技很快就被拆穿。

「奎南，你沒看到媽媽現在很忙嗎？連你都這樣的話，媽媽該怎麼辦？你不應該讓媽媽這麼辛苦。」

他本來天真地以為會再次成功，卻在媽媽的斥責之下垂頭喪氣。

這時，最能夠安慰自己的事情，就是做自己喜歡的事情。奎南帶著採集工具及馬蒙斯來到社區遊樂場。他喜歡採集昆蟲，只要一有空閒時間，就會在外面捉蟲。有時會在花壇的樹木上捕蟬，有時是抓地上爬行的螞蟻，然後再為昆蟲做一個家。其他小孩子都對昆蟲退避三舍，但奇怪的是，奎南完全沒有排斥感。因此，採集昆蟲製作標本，將其逐一拆解、觀察之後，再製作成圖鑑，這對他來說並沒有太大的困難。每每看見自己製作的圖鑑又增加時，奎南都會感到莫大的滿足與喜悅。然而，令人遺憾的是，他沒辦法跟媽媽分享這些心情，因為媽媽害怕所有的昆蟲。

馬蒙斯完全不同。馬蒙斯總是對他的嗜好給予正面評價，也不吝惜讚美。此外，它還會幫忙檢索各種昆蟲的特徵與名稱等，對奎南來說簡直就是最棒的朋友。

奎南拿著剛抓到的蜻蜓，回到馬蒙斯所在的長椅。他把蜻蜓放在採集箱裡，然後坐到馬蒙斯旁邊乘涼。本來正對著自己臉扇風的奎南，突然向馬蒙斯吐露稍早發生的事情。

「媽媽好像對我很失望。馬蒙斯，我該怎麼做才能讓媽媽高興呢？」

面對奎南的問題，馬蒙斯的小角又開始閃爍不已。

片刻之後，馬蒙斯提出了一個解決方法。

「大概是為了照顧弟弟，媽媽才這麼辛苦。照顧小孩子並不是一件容易的事。所以只要讓奎漢停止哭泣，開懷大笑的話，媽媽肯定也會很高興。」

「啊！這樣肯定沒問題！但是，我要怎麼逗弟弟開心呢？我不知道怎麼做才好。」

「小孩子都喜歡新鮮的東西，所以你就讓他看看你抓的昆蟲，他一定會喜歡的！」

「沒錯！這樣就行了！」

奎南興高采烈地拿起採集工具及馬蒙斯，朝回家方向走去。

媽媽正在廚房忙碌，奎南趁機偷偷溜進嬰兒房。接著，他從採集箱裡掏出一隻蜻蜓，想要拿給弟弟看。蜻蜓啪啪拍動著翅膀，弟弟的表情看起來有些吃驚，但馬上又展現出好奇心，甚至伸出手、面露笑容。

「原來你也喜歡昆蟲啊？」

為了能讓弟弟觸摸蜻蜓，奎南將蜻蜓湊到近處。

然而弟弟忽然用力抓住蜻蜓，使得蜻蜓開始奮力掙扎，飽受驚嚇的奎南試圖扯回蜻蜓的剎那，蜻蜓的身軀被分成兩半。剩下頭與軀幹的蜻蜓落在弟弟臉上，半截身體不斷扭動，弟弟開始放聲大哭。大驚失色的奎南試圖安撫弟弟，但是毫無幫助。奎南害怕會被媽媽罵，最終選擇用手捂住弟弟的嘴巴。

偏偏就在這個時候，媽媽打開門走進來。媽媽一看到奎南正捂著弟弟的嘴，嚇得花容失色。

「你在幹什麼！還不快住手！」

恩英推開奎南，想要仔細查看孩子的情況，沒想到一看嚇了一跳，放聲尖叫起來。小孩子臉上的蜻蜓殘軀還在不停掙扎蠕動。她用手將蜻蜓掃開，抱起孩子。奎漢哭得鼻尖通紅。

難堪不已的奎南嘗試說明狀況，說他只是想要逗弟弟開心。

然而，情緒激動的恩英一點解釋都聽不進去。她甩了大兒子一記耳光。

奎南眼裡噙滿淚水。比起臉頰上的疼痛，更多的是哀傷的情緒。

「你有病啊？怎麼可以餵弟弟吃蜻蜓！」

「沒有，不是那樣的……」

「閉嘴！把那隻蟲給我丟掉，然後馬上回你的房間去！立刻！」

無可奈何的奎南撿起蜻蜓，走回房間裡。

他一進到房間，就把蜻蜓丟到地上，用力亂踩來洩憤。蜻蜓完全被碾成肉泥，一時間面目全非。這樣好像還是無法讓他消氣，奎南一直在原地吁吁喘氣，然後忍不住趴在桌子上哭了起來。哭了好一陣後，奎南抬頭看向馬蒙斯。

「馬蒙斯！」

「哈囉！我的好朋友奎南！今天過得怎麼樣呢？」

「媽媽打我。」

「天啊！無論在任何情況下，暴力都是壞事。」

「不要假裝不知道！我就是按照你說的去做，才會變成這樣啊！」

奎南暴跳如雷，這次馬蒙斯的小角再次發出閃爍的光芒。

「那是因為你沒有許願。跟馬蒙斯許願吧，什麼願望都會幫你實現！」

奎南滿臉怒氣，望著馬蒙斯說道：

「實現我的願望，馬蒙斯！讓我媽媽不能再打我！」

奎南許完願望後，馬蒙斯開始唸咒語。那小東西的眼睛及小角發出紅光，這次它也說了「你的願望實現了」。

許願的效果立刻就顯現出來了。

4

奎漢舉起酒杯，放聲大笑。原本以為是什麼荒誕不經的故事，沒想到這段往事聽起來如此津津有味，讓他不自覺地沉浸在故事中。所有人小時候都曾有過這種想像，不過聽到他哥這麼真誠的語氣，他實在無法忍住笑意。另一邊，他哥的臉上毫無笑容，只是靜靜喝著酒。奎漢的笑容尚未消退，看著他哥說道：

「沒想到哥這麼有趣。」

「是嗎？」

「老實說，這樣挺好的。」

「什麼意思？」

「哥，你這麼完美。在我眼中，你一直以來的形象都是一個十全十美的人。頭腦聰明，工作能力強，而且還長得很帥，簡直就是完美無缺的人類標本。但是，如此完美的人小時候竟然嫉妒過我，我無法想像。就算那個時候年紀真的很小。」

奎南噗哧一聲笑出來。

「我偶爾會想說，哥和我明明是血濃於水的兄弟，為什麼兩人之間會有這麼多不同之處？我想變得跟你一樣，可是我沒有那種本事。」

「第一次聽你說這些，沒想到你是這樣看我的。」

奎漢說完方才那些話，忽然覺得有些難為情。

「啊，真有意思，這酒也好喝。」

「就是，這酒真的很好喝。再來一杯嗎？」

「嗯！」

奎南為自己的弟弟斟酒。

不知不覺間，格蘭艾樂奇已經空了半瓶。

「今天特別想念爸媽。我自己變成父母以後才知道，身為爸爸媽媽多辛苦啊。最近真的能夠切身體會。」

「所以啊，我才不想結婚。」

「哈哈！不過就算哥結婚了，也會成為好爸爸的。肯定比我好多了。」

「完全沒想過這種事，我也不知道。」

「不，肯定是這樣。認識哥的人都知道，你是內心溫暖的人。」

「你醉啦？」

「是嗎？哈哈！喝醉了又怎麼樣呢？反正是在哥面前。」

「也是，盡情喝吧。」

「哥！快告訴我，接下來發生什麼事了？」

奎漢像是急性子發作的人一樣催促著他哥。

奎南淡然一笑，又開始說起故事。

◊　◊　◊

向馬蒙斯許下第二個願望之後的隔天，恩英的手腕因為意外事故而骨折了。

凌晨時分，她被孩子的哭聲吵醒，便打算去確認孩子的情況。打開門往外走之際，她的腳底似乎觸碰到什麼東西，那隻腳倏然向前一滑，直接摔了一大跤。在那次意外中，她的左手腕骨折了。摔倒的瞬間她用手撐地，就這樣骨折了。

她當時踩到的東西是奎南的ＲＣ玩具車。玩具外型模仿跑車，車子底盤較低而車身略寬，若不注意而踩到的話，可能會像踩著直排輪一樣滑倒。

為此，爸爸責怪奎南為什麼不收拾玩具。

但是奎南為自己喊冤，玩具明明是在玩具籃裡的。

「你的意思是說，玩具自己跑到這裡嗎？」

「我也不知道。」

「奎南啊，任何人都會犯錯，只要承認錯誤再道歉就行了。但如果你一直說謊，爸爸不會原諒你。」

「不是我做的！為什麼每次都只罵我！」

奎南開始大聲痛哭。

爸爸從未見奎南哭得這麼厲害，此情此景讓他驚慌失措，也不好再繼續責備下去。

看不下去的媽媽站出來安慰他。

「別哭了。媽媽相信你的話，不要再哭了。知道了嗎？」

「真的不是我……嗚嗚。」

「我知道，我的乖兒子。媽媽相信你。」

「媽媽，很痛嗎？」

「不會，沒事了。」

媽媽將奎南擁入懷中，輕輕撫摸他的頭。

自從那件事以後，媽媽暫時沒辦法做家事。於是，雖然沒有人使喚奎南，但他還是主動負責起洗碗、清掃及折衣服等等的家事。

恩英覺得這樣的大兒子令人驕傲，每天都對他讚不絕口。

「媽媽！我把碗都洗好了！」

「真的嗎？哇！什麼時候做完這麼多事情的呀？我們奎南真的長大了。」

「還有什麼事情要做嗎？」

「沒有了，沒關係。其他事情媽媽會做。」

「不行！媽媽的手不是還沒好嗎？」

「呵呵，我的乖兒子。這麼為媽媽著想啊？」

「在媽媽的手康復之前，我都要幫忙。」

「哎呀，真乖。」

奎南並沒有那麼喜歡做家事，但是能得到媽媽的稱讚，讓他感到幸福萬分。他打從心底盼望媽媽的手不要太快痊癒，這樣才能一直享受這份幸福。

但是，這份幸福隨著弟弟開始牙牙學語而完全結束。

媽媽說弟弟已經開始學說話，所以她要把弟弟學說話的過程用手機拍下來給爸爸看，而且她總是大驚小怪。奎南只能聽見弟弟咿咿呀呀的聲音，但在媽媽的耳裡好像能聽出「爸爸、媽媽」這些詞彙。被奪走的關愛，沒有那麼容易要回來。無論奎南多麼努力做家事，只要弟弟像白痴一樣咿呀亂叫，爸爸媽媽的注意力就會全部集中到弟弟那邊。

奎南埋怨著總是搶奪父母關愛的弟弟。隨著時間的推移，他對弟弟的嫉妒像雪球一樣越滾越大。他甚至產生了一種悲慘的心理，覺得自己無論做什麼都贏不了弟弟。再這樣下去，他快要無法忍受了。

「要是我沒有弟弟就好了。」

奎南坐在書桌前，看著馬蒙斯說道。

「那是不可能的。已經存在的事物，不能讓它消失。你不可能坐時光機回到過去，改變過去。」

「那該怎麼辦？我快被他害死了！只要沒有他，我就可以跟爸爸媽媽一起，三個人過著幸福快樂的生活了！」

「那就是你許願的時候說錯了。」

「什麼？什麼意思？」

「你可以換個說法。不要說『如果沒有弟弟的話』，應該說『如果弟弟消失的話』。」

「如果弟弟消失的話……？」

「如果弟弟消失就好了。說說看吧。」

「**如果弟弟消失就好了。**」

「我會幫你，因為我是你的好朋友。」

「真的嗎？」

「嗯，方法很簡單。只要許願就行了，因為你還剩下最後一個願望。」

奎南想要珍惜最後的願望。但是，就這樣放過弟弟，比花光願望還要討厭。最後，他還是決定要許願。

「馬蒙斯！實現我的願望！」

馬蒙斯的角再次閃爍起來。

「我最後的願望是……弟弟……」

奎南話音剛落，馬蒙斯立刻唸出咒語。

但是，這次的氣氛截然不同。馬蒙斯唸著咒語，房間裡的電燈開始閃爍起來。此外，桌椅也開始劇烈晃動，就像發生地震一樣。驚慌失措的奎南雙手緊握椅子扶手，雙眼也緊緊閉上。

接著，馬蒙斯唸完咒語後，房間便恢復原狀。奎南懷疑自己是不是在做夢，才產生這種錯覺。書桌上，馬蒙斯的眼睛與惡魔角都在發出紅光。他不禁著迷似的盯著它。

片刻之後，調皮的聲音說道：

「你的願望實現了。」

但是，那個聲音不是來自馬蒙斯的播放器，而是從奎南的嘴裡傳出來。

彷彿在模仿馬蒙斯一樣，他露出誇張的笑容，嘴角幾乎要裂開了。奎南也無法理解自己為什麼會做出那樣的行為，就好像馬蒙斯在操縱自己的身體一樣。

5

許下最後一個願望後過了幾天，弟弟身上什麼事情都沒有發生。

奎南問馬蒙斯，為什麼願望沒有實現，馬蒙斯也只是不斷重複同樣的話：「你的願望實現了。」

不僅如此，之前一直表現出優秀溝通能力的馬蒙斯，突然間變成笨蛋。平時明明就可以像朋友一樣進行日常對話，現在不管問什麼，它都只會說「你好！我的名字叫馬蒙斯！你要跟我一起玩嗎？」「我是你珍貴的朋友！」「有什麼想知道的事情，就儘管問吧！」說話方式就像普通的AI玩具。

奎南感到非常失望，他拿著馬蒙斯去問爸爸理由，但爸爸也只是面露不耐地叫他更新玩具系統。然而，無論是更新還是關閉電源後重新打開，以前的馬蒙斯都沒有回來。這樣就只是普通的玩具罷了。

淪為普通玩具的馬蒙斯不再是他的朋友。奎南不再跟馬蒙斯說話，也沒有像以前那樣珍惜它。最後，馬蒙斯和其他玩具一樣被扔進籃子裡。

就這樣，他對馬蒙斯的記憶塵封了一段時間之後。

一天，奎南正在製作自己的昆蟲圖鑑時，弟弟奎漢趁奎南無法分心之際，走向奎南的玩具籃。然後從堆積如山的玩具中，拿起放在最上面也最容易觸碰的玩具。那偏偏是奎南曾經鍾愛不已的馬蒙斯。

奎漢將馬蒙斯放在嘴裡咬，結果把馬蒙斯最脆弱的翅膀折斷了。

這時，一直都沒有任何反應的馬蒙斯突然啟動了。

「嗨，我叫馬蒙斯！你要跟我一起玩嗎？」

馬蒙斯突然發出的聲音嚇了奎南一跳，停下手中的工作走向客廳。然後，他對眼前發生的情景憤怒不已。

「喂！你在幹什麼！」

他迅速上前，奪回弟弟手中的馬蒙斯。

但是木已成舟了。馬蒙斯的一隻翅膀悽慘斷裂，似乎再也無法回到以前的樣子。

奎南怒不可遏。他連讓弟弟碰自己的東西都厭惡不已，更何況是弄壞他的東西。那甚至還是自己最珍惜的朋友。

儘管如此，那個白痴不知道在高興什麼，在地上邊爬邊嘻嘻笑。看那副令人厭惡的樣子，奎南心中不禁浮現自己知道的所有髒話。即便如此，他的怒氣還是沒有消減。與此相反，他心中的怒火反而越燒越旺。

「你這個惡魔！像你這樣的東西就該消失！」

奎南把馬蒙斯放在地上，走向弟弟，猛然抱住他。哥哥一抱住弟弟，弟弟什麼都不懂，只是發出清脆的笑聲。奎南連這樣的弟弟都討厭得不得了。

他抱著弟弟走到陽臺。他的身高還不夠高，便東張西望尋找可以墊腳的東西。正好有一盆高度適中的花盆。他把花盆拉過來，放在陽臺窗檽前。然後，他踩在花盆裡堆滿的泥土上，將自己墊高。他打開窗戶，一股熱風撲面而來。此時此刻，弟弟仍舊以為哥哥在陪他玩，笑得無憂無慮。

奎南抬起弟弟，伸出陽臺的窗外。這個景象非常危險，弟弟好像馬上就會被丟下去。

「別再到我家來。」

奎南看著弟弟冷冷地說。他抱著小孩的手慢慢鬆開。

「啊啊啊！」

下一瞬間，奎南背後傳來媽媽刺耳的尖叫聲。

她只不過去了一下洗手間，回來就看到如此可怕的情景，這股衝擊讓她臉色變得慘白。幸好，奎南還沒有放開孩子。

「你這是在幹什麼！還不給我住手！」

她跑上前試圖阻止大兒子。

但是，奎南卻在媽媽靠近時，威脅要把小孩摔下去。

「不要過來，不然我就讓他掉下去！」

「別、別那樣！不行啊！」

在兒子的威脅下，恩英無法繼續靠近。

「知道了，我不過去。所以快點把弟弟給我，好嗎？」

「不要。」

「奎南啊，你到底怎麼了？你本來不是這樣的孩子啊！」

但是，奎南的意志完全沒有動搖。

她絞盡腦汁，想要讓兒子回心轉意。

「那是你弟弟，世界上獨一無二的弟弟。你看，弟弟現在還在看著你笑呢！不能傷害這麼好的弟弟，對嗎？」

「我不需要弟弟！因為有弟弟，媽媽就不愛我了！我要回到沒有弟弟的時候！」

「你在說什麼啊？媽媽多愛你啊！」

「騙人！妳明明就更愛奎漢！」

「不！絕對不是！」

奎南的手臂開始慢慢沒力了。他從來沒有這樣長時間抱著一個生物。現在，他只想快點把弟弟放下。

「奎南這段時間是不是很傷心？是媽媽對不起你。這段時間忙著照顧弟弟，沒怎麼關心奎南。以後不會再這樣了。真的，媽媽答應你。」

媽媽淚流不止，道歉時的眼神十分真誠，連奎南也開始動搖。他不禁想，雖然弟弟確實做了壞事，但是丟到窗外好像太過分了。加上現在手臂實在太痠痛，他只想盡快擺脫這個痛苦。

「真的嗎？我們約好了喔？」

「嗯！我保證！來，快點！」

媽媽朝他伸出雙手。奎南再也堅持不住了，便想快點把孩子交給媽媽。

但就在那一瞬間，他與放在客廳的馬蒙斯視線交會。

馬蒙斯的眼睛發出紅光。那是目前為止從未見過的鮮紅光芒。

奎南看得出來，馬蒙斯現在非常生氣。理所當然。自己身體的一部分遭到破壞，任何人都會生氣，這是理所當然的事情。

「奎南！」

馬蒙斯的聲音清晰傳進他的耳裡。

「現在就把這傢伙摔下去！幫我報仇！」

「對不起，雖然我也想那麼做……」

「我們是朋友啊！獨一無二的朋友！」

「沒錯，我們是朋友。」

「那你趕快實現我的請求啊！這樣才是真正的朋友！」

奎南左右為難。如果聽從媽媽的請求，他會對生氣的馬蒙斯感到過意不去；但是聽從馬蒙斯的請求，他會對傷心的媽媽感到過意不去。他的心被兩邊拉扯，越是這樣就越難以堅持下去。

「奎南，你……到底在跟誰說話？」

看著剛才開始就在自言自語的兒子，恩英渾身汗毛直豎。她不禁開始懷疑，這個孩子的精神狀態是不是出現了什麼嚴重的問題。

奎南輪流看向媽媽和馬蒙斯，苦惱著要聽從誰的請求。

片刻之後，他才作出決定。

「對不起，媽媽。」

「什麼？」

看著媽媽驚慌失措的表情，奎南就這樣放開了雙手。

孩子往下墜落，媽媽發出哀嚎。

奎南滿臉無奈地凝視媽媽，說道：

「妳還會繼續愛我吧？」

6

「不可能！」

奎漢不由自主地大聲說道。剛才他還津津有味聽著故事，不知不覺情緒就開始激動起來。那也因為，他無法相信哥哥曾經把自己從陽臺丟出去。

「不可能啊。」

「什麼？」

哥哥若無其事地問道。

「怎麼可能把我從陽臺丟下去？要真的是那樣的話，我現在還能坐在這裡嗎？」

「那時你還是小孩子，所以可能記不得了，但我記得一清二楚。當時，我確實把你從陽臺丟下去了。」

「別再說這種瘋話了！」

奎漢生氣了。雖然他哥可能是被醉意影響才開這種玩笑，但即使考慮到這一點，這個玩笑還是越線了。最重要的是，描述那個情境的時候，他哥冷漠的態度，以及故事中隱含莫名令人不快的感受，都讓奎漢覺得這個故事已經超越單純的玩笑。

「原來你不記得啦？」

奎漢已經那麼不高興，他哥的態度卻絲毫沒有改變，就像故事裡小時候的哥哥一樣。

奎南歪著頭說道。

「什麼？」

「當時，我們家在一樓。公寓的一樓。」

「在一樓？」

奎漢當時的年紀還太小，所以記不清這些事。實際上，他生活在那間房子裡充其量也只有十年左右。然而，在他模糊的記憶中，那間房子比一樓還要高。他還記得小時候搭乘電梯的記憶，這麼一想應該至少在二樓以上，但其實他也無法確定。記憶全都混雜在一起，也許他把搬家後的家搞混了。儘管如此，奎漢還是想否定他哥說的話。他實在不想相信他哥曾經做出那樣的事情。

「你是從公寓一樓掉下來，所以才沒有死。」

「……。」

「而且你掉下來的地方有黃楊木的花圃，花圃起到緩衝墊的作用。所以，除了輕微刮傷以外，你當時並沒有受傷。你非常幸運。」

你非常幸運，這句話在各種意義上都令人毛骨悚然。他感到一陣頭暈噁心。不知道是因為酒，還是因為他哥的故事，總之他想要立刻衝進廁所，痛快地大吐一場。然而不知道為什麼，他忽然覺得走到廁所太麻煩了。奎漢坐在這沙發上，寸步難行。自己好像和沙發融為一體。

「發生這件事之後，我必須在兒童精神科接受長達三年的治療。」

「為什麼我完全不知道這些事？」

奎漢仍然拒絕相信。他一直無法抹去他哥在捉弄自己的想法。

「因為是爸媽送我去的。大概是希望我們兄弟倆能過著平凡的日子吧……。但是，你沒事吧？」

奎南看向不知為何看起來不舒服的弟弟說道。

「哦，我沒關係。」

「你好像醉了，不要再喝了。」

「我正有此意。」

奎南放下酒杯，從椅子上站起來。然後走向電視桌，拿起那個有問題的玩具，又回到了原位上。他惡作劇似的把馬蒙斯放在他弟面前的桌子上。馬蒙斯的一邊翅膀被嬰兒時的奎漢弄斷了。

奎漢現在一看到這個玩具，不愉快的感覺立刻湧上心頭。他哥沒有理會他的反應，在他面前重新啟動了馬蒙斯。馬蒙斯的惡魔角在閃爍，然後慢慢甦醒過來。

「你在幹嘛？」

奎漢皺著眉頭說道。

「我想要給你看看。」

「不用，拿走吧。」

然而他哥忽略他的拒絕，只是靜靜坐在布椅上。

哥哥似乎很享受奎漢感到不自在的樣子。

片刻之後，馬蒙斯終於從深深的沉睡中醒來。

「嗨，我叫馬蒙斯！你要跟我一起玩嗎？」

奎漢本能地對這個聲音產生強烈的抗拒。不知道是不是因為聽過他哥講的故事，一陣莫名的不祥預感，順著脊椎悄悄往上爬。他沒來由地害怕這個AI玩具。

「哥，你為什麼要對我說這些？」

奎漢突然開始好奇他哥吐露這些過去的目的。他不知道為什麼都已經過去幾十年了，他哥才說出這段連奎漢都想不起來的往事。這種事情，也許不知道還比較好呢。

「其實，還有一件事我沒有告訴你。」

「……？」

「我跟馬蒙斯許下第三個願望時，是希望你可以消失，這你也知道吧？但是，我在願望裡附加了一個條件。」

奎漢感到噁心想吐，但奇怪的是他沒有真的嘔吐出來。只是那種不愉快的感覺一直持續著，就像現在這個狀況一樣。

總覺得有哪裡不對勁。他想要馬上離開這裡，但不知怎麼搞的，身體開始不聽使喚。他發現自己的胸口變得濕漉漉的，低頭一看，不知從什麼時候開始，他的口水流下來了，浸濕了這一片區域。奇怪的是，他根本沒意識到自己在流口水。即使是低頭俯視的這一瞬間，也沒感覺到口水在流淌。奎漢轉頭看向他哥。他哥明知道他的狀況，卻沒有採取任何行動。

此刻，奎漢才意識到他哥的樣子變得跟剛才不一樣。身型看起來頗為嬌小，就像小學生一樣。是幻覺嗎？他眨了眨眼睛，再次看向哥哥，可眼前的人確實變小了。然後他哥看著馬蒙斯，像個孩子一樣說道：

「如果弟弟消失就好了。但不是現在，等弟弟長大到能記住我的時候，再幫我實現願望吧。」

奎漢在意識模糊的情況下，還是問了他哥理由。

「到底為什麼……？」

「為什麼？這樣你才能知道我的所作所為啊。你不知道我做過什麼事情，那還有什麼意思呢？不是嗎？」

「……！」

「其實，後來過了很長一段時間，連我也忘記了。然而不久前，我在整理房子的時候發現了馬蒙斯，過去的記憶鮮明地湧上心頭。正好遇到表弟要結婚了，我想這就是命中注定吧！上天的啟示告訴我，我應該把還沒有完成的事情做完。現在，你也是個堂堂正正的一家之主了，過著還算成功的人生。現在，就是我實現願望的最佳時機。我終於可以摘下成熟的果實了。」

奎漢瞪大雙眼。在他模糊的視野中，他哥的樣子映入眼簾。臉龐是大人的樣子，身軀卻像個孩子，十分怪異。

『哥哥一直隱藏著這個怪物到現在嗎？』

奎漢睜著雙眼，感覺自己漸漸失去了知覺。此刻，他連舌頭都動不了，更遑論說話了。這段期間，奎南不知何時已穿上塑膠雨衣，出現在他眼前。哥哥臉上戴著透明的面罩，雙手套著橡膠手套，可謂是做好了萬全的準備。

奎南感到一股莫名的悸動，就像小時候製作昆蟲標本時一樣。支解弟弟的時候，究竟會是怎樣的心情，光是想像就令他開心不已。

「幸好我已經先拿媽媽來做實驗，不然你就會像媽媽一樣突然死掉。」

奎南觀察弟弟鬆弛放大的瞳孔，說道。

「這種藥可以讓人在意識清醒的狀態下麻痹感覺。雖然感受不到痛苦，但也許會看到你不想看到的東西。」

他朝弟弟微微一笑，然後轉頭去看馬蒙斯。

「你好，馬蒙斯。很高興你又回來了。」

奎南是真心歡迎朋友的歸來。

馬蒙斯的角開始閃爍，回答道：

「嗨，我叫馬蒙斯！你要跟我一起玩嗎？」

黑色汙漬

申真悟

I

荷娜餓了。

從剛才開始，肚子裡的小青蛙就一直叫個不停。

咕嚕嚕。咕嚕嚕。

恩景留下荷娜單獨在家，又自己跑出去了。

「媽媽去弄點吃的回來，妳再忍耐一下吧。」

「嗯。」

「媽媽不在家的時候，妳不能進房間裡搗亂。知道嗎？我很快就回來，妳好好看家。」

但是，今天恩景大概又是空手而歸了。她已經好幾天都重複同樣的話，但是都沒有帶回任何一分錢和一點食物。房租拖欠了好幾個月，電力及瓦斯早已中斷。幸好，還沒有被斷水，因為水費是跟其他戶人家共同分擔。所以，房東偶爾會來索要拖欠的房租和水費。這種時候，荷娜就假裝家裡沒有人，不動聲色地等待房東打道回府。

「很餓嗎？」

珍妮狀似擔憂地問道。

「嗯。」

荷娜面露悲傷，點了點頭。

「妳餓了多久？兩天？三天？」

「不知道，我沒有算過。」

「太糟糕了。媽媽今天會拿食物回家嗎？」

「不知道。」

荷娜用雙臂遮住只剩下皮包骨且飢腸轆轆的肚子。

「好羨慕珍妮，就算不吃東西也沒關係。」

「羨慕嗎？」

「這樣妳就永遠不會跟我一樣餓了。」

「肚子餓，是不是很痛？」

「非常痛。就好像有人用手扭住我的肚子一樣。」

「哇，一定很痛。」

牆上爬過一隻大蟑螂。荷娜目不轉睛地看著牠。蟑螂無處不在。房間裡，浴室裡，衣服上，垃圾堆中。這些東西總是為了找食物到處奔波。荷娜很羨慕牠們。蟑螂能夠吃下人類不能吃的東西，多好啊？孩子最後一次吃到的食物，是半片過期的餅乾。她是在家裡堆積成山的垃圾裡找到的。荷娜咀嚼了很久。餅乾的味道已經變了，幾乎沒有留下什麼甜味，取而代之的是瓦楞紙的味道。但是真正的瓦楞紙不能吃，所以從這一點來看，可以說已經很好了。荷娜又想起了那塊瓦楞紙餅乾。一股惋惜之情油然而生，要是可以吃到那個就好了。

「妳在吃什麼？」

珍妮問道。

「紙。」

「妳是山羊啊？幹嘛吃紙啊？不要吃了。吐出來，快點。」

「我沒有要吃下去，只是咀嚼而已。因為肚子太餓了。」

「別那樣啦，去找一點吃的東西吧。說不定哪裡還有留下一些吃的呢？」

「……。」

「怎麼了？不是肚子餓嗎？」

「昨天妳也是這麼說，但我找過了，什麼都沒有。」

「不然妳要繼續挨餓嗎？」

荷娜做出哭喪的表情。

「好啦，我找找看。」

「很好。」

荷娜打開房門，往外走出去。一出來，堆滿在客廳的垃圾便映入眼簾。全部都是媽媽從某處撿回來的東西，但是沒有任何一個東西是能用的。儘管如此，媽媽還是把這些垃圾視為寶物，珍愛不已。

荷娜撥開垃圾，走向冰箱。然後，習慣性地打開冰箱門來看。就像打開驚喜禮物箱一樣，荷娜懷抱著或許媽媽會放一點食物在冰箱的期待。但是，這種幸福的事情並沒有發生。冰箱裡的東西，只有放在塑膠袋裡變得硬邦邦的大醬，若干裝有廚餘的袋子，以及不知何人喝剩下的豆漿。荷娜不記得自己喝過豆漿，所以可能是媽媽喝剩下的，又或者是媽媽帶回來的垃圾之一。總而言之，已經不能喝了。豆漿已經腐敗發霉，散發出酸臭噁心的氣味。有一次，荷娜餓得受不了，便捏著鼻子喝了一口，結果肚子痛了好幾天。

咕嚕嚕。咕嚕嚕。

看著冰箱，肚子變得更餓了。荷娜嘆了口氣，關上冰箱門。接著，她開始翻找身邊的垃圾堆。

「這裡肯定沒有東西可以吃吧？」

「誰知道呢？也許有吃一半的麵包？」

「就算有也不能吃那種東西，會拉肚子的。」

荷娜置若罔聞，繼續在垃圾堆裡翻找，但沒過幾分鐘就沒有力氣，於是很快就放棄了。

「找找看其他地方吧。不要垃圾堆。」

「找哪裡？」

「嗯……不然找找看那裡吧？」

珍妮指的地方，是一台舊式的泡菜冰箱。冰箱門是掀蓋式的設計，需要將冰箱門朝上打開，但是荷娜從來沒有打開過。可能是冰箱上有垃圾堆，總之不知道什麼原因，荷娜並不想靠近那裡。泡菜冰箱緊靠的牆壁上，有一團巨大的黑色汙漬。若說這團汙漬是黴菌斑，那範圍也太大，顏色又太深。此外，汙漬的中心處一片濕漉，在年幼的荷娜心中種下莫名的恐懼感。所以不管肚子多餓，她都不會靠近那裡。

「我不要去那裡，我會害怕。」

「有什麼好怕的？不就是泡菜冰箱而已嗎？裡面可能會有吃的，去打開來看看吧。」

荷娜在飢餓和恐懼之間搖擺了一下，最後還是搖了搖頭。

「不要，我害怕。」

「笨蛋，裡面可能會有好吃的東西耶？說不定還有妳喜歡的餅乾。真的不去打開看看嗎？」

「不要！沒有！我不想聽！」

荷娜雙手捂住耳朵。

「遮住耳朵也沒用，妳還是聽得到我的聲音。」

「不然妳去打開！」

「妳知道我打不開。能開的話，我早就開了。」

「啊啊！聽不見！」

「哎，知道了。那我們找找別的地方吧。那……那裡怎麼樣？洗碗槽上面的收納櫃。」

荷娜把手放下，看著洗碗槽。以小孩子的身高來說，好像碰不到上面的櫃子，所以荷娜還沒有嘗試打開過。正如珍妮所說，她也覺得那裡好像還留有食物。荷娜走向洗碗槽。想要打開上方的收納櫃，就必須先爬到水槽上。孩子雙手扶著洗碗槽的邊緣，使勁往上跳躍。差一點就爬上去，可惜失敗了。再次跳躍！這次也失敗了。孩子繼續蹦蹦跳跳，不放棄挑戰。可是她很快就耗盡力氣，最後只好放棄。

「好累。」

「真可惜，差一點就成功了。」

「肚子好餓。還是等媽媽回來，請她幫忙打開？」

「不行。」

「為什麼？」

「媽媽肯定會生氣。『有食物的話早就給妳了，我還要這要藏起來嗎？』這樣。」

「唔。」

「而且，我們自己找不是更有趣嗎？」

「不知道，我肚子好餓。」

「今天就到此為止吧。看來只能期待媽媽帶吃的回來了。」

荷娜有氣無力地點了點頭。

直到媽媽回家前，孩子都在跟珍妮一起玩。能玩的遊戲只有詞語接龍，還有用一些垃圾來玩扮家家酒，還好有珍妮一起玩，所以玩得還算開心。珍妮擅長詞語接龍，荷娜從未在這個遊戲中贏過她。無論出現多麼困難的單詞，她都能夠對答如流。

「朋友。」

「友情。」

「情人果。」

「果皮。」

「皮球。」

「球棒。」

「棒？……棒……好棒？」

「哈哈哈！這樣不行啦！」

荷娜說完之後，自己也覺得不好意思，便跟著哈哈大笑。

「棒太難接了。」

「算我贏了吧？」

「真卑鄙。」

「誰叫妳不會玩。」

「哦——珍妮好厲害喔！妳明明是我想像中的朋友，為什麼比我會玩遊戲啊？一點都不公平！」

「哈哈！妳真的覺得我只是妳想像中的朋友？」

「難道不是嗎？」

「嗯，妳說呢？到底是什麼呢？」

珍妮露出調皮的微笑，想要逗弄荷娜。

荷娜立刻吐了吐舌頭。

「詞語接龍玩膩了。接下來要玩什麼呢？」

「嗯，接下來是……啊！」

突然之間，荷娜抱著肚子，痛苦哀嚎。

「沒事吧？」

「肚子好痛……好像有人擰我的肚子。」

「妳沒吃東西才會這樣。過一下就好了。」

「啊啊——」

荷娜側身躺在地板上，雙腿蜷曲，渾身發抖。臉上很快就冒出一顆一顆的汗珠。珍妮只能旁觀荷娜的狀況，現在什麼忙都幫不上。除了等待痛苦消失之外，別無他法。

2

片刻之後，席捲荷娜的疼痛開始慢慢消退。沒過多久，孩子滿臉疲憊地站了起來。

「現在好一點了嗎？」

「嗯……」

「每次都這樣，很累吧？」

「快要死了。」

珍妮露出憐憫的表情，默默凝視著荷娜。接著，她突然跟眼前的孩子提出一個建議。

「我們進房間裡面看看，怎麼樣？那裡面說不定會有吃的。」

「不行進去！媽媽說過，我絕對不能進去。」

「媽媽現在又不在家，進去一下下也不會被發現的啦。」

「就說不行了！珍妮！別慫恿我去做壞事！」

「不然妳要這樣繼續餓肚子嗎？妳不餓了？」

「……」

「萬一又像剛才那樣，開始肚子痛怎麼辦？妳也不想餓肚子吧？那裡面也許就有好吃的東西，然後妳卻要這樣乾等媽媽回來？」

「妳真的是個壞小孩！我不會再聽妳的話了！」

荷娜再次用雙手捂住耳朵。

珍妮看著孩子無謂的舉動，忍不住嘆了口氣。

「我不是說過，蓋住耳朵也沒用嗎？」

「啊啊，聽不見！我聽不見！」

「妳覺得媽媽為什麼不讓妳進去？」

「東海水枯，白頭山竭……」

「妳都不好奇嗎？」

「天佑我國，國家萬歲——」

「如果媽媽背著妳，偷偷把食物藏起來，那該怎麼辦？嗯？」

「不！不可能！」

「妳有聽過媽媽喊餓嗎？」

荷娜本來想反駁，但還是閉上了嘴。

這樣回想起來，媽媽確實從來沒說過肚子餓之類的話。別說喊餓了，就連像自己一樣受飢餓折磨的樣子都沒見過。孩子以為媽媽是大人，所以不會像自己這樣。但是仔細想一想，還真是一件奇怪的事情。

「媽媽可能從外面帶了食物回來，但是分給妳的話就不夠吃了，所以才藏在房間裡，打算一個人享用。」

「媽媽……才不會做那種事。」

「也許就是因為這樣，所以才叫妳不要進房間啊。不是嗎？」

「媽媽……」

「要不是那樣，為什麼不讓妳進房間？妳都不覺得奇怪嗎？」

「……」

聽了珍妮的話，荷娜開始對媽媽產生懷疑。最讓人難理解的是，明明自己已經這麼餓了，媽媽卻從來不會給她食物。每次都說會帶食物回家，但真正拿回家的都是些毫無用處的垃圾。每次媽媽總是向我道歉，並承諾明天一定會找到食物。但到目前為止，從來都沒有遵守過這個約定。

『媽媽真的瞞著我，把食物藏起來嗎？因為不想分給我？』

荷娜感到困惑無比，珍妮趁虛而入，一直慫恿孩子。

「好，不然這樣吧。我們直接進去房間裡，確認我說的對不對。怎麼樣？」

「……！」

「如果房間裡面沒有食物，表示妳的想法是正確的，這個結果是好的；如果房間裡面有食物，妳吃掉就行了，也算好事一件。不管是哪一種結果，妳都不會吃虧。」

「是、是嗎？」

「當然啦！來，照我說的去做。媽媽絕對不會知道。相信我。」

荷娜的心已經傾斜到其中一邊了。

「那就一下下喔？只是確認一下，我就出來了喔？」

「當然！」

荷娜覺得自己好像在做壞事，心裡十分不舒服，但另一方面，對食物的期待感讓她暗自蠢蠢欲動。她也不知道該怎麼解釋自己這種複雜的心情。荷娜跟珍妮一起走出房間，走向臥室。她站在臥室門前，不安感突然襲來。還是放棄比較好吧？這種想法讓開門的動作變得猶豫不決。

這時，珍妮催促道：

「怎麼了？妳要罰站一整天嗎？」

荷娜無可奈何，只好抓住門把手慢慢轉動。

然而，這時荷娜的耳邊傳來奇怪的聲音。

叮鈴噹。叮鈴噹。叮鈴噹。

小孩回頭張望四周。聲音只出現一下子，然後便消失了，但荷娜的雙耳清楚聽見了那個聲音。那是一種在這間房子裡絕對不可能出現的聲音。就像掛在貓咪脖子上的鈴鐺碰撞聲，然後又像數十個鈴鐺一起發出的聲音。

「剛才是不是有什麼聲音？」

荷娜看著珍妮說道。

「什麼？我什麼聲音都沒聽見耶？」

「好奇怪，我剛剛明明聽到鈴鐺的聲音。」

「又是從妳肚子發出的聲音吧？」

「才不是！」

「知道了啦，妳趕快開門吧。」

「呿。」

荷娜雖然覺得奇怪，但決定先將注意力放在手上的事情上。

門一開，荷娜便小心翼翼地往房裡看，但是房間實在太暗，什麼也看不見。小孩正想往裡走，剎那間停下了腳步。因為，從房間裡傳出一股令人反胃的刺鼻惡臭。那股味道意味著，房間裡有東西在嚴重腐壞。但是，根本無法猜測那是什麼東西。

「啊，我的鼻子！……這是什麼味道？」

「我不知道耶？先開燈吧。啊，對了！我們家被斷電了對吧？荷娜，妳去把蠟燭和打火機拿來。」

「……知道了。」

片刻之後，小孩的兩手分別拿著蠟燭和打火機回來了。荷娜步伐遲疑地走進房間。房間裡積聚的味道開始刺鼻起來。不知為何，總覺得連眼睛都開始感覺刺痛。一想到這味道的真面目就在房間裡，荷娜就有些膽怯。很想直接放棄，回到房間外面。珍妮也許是讀出了小孩的心情，催促她快點點亮蠟燭。荷娜氣憤地說「知道了啦」，打火機的火石摩擦，只有零星火花，卻沒有順利點著。看來是煤氣燃料用完了。儘管如此，荷娜還是繼續摩擦火石。

瞬間。

嘎吱——。

房間裡突然傳出一道聲音。這次並不是鈴鐺的聲音。荷娜轉頭，望向發出聲音的地方。黑暗的盡頭有什麼東西。荷娜的眼中，濃黑中隱約露出輪廓的東西，看上去就像一堆垃圾。但是那邊傳出聲音，讓小孩感到害怕。

荷娜再次打開打火機。

喀——喀——喀——啪！

打火機終於點燃了。荷娜迅速點燃蠟燭，然後回頭望了望剛才發出聲音的地方。就在這個剎那，小孩身體僵硬了起來。

「……！」

在那裡的東西不是垃圾堆，而是一個女人。一名站在衣櫃前的成年女性。

「媽……媽？」

荷娜一眼就認出這個女人是媽媽。雖然女人低著頭，看不清楚臉龐，但能從女人的衣服及本能的直覺判斷出來。但是，小孩無法靠近媽媽。媽媽的樣子太奇怪了。向前彎曲的頭顱和胸前沾染的黑色斑跡，還有從剛才開始就擺出不自然的站姿一動也不動，讓荷娜完全無法接近。

「媽媽為什麼在這裡？」

珍妮說道。

荷娜搖了搖頭，表示自己也不知道。

「妳不要那樣，快去媽媽那邊。」

「我害怕……」

「萬一媽媽是生病了，該怎麼辦？快點。」

無可奈何之下，荷娜走近媽媽。搖曳的燭火讓媽媽看起來好像在左右晃動。小孩靠近之後，才知道媽媽看起來奇怪的理由。仔細一看，媽媽不是站立的狀態，而是懸掛在半空中。向前彎曲垂下的頸脖上綁著晾衣繩，而這條繩子一路連結到衣櫃裡面。也就是說，媽媽在衣櫃前上吊了。荷娜低頭看著地面。那裡放著一張浴室專用的折疊椅，看起來是用來墊腳的，椅子周圍蔓延著黑色汙漬，跟媽媽胸口上的斑跡相同。這些汙漬看起來也跟泡菜冰箱旁邊牆上的汙漬非常相似。

嘎吱——。

荷娜給這道聲音嚇了一跳，便抬頭一看。那聲音是將媽媽吊著的衣櫃門上鉸鏈所發出的聲響。由於媽媽的重量，其中一個鉸鏈幾乎要斷了。被聲響嚇到抬頭的荷娜可以近距離看到媽媽的臉。那張臉已經不是小孩所認識的媽媽。

「荷娜?沒事吧?」

即使聽見珍妮的話，荷娜也毫無反應。

小孩恐懼得直發抖。雙腿之間嘩嘩地流出了尿液。珍妮又叫一次那個孩子的名字，那孩子便失去意識暈了過去。

3

門打開了，有人走了進來。荷娜聽到這個聲音，醒了過來。她睜開眼睛一看，已經躺在自己的房間裡。珍妮就在旁邊。

「醒了嗎?」

珍妮垂眼看著小孩說道。

「珍妮，我做了一個夢。但是，是一個非常可怕的夢。」

荷娜坐起來，說道。

「夢?」

「我進了媽媽的房間，看見媽媽的樣子很奇怪……」

「那不是夢喔。」

珍妮打斷荷娜的話說道。她的表情非常陰沉。

「不是夢嗎?」

「嗯，這是實際發生的事情。」

荷娜不語。珍妮也知道發生什麼事，很明顯並不是夢。她內心深處希望是夢，然而知曉一切都是現實後，小孩再次想起了那時感受到的衝擊，不禁打了一個寒噤。

「對了，剛才有人進來。」

珍妮壓低聲音說道。

「我也聽到了。」

「難道是房東嗎？」

珍妮話音剛落，門就被猛然推開。看到站在門前的來人，荷娜嚇了一跳。

「媽媽？」

「那是媽媽？」

「是媽媽……對吧？」

站在她們面前的人，正是恩景。她身上穿的服裝跟早上出門時一模一樣。此刻的媽媽身上，看不見一點荷娜在臥室裡看到的可怖模樣。恩景的表情很是疲憊，雙眼呆滯地看著荷娜。荷娜只覺得眼前的情況令人混亂。

「怎麼這麼說話？妳在說什麼？」

「媽媽……媽媽……」

「媽媽怎麼了？發生什麼事了？」

荷娜不知道該怎麼啟齒，感覺十分難堪。

這時，恩景朝小孩走過去。出於本能反應，荷娜往後退了幾步。荷娜還不能確定，眼前的人是真正的媽媽。恩景不解地望著女兒。

「怎麼了？我是媽媽啊！」

「我、我害怕。」

「有什麼好害怕的？妳好奇怪啊？白天發生了什麼事情嗎？」

荷娜這次也盯著珍妮，但是珍妮閉口不語，始終保持沉默。恩景又靠近了一些。荷娜已經無路可退。恩景才伸出手，她就緊緊閉上眼睛。

「寶貝，妳在生媽媽的氣嗎？」

恩景柔軟的手輕輕撫摸自己的臉頰，荷娜覺得稍早的不安如融雪一般消失殆盡。

「為什麼這麼害怕？作惡夢了嗎？」

「我……」

這時，一旁的珍妮開口說道：

「把妳在臥室裡看到的事情說出來。快點！」

「不要。」

「媽媽也應該要知道！她已經死了！」

「媽媽沒有死！」

「笨蛋，妳不是親眼看到了嗎！」

恩景看著自言自語的荷娜，不禁嘆了口氣。

「妳又在跟想像的朋友說話嗎？」

「是珍妮一直找我說話……」

「那珍妮說了什麼呢？媽媽死了？」

恩景帶著無奈的語氣，笑著說道。

「嗯。」

「媽媽現在好好的呀，什麼死不死的。」

「……」

這時，珍妮再次開口說話。

「不要相信她的話。妳媽媽已經死了，現在妳看到的東西是鬼。」

「鬼……？」

「她說媽媽是鬼嗎？珍妮說的？」

「嗯。」

「真是的……荷娜，不要聽珍妮胡說。她只是妳想像出來的朋友，是妳創造出來的假人。」

荷娜不知道該相信誰的話，腦子一片混亂。無論是珍妮說的話，還是媽媽說的話，兩邊好像都是對的。

「荷娜？聽不到媽媽說什麼嗎？珍妮不讓妳聽嗎？」

恩景伸手想要觸摸荷娜，荷娜再次縮起身體躲開。

此刻，恩景的表情變得僵硬起來。

「妳到底怎麼了？」

「……」

「媽媽不在的期間，是不是發生什麼事情了？是吧？」

「啊，不是的。什麼事都沒有。」

「最好沒有。」

恩景再次伸手，荷娜還是蜷縮著躲開了。她本來就被女兒的行為刺傷，看荷娜一而再、再而三迴避自己，漸漸開始感到煩躁。恩景一把抓住荷娜的肩膀，本來就受到驚嚇的荷娜發出尖叫。

「啊啊啊！」

「妳怎麼了？」

「對不起！」

女兒突如其來的反應讓恩景嚇了一跳，這讓恩景直覺判斷有什麼事情不對勁。

「發生什麼事情了，對不對？荷娜，看著媽媽！看著媽媽的臉，誠實告訴媽媽。快點！」

荷娜一直吞吞吐吐，旁邊的珍妮也在催促她。

「說啊！媽媽也應該要知道！」

最後，荷娜只能如實交代。

「我早上進去臥室了。」

「臥室？為什麼進去？」

「因為我真的太餓了。珍妮說，裡面搞不好有吃的。我本來不想進去，但珍妮一直叫我進去，我不得已才……」

「珍妮！珍妮！為什麼妳這麼相信一個虛假朋友說的話？」

恩景神經質地說道，荷娜害怕得又縮了起來。

「然後呢？進到臥室之後呢？」

「我在臥室……看到媽媽了。」

「什麼？什麼意思？」

「媽媽在房間裡……死掉了。」

「妳說什麼？」

「是真的！」

恩景嘆了口氣，像是聽到一件令人啼笑皆非的事情。

荷娜一直在觀察媽媽的臉色。

接著，恩景開口說道：

「荷娜，妳看到的景象不是真的。那都是妳的想像。就跟珍妮一樣，是妳想像出來的。懂嗎？」

「不要相信這些話。媽媽現在根本不相信自己死了。但是，妳媽媽明明就已經死了！」

珍妮繼續試圖說服荷娜。

「如果妳不想相信，那妳就跟媽媽一起去臥室裡面看看。」

聽到恩景的話，荷娜嚇得猛搖頭。

「怎麼？妳害怕嗎？」

「……」

「到底有什麼好怕的？那個房間裡什麼都沒有啊！來，快點！」

恩景想要抓住荷娜的手，但荷娜把手藏在背後，表示不願意。女兒的這副模樣只讓恩景更加生氣。她強硬地拉住荷娜的手，拖著她走。荷娜不想過去，一直抵抗到最後。

「竟敢不聽媽媽的話！」

忍無可忍的恩景大聲質問。

荷娜不知所措，只能瑟瑟發抖。

珍妮無計可施，只能眼睜睜看著一切發生。

「我叫妳進去看！到底誰的話才是對的！」

恩景粗暴地拉扯荷娜的手臂，荷娜什麼話都說不出口，只能被拉著走。

4

走到臥室門口後，荷娜面如死灰，呼吸急促。儘管如此，恩景始終沒有放開小孩的手臂。

「我不要進去……嗚嗚嗚——」

「閉嘴！」

恩景轉動臥室門把手，打開了門。這時，房間裡一片伸手不見五指的黑暗迎接著她們。恩景拿起事先準備好的蠟燭走進去。荷娜在媽媽的牽引下，不得不再次回到這個房間裡。

微小的燭火不能完全驅散房間裡的漆黑。恩景為了讓年幼的女兒安心，拿著蠟燭照亮各個角落，好讓女兒知道這裡什麼都沒有。

「妳看，什麼都沒有啊。全部都是妳的想像。媽媽沒有說錯吧？」

「嗯。」

嘎吱——。

又聽見那個聲音了。荷娜瞬間全身僵硬。

恩景看到女兒慘白的臉色，轉頭看向發出聲音的地方。燭光照亮了那處，隱藏在黑暗中的東西露出真面目。恩景嚇壞了，差點把蠟燭丟到地上。眼前是令人震驚的場面，幾乎讓人無法呼吸。有一個女人的脖子吊在衣櫃門前，頭顱無力地往下垂。那個女人的外型和自己太像了，衣服、髮型甚至體格都一模一樣。

「**媽媽在房間裡……死掉了。**」

荷娜說的那句話，難道是真的嗎？恩景怎麼也接受不了現在的情況。自己明明還活著，明明還能思考與感受，怎麼可以說是死了呢？她的思緒被混亂和恐懼籠罩，最後決定上前確定這名女性死者的臉。她彎下腰，抬頭看了一眼這個低頭的女人。

看到那張臉的瞬間，恩景尖叫著往後退了一步，然後抬起一隻手，捂住嘴巴開始抽泣。

「啊啊……怎麼可能……怎麼會……怎麼會……」

荷娜對那樣的媽媽感到恐懼無比。

「不可能……為什麼！……到底為什麼！……該死！」

「媽、媽媽……」

恩景拿著蠟燭的手一抖，影子就開始晃動，彷彿整個房間都在晃動一樣。

荷娜露出不安的表情望著媽媽，突然發現媽媽的手有些怪異。她捂住嘴巴的右手手背上，竟然出現黑色的斑點。這些黑點宛如滴在宣紙上的墨水，沿著恩景的手臂蔓延到全身。恩景依然抽泣著，荷娜十分害怕，步伐躑躅地往後退。

「不對，這不可能啊。我不可能已經死了……我不可能已經死了……」

「……」

「是吧，荷娜？」

「……！」

瞬間，荷娜停下後退的腳步，屏住呼吸靜靜站著。

恩景抬頭凝視荷娜。黑漬已經蔓延到她的臉上。荷娜察覺媽媽的眼神異常，瞳孔中流淌著冷光。

「荷娜。」

珍妮在旁邊叫她的名字，但荷娜無法回頭。小孩緊咬雙唇，努力不讓自己哭出來。

「荷娜……回答我，媽媽沒有死對吧？」

「嗯。」

「但是妳為什麼露出這種表情？妳在害怕媽媽嗎？」

荷娜用力搖頭。然而與此同時，她再次小心翼翼地往後退了一步。

「妳要去哪裡？想從媽媽身邊逃走嗎？」

「不是的……」

「快過來！」

恩景整張臉都已經全部覆蓋了黑斑。她伸出手，想要抓住荷娜。

這時，珍妮喊道：

「快跑！」

荷娜迅速轉身，拔腿狂奔。媽媽在後面厲聲喊道：

「妳給我站住！」

荷娜跑出房間，沒跑多遠就被垃圾堆絆倒了。緊跟其後的恩景一把抓住孩子的衣服。荷娜像是快要暈厥一樣尖叫，恩景用手捂住女兒的嘴巴。

「想跑去哪？妳怎麼可以用這種態度對媽媽？說啊！」

恩景臉上的黑斑開始像汗珠一樣涔涔流下，黑色的水珠啪嗒啪嗒掉在荷娜臉上。

「媽媽沒有死。我明明活得好好的，為什麼要說我死了呢？嗯？嘿嘿嘿……」

被黑斑吞噬的恩景已經失去正常思考的能力。她低頭俯視女兒，發出瘋癲的笑聲。在她的臉上，源源不絕的汙水直淌而下，整張臉像融化了一樣。

驚恐萬狀的荷娜張開嘴，用力咬住媽媽按著自己嘴巴的手。

「啊啊！」

恩景一鬆手，荷娜就趕緊跑回自己的房間，然後馬上將門上鎖。片刻之後——

咣！咣！咣！

恩景對著房門一陣猛烈敲打。

「開門！快！我叫妳開門！」

房門劇烈搖晃，好像馬上就會分崩離析。荷娜蜷縮在房間的一處角落，雙手捂住耳朵渾身發抖。恩景不停吼著開門。那激動的聲音，完全不像她認識的媽媽會發出來的。

「珍妮！快幫幫我！我好害怕。媽媽不會放過我的！」

荷娜向珍妮求助。

「對不起，我幫不上忙。」

「那我該怎麼辦？萬一媽媽打開門進來的話，我……」

「我唯一能做的事情，是陪在妳身邊。」

嘶——嘶——嘶——嘶——嘶——

粗暴的捶門聲突然變成了刮門聲。令人毛骨悚然的聲響令荷娜失聲痛哭。

「開門！開門！開門！開門！開門！」

恩景化身野獸，用指甲瘋狂撓門。滿臉汙漬的她簡直就是惡鬼。這時，從門內傳出荷娜的哭聲。

「嗚嗚嗚嗚。」

「開門！開門！開……！」

失去理智的她在聽到女兒的哭聲後，才終於清醒過來，停下手上的動作，露出呆滯的表情。

「我、我在幹什麼……荷娜，妳沒事吧？別哭了，我的寶貝。是媽媽的錯。媽媽跟妳道歉。媽媽剛剛好像突然瘋了，對不起。真的……」

可能是對自己的失態感到羞恥，恩景竟開始抽泣起來。同時，也不斷向荷娜道歉。

荷娜察覺到媽媽恢復正常，便止住了眼淚。然後她喚著媽媽，正要走近房門。此時，珍妮擋在她前面。

「不行，不能這麼做。」

珍妮搖了搖頭，神情冷漠。

「現在媽媽的心已經生病了，誰知道什麼時候又會突然攻擊妳。所以，絕對不能打開這扇門。」

荷娜苦惱片刻，最終決定聽從珍妮的話。

半晌後，恩景的情緒又開始不一樣了。

「我死了嗎？……我嗎？……但是，為什麼我還在這裡？為什麼我已經死了，卻還留在這裡？……為什麼啊？……呵呵呵……呵呵呵……哈哈哈……」

聽到恩景歇斯底里的笑聲，荷娜又開始覺得害怕了。珍妮說得對，媽媽的心生病了，不知道什麼時候會再撲向自己。荷娜重新回到角落，抱住雙膝，屏氣等待這地獄般的時間過去。外面依然傳來媽媽的笑聲。

5

透過窗戶照進來的陽光刺激著眼皮，荷娜從睡夢中醒來。她不知不覺就睡著了，看樣子天色已亮。荷娜揉著眼睛，想要找珍妮。

「珍妮？珍妮？妳在哪裡？」

不管怎麼呼喚，珍妮都沒有出現，荷娜一下子就害怕了起來。一想到只有自己被留在這裡，就害怕得要流出眼淚。

「我在這裡。」

不知不覺中，珍妮已經坐在小孩的旁邊。荷娜這才覺得安心一點。

「我還以為妳永遠不會回來了。」

「傻瓜，我要去哪啊？」

珍妮撫摸了一下她的頭髮，荷娜感覺好了一些。

「珍妮，我們是朋友吧？」

「當然啦。」

「妳不會傷害我吧？」

「我為什麼要傷害妳呢？」

「妳不會拋棄我吧？」

「……」

珍妮沉默半晌。

荷娜突然變得不安。

「為什麼不回答我？」

「知道了，我不會離開妳。」

「那我們打勾勾。」

荷娜伸出小指頭。珍妮伸手勾住小孩的小指頭，用拇指互相蓋章。終於，荷娜嘴角才露出了微笑。珍妮看著荷娜，跟著揚起嘴角，忽然之間她看到小孩的額頭上出現小斑點，表情變得僵硬起來。那汙漬明顯就跟覆蓋在恩景臉上的黑斑一模一樣。

「怎麼了？珍妮，妳生氣了嗎？」

看珍妮表情變得嚴肅，荷娜擔心地問道。

珍妮本想提起關於汙漬的事，但還是放棄了。

「沒有，我沒有生氣。」

珍妮微笑，安慰擔心不已的荷娜。

就在此時，房間裡突然傳出奇怪的聲音。那聲音令人不快，好像有蟲子在啃食什麼似的。

荷娜聽見這個聲音，露出驚訝的表情環顧周圍。

「看那邊！」

珍妮指向牆上的黑色汙漬，正在緩緩蔓延。不止那一處，不知不覺間牆壁到處都是黑斑。

荷娜一臉驚恐地看向珍妮。

「糟糕，汗漬好像要蔓延到整間屋子。」

「該怎麼辦！」

「還是先離開這個家吧，繼續留在這裡的話，說不定妳也會變得跟媽媽一樣。」

「不行！我不要變成那樣！」

「先出去，這裡現在很危險。」

荷娜和珍妮一起走出房間。但是，就連客廳牆壁上也遍布黑色斑點。珍妮牽著荷娜的手，走到玄關門口。可是，才剛走到門口，就發生了意料之外的情況。門口出現她們第一次見到的鎖，門鎖上了。

「誰在這裡裝鎖！」

「好像是媽媽做的！怎麼辦？」

「我們得找到鑰匙！快點！」

「鑰匙在哪裡啊？」

「不知道！應該就放在某個地方吧。我們來找找看！」

「有沒有可能……在媽媽手上？」

「啊！對耶！應該是喔！」

「……」

然而，荷娜不想再進入那個房間。儘管珍妮打了頭陣，小孩卻沒有跟上，只是呆立在原地。

「還不快過來，在原地幹什麼！」

「可是……我會害怕……」

「妳想被那個髒東西吞噬嗎？」

「知、知道了。」

荷娜勉為其難地跟在珍妮身後。在她們來回的期間，黑色汙漬已經占領客廳，幾乎找不到一丁點白色的部分。此刻，汙漬穿越牆壁，直接蔓延到天花板、地板與各種物品上。照這樣下去，荷娜也會變得跟媽媽一樣，被黑色汙漬捕獲只是時間問題。

珍妮從中間穿過客廳，直接走向臥房。這時，一個陌生的東西闖入她的視線。那是一張用磁鐵貼在冰箱上的小小便條紙。明顯是到昨天為止都沒有的東西。珍妮走到冰箱前，叫荷娜把紙條摘下來。原來，那是媽媽寫給荷娜的信。

給媽媽最愛的女兒，荷娜

荷娜，昨天嚇壞了吧？

希望妳能明白，媽媽不是故意要這樣的。

媽媽現在真的好心痛，

所以才對荷娜做出那麼糟糕的事情。

真的對不起。能不能不要怪媽媽？

媽媽鎖上門是為了保護妳。

鑰匙就放在媽媽的手可以碰到的地方，別擔心。

等一切都解決了，媽媽一定會帶妳去妳喜歡的遊樂園。

我們打勾勾。

不管在什麼情況，媽媽永遠愛妳。

讀完信之後，珍妮看向荷娜。小孩緊閉雙唇，淚眼婆娑。珍妮輕輕撫摸著荷娜的頭髮。

「別哭了，我們快去找鑰匙吧。」

「嗯。」

「既然信上說鑰匙放在媽媽能碰到的地方，那應該就是最高的地方吧？」

珍妮環顧四周的視線在某處停了下來。她抬手指了指那個地方。

「這間房子裡最適合藏鑰匙的地方肯定就是那裡，洗碗槽的收納櫃！我猜是最上面的抽屜吧？」

「那邊？可是碰不到啊。」

「這確實是最大的問題。嗯，這裡有沒有可以讓我們踩上去的東西啊？」

「我找找看。」

荷娜翻遍了周圍的垃圾，終於找到一些可以踩上去的東西。但大部分的東西都太脆弱，一踩上去就壞掉，或者重量太重而無法移動。

「不行，沒有時間繼續浪費了！黑色汙點已經變這麼大了！」

珍妮急促地說道。

她苦惱了片刻，不知是不是想起什麼，抬手指著臥室。

「裡面有折疊椅，我們應該可以踩椅子上去！」

「還要進去？」

荷娜一臉害怕地說道。

「除此之外別無他法了。雖然妳肯定很害怕，但是一定得進去！我們時間不多了！」

荷娜打從心底不想進去，但看到遍布客廳的黑色汙漬，她也只好走向臥室。小孩小心翼翼打開房門。房間的窗簾完全拉上，因此即使是白天也很昏暗。荷娜嚥了嚥唾沫，走近媽媽屍體所在的衣櫃。屍體跟昨天一樣，懸掛在衣櫃門前。她低頭往下看，屍體腳下放著浴室用折疊椅。小孩慢慢靠近，伸手去拿椅子。那個瞬間，小孩的耳邊又傳來奇怪的聲音。

叮鈴噹。叮鈴噹。叮鈴噹。

是昨天聽到的那個鈴鐺聲。使人寒毛直豎的恐懼立刻籠罩荷娜，她不由自主抬頭看向屍體。不知何時，瞪大眼睛的恩景俯視著小孩。那令人毛骨悚然的樣子讓荷娜僵在原地。

「呃……」

「荷娜！快拿椅子出來！快點！」

珍妮在後面高聲喊叫，但荷娜無法動彈。

這時，恩景突然露出痛苦的神情開始掙扎。荷娜嚇了一跳，往後摔了一跤。被繩子吊起來的恩景雙手扯著晾衣繩，奮力想要掙脫繩子的束縛，兩條腿在半空中亂踢。

「咳咳……咳咳……！」

「醒醒！媽媽已經死了！那是鬼！」

在珍妮的提醒下，荷娜才勉強清醒過來。孩子哆哆嗦嗦地在地上爬行，再次把手伸向椅子。此時的恩景也像要抓住小孩似的，胡亂揮舞手臂。

「啊啊啊！」

害怕的荷娜一邊往後退著一邊尖叫起來。

「沒關係！媽媽抓不到妳！」

正如珍妮所說，恩景吊在繩子上，所以無論怎麼揮動手臂，都碰不到荷娜。但是恩景的樣子令人害怕，荷娜根本無法靠近。

「不要看上面，看著地板爬過去拿！快點！」

荷娜按照珍妮的指示，只看著地板爬過去。但是，頭頂晃動的腳以及痛苦的呻吟都讓小孩非常害怕。她好不容易才把椅子搬出來，突然聽到上方傳來咯噹咯噹的聲響。由於恩景的粗暴動作，有一個鉸鏈鬆脫掉落，衣櫃門向前傾斜。荷娜被聲響嚇了一跳，尖叫著迅速後退。

「好了，我們把椅子拿到外面去吧。」

珍妮說道。

荷娜逃也似的跑出來，把門關上。裡面仍然傳來媽媽痛苦的呻吟聲。

荷娜在洗碗槽前放下折疊椅，站了上去。如此一來，荷娜在這個高度便可以靠自己的力量爬上去。小孩把雙手放在洗碗槽上，用力跳了起來。上半身順利往上爬，讓她可以輕鬆爬到水槽上。

「成功了！」

「做得好！現在打開收納櫃！」

荷娜站在洗碗槽上，打開收納櫃的門。現在開始才是問題所在。收納櫃是由三層隔板構成，鑰匙很有可能是在視線無法觸及的最上層架子上。但是，荷娜的手碰不到那一層。比較可能執行的方法，只有把收納櫃的隔板當作梯子，踩著收納櫃的架子爬上去，但一開始就遇到了難關。僅憑荷娜身高，就連最下層的隔板都很難踩上去。這時，一個電鍋映入小孩的視線中。利用電鍋的話，應該就可以爬上去。荷娜把電鍋拉過來，放在收納櫃下面。現在只要踩上去就行了。然而正準備要踩上去時，荷娜突然退縮了。無論如何，這對年幼的荷娜來說，是非常危險的挑戰。小孩望著隔板猶豫不決，此時待在下面的珍妮鼓勵她。

「上去的時候小心一點，肯定沒問題的，因為並不是很高。」

「……知道了。」

荷娜謹慎地抬起一隻腳踩住電鍋，另一隻腳踩在最下層的隔板上。小孩的雙腿不停發抖。

「很棒！妳做得很好！」

黑色汙漬不知何時已經蔓延到收納櫃。看到這個景象，荷娜變得急躁起來。

好不容易才成功爬上隔板，荷娜伸長脖子，朝最上層的隔板望去。那裡有一把鑰匙和一個水蜜桃罐頭。荷娜很高興，不由自主地開懷大笑。

「這裡還有一個罐頭！」

「真的嗎？」

「嗯！我拿下去。」

「……」

荷娜伸出稚嫩的小手拿到鑰匙，然後想去拿水蜜桃罐頭。但是罐頭在更深處的位置，所以怎樣都碰不著。小孩伸長手臂，姿勢看起來很危險。

珍妮默默地看著這一幕。她明明可以阻止荷娜費力地去拿罐頭之類的東西，因為很危險，但她卻沒來由地不發一語。

「碰得到嗎？」

「快好了！差一點點……就差一點……拿到了！」

荷娜一隻手舉起罐頭，高興地拿給珍妮看。

看到久違的食物，小孩就像擁有全世界一樣幸福。那一刻，小孩忘了所有痛苦的現實，只剩下打開水蜜桃罐頭來吃的念頭。荷娜對下面的珍妮說道：

「我現在就下去……啊！」

偏偏在這個時候，出現一陣鑽心的飢餓感。荷娜覺得自己的腸子扭曲打結，幾乎要斷掉的感覺。實在太疼了，連呼吸都十分困難。她渾身開始冒冷汗。小孩緊皺眉頭，非常難受。

「珍妮，我肚子痛……」

「……」

「珍妮……呃呃……」

不知何故，珍妮一聲不吭。

荷娜渾身顫抖，使出渾身解數，試圖往下爬，但是雙腿卻不聽使喚。剎那間，不慎踩空的小孩失去平衡，直接滾落到水槽下面。

咚！

荷娜倒在地上，渾身動彈不得。不知怎地，小孩的狀態看起來不太尋常。片刻後，珍妮才走過來。沒過多久，荷娜的頭部流出的血水讓地板濕了一片。不幸的是，荷娜落下的地方堆滿垃圾，而垃圾堆裡裝了一些堅硬又尖銳的物品。

荷娜顫抖不已，呼吸急促，手裡還抓著水蜜桃罐頭。荷娜抬起漸漸模糊的視線，望著站在自己頭部旁邊的朋友。

「我、我好冷……」

「……」

珍妮目光裡充滿悲傷，低頭看著荷娜，惋惜之情毫無保留地顯露在她的臉上。

「珍妮……我……好冷……」

「對不起，我幫不上忙。」

荷娜的生命之火熄滅，周圍的黑色斑跡立刻猛撲向小孩。

黑色斑跡像那些會啃食屍體的蟲子一樣，殘忍地吃掉荷娜的身體。

不知不覺中，荷娜嬌小的身體已經變得難以辨認形體，彷彿從很久以前就存在的黴菌一般，逐漸成為這間房子的一部分。珍妮默默注視著那慘絕人寰的景象。

然而，不知從何處突然傳來陌生女人的聲音。那道聲音用穩重而堅決的語調說道：

「退下！」

那句話一出現，黑色斑跡瞬間從荷娜身體上撤離。不僅如此，覆蓋整間房子的汙漬也一併消失了。房子恢復成原來的樣子。但遺憾的是，荷娜已經停止了呼吸。

珍妮目光呆滯，低頭看著死去的孩子半晌，然後慢慢往後退，直至消失在虛空中。

結尾

傍晚時分，恩景回來了。

雖然既沒找到食物，也沒有籌到一毛錢，她還是回到冰冷的家中。她手裡提著某處撿回來的垃圾。不知從何時起，她變得討厭空手而歸，便習慣性地翻找別人家的垃圾，把看起來還能使用的東西帶回來。然而，事實上那些東西毫無用處。

恩景迫切需要錢，卻無計可施。離婚的丈夫杳無音信，更別說支付贍養費，而親戚也早已對她們置之不顧。恩景無法負擔生活費與孩子的醫療費，最後還是選擇了高利貸，此舉也讓她無法擺脫貧窮的泥淖。

因無法償還節節攀升的利息，她只能透過搬家來躲避高利貸的討債人員，甚至無法申報登記入籍，因此無法以低收入戶的身分獲得基礎生活保障補助。這個情況下，恩景得不到任何幫助，因此迅速遭到社會孤立，就像世界上只剩下自己跟女兒兩人一樣。

但在那種情況下，恩景也不願放棄希望。她的女兒荷娜，是她活下去的唯一理由。即使是為了那孩子，她也會想盡辦法活下去。她期望的事情並不多，只是想要活得像個人。這才是恩景引頸期盼的生活。

「荷娜，媽媽回來了。」

她回到家後，不知怎麼回事，荷娜並沒出來迎接。雖然現在還不到睡覺時間，但與其肚子餓而哭鬧不已，還不如睡著來得好。恩景拿著垃圾走進家門。緊接著，當她走進與廚房相連的客廳時，眼前出現令人難以置信的光景。

「啊啊！不要！荷娜！」

女兒頭破血流地倒在地上，恩景見狀後高聲大叫，跑過去抱住女兒。但是懷裡的身體已經涼透了。

「荷娜！睜開眼睛！荷娜！是媽媽啊！媽媽回來了！我的女兒，我的女兒怎麼會……」

她抱著孩子嚎啕大哭。她哭得天昏地暗，彷彿世界末日。即使嗓子發不出聲音，眼淚也已經流乾，她還是止不住哭泣。

「不，荷娜……快睜開眼睛。媽媽回來了呀……不要再睡了，該起床了。」

看著這個骨瘦如柴而令人同情的孩子，恩景感覺到心如刀割般的痛苦。

她就這樣失魂落魄地哭了好久。片刻之後，她神情恍惚地抱著孩子站起來。然後，慢慢走向某處。

「我的孩子……肚子很餓吧……媽媽對不起妳……」

恩景抱著孩子，站在泡菜冰箱前面。接著，她打開冰箱門，小心翼翼地把孩子放進去，讓她躺好。

「妳在這裡稍等一下，媽媽馬上就來接妳。知道嗎？」

她把孩子放在冰箱裡面，步履蹣跚地走向房間。失去一線希望的她，需要的是另一根繩子來與死去的孩子相連。只要能更靠近她的孩子，一切就足夠了。

◊　◊　◊

珍妮在後方默默看著恩景走進房間。

接著，珍妮說道：

「夠了。都結束了。」

珍妮轉過身來，客廳裡的景象突然出現劇烈變化。那對母女倆曾住過的、既陰沉且充滿垃圾的房子，一瞬間脫胎換骨成裝修過、乾淨整潔的平凡家庭住宅。

此外，站在珍妮對面的是初次見到的年輕女子及中年男子。女子有一頭烏黑長直髮，皮膚白皙如雪，渾身散發出神祕的氛圍，讓人留下深刻的印象。站在她旁邊的男人，就是這棟房子的屋主，崔先生。

「聽說都結束了。」

女人說道，雙眼並沒有看向崔先生。

她的聲音正是稍早說出「退下！」的那道聲音。

「真的嗎？那對母女的鬼魂不會再出現了嗎？」

崔先生的眼神中充滿期待，他看著女人問道。

「是的，以後都不用擔心了。」

「哎喲，謝謝。史大師。」

他向女人鞠躬致謝。他之所以如此信任女人，是因為她在這方面是相當有名的專家。驅魔師史妙夏。每年到了夏天，她就會收到許多電視臺爭先恐後的邀請函，她正是業界公認的翹楚。為了委託她案件，崔先生也足足等了一年。擁有如此成就的她自信滿滿地說出這句話，崔先生只有滿滿的感謝。

「那鬼魂讓房客都深受其擾。早知道會這樣，我就不買這間房子了。唉，簡直就是活受罪啊！」

「所有低於市價的建築物都是有原因的。」

總覺得她好像是在責備自己的貪慾，崔先生莫名感覺難為情。

「現在都解決了，終於放下心中大石了……不過，那對母女的鬼魂為什麼這麼執著於這間房子啊？」

「她們曾經在這裡發生過令人心痛的事。我也是調查後才知道，原來十五年前有一對母女死在這裡。獨自看家的女兒意外離世，受到打擊的母親也自殺身亡。」

「哎唷，嘖嘖……」

「令人同情的是，母女倆長期飽受生活折磨。再加上女兒患有甲狀腺機能亢進，甚至連像樣的治療都沒有。這種疾病的症狀之一，就是無論怎麼吃都會感到飢餓，據說她在意外發生兩天前，就幾乎沒有吃任何東西。您猜猜看，那孩子死前有多痛苦？」

「原來有那麼悲傷的故事。現在這個年代，竟然還有餓肚子的人……我終於知道為什麼她們離不開這裡了。」

崔先生曾經對母女的鬼魂大為光火，如今卻覺得有些愧疚。

「有些靈魂受到太大的精神打擊，經常會忘記自己已經死亡。尤其像這對母女，連葬禮都沒有舉行的狀況更是如此。」

「所以更離不開了。」

「是的，沒錯。要想解決這個問題，就必須替他們消除根源的怨恨，但她們成為地縛靈的主要原因是女兒，因此我的童子神便去跟那個孩子做朋友。媽媽被女兒束縛，女兒被這個家束縛，只有找回兩人的記憶，母女才能一起升天。我的童子神能夠引導靈體，讓她繼續回想自身的記憶。但是，媽媽逐漸變成惡鬼，最後真的非常危險。如果再晚一步，兩個人都會成為惡鬼。」

「童子神是……？」

「是我侍奉的神。」

「啊，原來如此。總之辛苦您了！聽您這麼一說，我才知道您有多辛苦。那我就相信史大師的判斷了。」

他正要走出去，妙夏不知何故一動也不動，好像還有正事要完成一樣。

崔先生回頭看向她，奇怪地說道：

「您還有事情要做嗎？」

「沒有。不好意思，我可以在這裡待一會兒嗎？我想為她們兩位的靈魂祈禱。」

「啊，我知道了。請自便，我先告退了。」

崔先生離開後，妙夏走近冰箱。冰箱門上原封不動地貼著那張紙條。她取下便條紙，走向洗碗槽。然後拿出打火機，點燃便條紙，扔進洗碗槽裡。其實恩景的手寫信是妙夏為了影響鬼魂的情緒寫的。片刻後，她揮了三下左手拿著的巫鈴。

叮鈴噹。叮鈴噹。叮鈴噹。

然後她閉上眼睛，雙手合十，為鬼魂祈禱。

半晌之後，珍妮出現在她身後。

妙夏轉身，對她微微一笑。

「我很抱歉，把這麼困難的事情交給您。我知道您不喜歡跟孩子有關的工作，但是這母女倆太可憐了，所以我很想幫幫她們。」

「要是一直多管閒事，會變得沒完沒了吧？」

「您生氣了嗎？」

「我沒生氣。是妳心太軟了，所以我才給妳一點忠告。」

「我會銘記在心。但是多虧了神靈大人，事情才能順利解決。我想，那對母女肯定也很感激您。」

「哼。」

這時，妙夏的耳邊傳來荷娜的笑聲。她轉過頭去，朝發出聲音的門廊那邊望去。那對母女牽著手站在那裡。兩人都第一次露出了幸福無比的笑容。

「您看，她們現在要走了。」

「我知道。」

妙夏的目光中流露暖意，看著她們離去。

「要不要跟媽媽一起去遊樂園？我們去玩遊樂設施，還要吃很多好吃的。怎麼樣？」

「哇，好開心！媽媽是最棒的！」

「哎呀，那麼喜歡遊樂園嗎？」

「嗯！」

「那我們快走吧！」

荷娜拉著媽媽的手跨過玄關時，突然停住腳步，好像是忘記什麼東西。

「媽媽，我可以和珍妮說再見嗎？」

「好，去吧。」

荷娜轉頭看向客廳，驅魔師妙夏與童子神珍妮站在那裡。從剛才就一直露出不耐煩表情的珍妮，與荷娜對視後，表情馬上變得柔和。

荷娜笑著對珍妮揮了揮手。

「再見，這段時間謝謝妳！」

此情此景讓珍妮也露出欣慰的笑容，她朝荷娜揮手說道：

「再見，我的好朋友。」

玩命大挑戰

申真悟

I

Instagram 上又開始流行新的挑戰了。

海律正笑著看寶拉的舞蹈挑戰影片。這個挑戰是要模仿某著名偶像的舞蹈，寶拉跳那支舞的樣子非常熟練，大概是為了上傳到 Instagram 練習了無數次。海律也反覆看了幾次舞蹈挑戰的影片，想要跟著跳跳看，但自己在鏡子裡映出的舞姿，總覺得彆扭又搞笑。海律嘗試模仿寶拉的表情，但連表情也非常不容易。結果，才十分鐘她就放棄了，一下子倒在床上。

「呼……網紅果然不是誰都能當。」

寶拉不僅在 SNS 上十分活躍，在班級裡的人氣也很高，經常上傳自己拍攝的個人 VLOG 到 YouTube 上，點閱率也相當可觀。

海律在朋友的聊天群組裡發送訊息。

海律：寶拉，我看了妳剛才的挑戰影片 哈哈
　　妳跳得真好欸

未讀人數減去一個，但沒有人回應。
海律懷疑自己是不是不該提起這件事。
幾分鐘後，寶拉回覆了。

寶拉：哈哈，謝謝妳的稱讚！

海律想要繼續聊下去，卻想不到合適的話題。
在此期間，英妃和奎榮也在聊天群裡發言。

英妃：我也看了喔，寶拉
　妳都不想去參加偶像徵選嗎？
　我們公司最近正在招募新的練習生喔 呵呵

奎榮：是喔？那就去試試看啊
　你們知道嗎？
　英妃這種程度也可以當偶像

寶拉：什麼啦？哈哈哈哈

　　夠了喔？

　　我這樣哪有可能啦 哈哈哈哈

奎榮：妳的舞姿很生動啊

　　怎麼？因為妳的臉不如英妃漂亮，所以才叫妳用舞蹈取勝啊 哈哈

寶拉：你滾啦 哈哈哈哈

英妃：你的意思是我跳舞很爛嗎?!

奎榮：老實說確實不怎麼樣吧

英妃：啊，你這傢伙閉嘴吧！哈哈

海律靜靜旁觀三人的對話，並沒有直接加入閒聊。老實說，她覺得自己在朋友圈裡格格不入。多虧了她國中時期的朋友英妃，她才能順其自然地跟寶拉、奎榮成為朋友。也許正因如此，

這兩位朋友的性格、喜好都與英妃很接近。英妃是一名擁有美貌與才能的超級風雲人物，已經是大型偶像經紀公司的練習生。寶拉和奎榮也是班上公認的核心人物。反之，海律沒有任何特別之處，只是個平凡的女高中生。她羨慕朋友的社交能力，努力模仿朋友的一切，然而越是如此，就越覺得彆扭，就像穿到不合身的衣服，反而讓自信心愈發低落。不知從何時起，她開始在朋友圈子裡察言觀色。她自己也不想變成這樣，然而她擔心自己被群體排斥，也只能這麼做了。

英妃：啊，對了，各位！
　　我們這個禮拜天要不要一起出去玩？
　　我想看電影，呵呵
奎榮：喔，這麼突然
寶拉：我要我要！
　　要看什麼電影啊？

對於英妃突如其來的提議，寶拉和奎榮都毫無異議地表示贊成。海律苦惱了片刻，然後才發出訊息說自己也要去。聚會地點和時間都是由英妃來決定。

海律挑選最近買的T恤和牛仔褲搭配一番後，決定穿這身出門。明明很久沒跟朋友出去玩，不知為什麼她卻一點都高興不起來。但是，也不是不想赴約。雖然想要赴約，不過見了面就會產生壓力，那是一種連自己都難以理解的複雜心情。

2

海律跟朋友一起從電影院走出來，走向附近的漢堡店。

大家一邊吃著自己的漢堡，一邊討論電影內容時候，英妃提起了其他的話題。

「你們知道叮咚挑戰嗎？」

「叮咚挑戰？」

「啊！我聽過！」

寶拉迅速嚥下飲料，說道。

不過，海律是第一次聽說這個挑戰。奎榮好像也不太清楚。

「那是什麼挑戰？最近每天都看到有人拍那個挑戰的影片。」

奎榮笑著說道。

「看來海律和奎榮不太清楚，我來解釋一下吧。這個挑戰需要先下載一個叫『叮咚』的APP，挑戰影片是要上傳到『叮咚』上的。下載好『叮咚』之後，就要召集挑戰者。按照

ＡＰＰ的規定，可以隨機跟不認識的人進行挑戰，但如果是朋友之間進行挑戰的話，註冊後互相加好友就可以了。只要召集到三個人以上，就可以進行挑戰了。」

「啊！原來要另外下載ＡＰＰ啊？」

奎榮說道。

「嗯，對啊。確定好要一起挑戰的人之後，就可以開始進行叮咚挑戰。這個挑戰總共有三個題目，從中選擇一個來做就好。第一棒可以選擇自己想做的題目，然後下一棒的題目由前一個挑戰者決定。第一個任務是去建築物的樓頂，沿著高樓的邊緣走路，而建築物的高度至少要五層樓以上，但是只要走一面的邊緣就可以了。」

「哇！太瘋了！竟然是這種挑戰？」

「怎麼了？你害怕啦？」

「才沒有！我覺得肯定很好玩！」

「呿！再裝啊！」

寶拉一聲嘲笑後，奎榮卻表現出十足的信心，說自己沒有懼高症，一般的遊樂設施或高空彈跳對他來說都很無聊。

英妃繼續說道：

「第二個挑戰是蒙住眼睛，轉二十圈後通過四線車道以上的馬路。如果中間睜開眼睛就是失敗！最後，第三個挑戰是在水裡憋氣兩分鐘。只要把臉泡進水裡完成就算通過！怎麼樣？你們不覺得很值得一試嗎？」

「除了第一個挑戰，其他都可以挑戰看看。」

寶拉說道。

「第二個也滿危險的吧？再怎麼說，以那種狀態過馬路實在是……」

海律臉上露出擔憂的神情，英妃笑了出來。

「沒關係啦，反正只要在綠燈的時候過馬路就好啦。」

「可以這樣的話，簡直就是小菜一碟！要我轉三十圈也可以！」

這次奎榮也頗有自信地說道。

「什麼，那樣的話……」

「海律，所以妳應該是覺得第三個最好吧？」

「不，我大概連一分鐘也堅持不了。」

海律說完，看了一下眾人的表情。總覺得說出這樣的話，好像在良好的聊天氛圍中潑了一桶冷水。於是，她又立刻講了一些活絡氣氛的話。

「不過確實滿有意思的，如果大家一起做的話。」

「對啊，大家一起挑戰的話，肯定很好玩！」

英妃立即附和起來。

「但是，我聽說如果挑戰成功的話，就可以實現願望是嗎？」

寶拉說道。

「真的嗎？」

「什麼願望？什麼願望都可以嗎？」

海律和奎榮是第一次聽說這個規則，自然對此很感興趣。

「啊，那個啊？應該只是開玩笑吧。不可能真的實現願望吧。」

英妃笑著說道。

奎榮立刻拿起手機，檢索「叮咚挑戰許願」幾個關鍵字。隨後，相關資料出現在網頁上。

他讀起某個人上傳的文章。

「叮咚挑戰，是指在『叮咚』這個短影音平台上流行的遊戲，被指定的人必須接受挑戰。挑戰任務總共有三個，挑戰次數無限制。但是，被指定的挑戰者必須在指名後的六小時內挑戰成功。如果挑戰成功的話，便可以指定下一位挑戰者以及挑戰任務。」

「哇，這規則很具體耶。」

海律說道。

「最終冠軍可以實現一個願望。願望沒有任何限制。但是，如果挑戰失敗，必須接受特別的懲罰。此外，倘若直接妨礙其他挑戰者的任務，亦視為挑戰失敗，必須接受懲罰。至於特別的懲罰是什麼，目前還不得而知……這個遊戲跟什麼都市傳說一樣耶。哇！太酷了吧？喂，我們來玩吧！一定很好玩！」

奎榮突然興致高昂地說道。

英妃當然舉雙手贊成，連寶拉也說想跟大家一起玩，氣氛十分活躍。

然而，海律卻無法輕易發表意見。海律其實一點都不想參與，但如果在這裡說出實話，她擔心會破壞氣氛，所以不敢輕易開口。她不喜歡這個挑戰遊戲。從第一個任務開始就讓她覺得十分瘋狂，後面連實現願望這種荒唐的獎勵都出現了，這就讓她更加不想參與了。反觀其他人，好像都被某種東西深深吸引，不僅對挑戰遊戲興趣十足，還近乎瘋狂地沉迷其中。海律心中生起一股不好的預感，感覺自己將莫名其妙地捲入壞事中。

「妳怎麼不說話？不想參加嗎？」

寶拉看著海律說道。

「啊，我……」

「一起來嘛！如果沒有妳的話，我們就只有三個人，這樣太無聊了。」

聽奎榮這麼說，海律露出為難的表情。

「沒關係，不用勉強。我們三個人玩也可以。」

不知為何，海律覺得心情有點差。當然，英妃是為她著想才這麼說，但是對海律而言，這段話完全喚起她的自卑心理。再加上這還是從英妃口中說出來，更讓她坐立難安。結果，她改變了主意。

「不，我也參加吧。」

「哦，朴海律！」

「妳太有義氣啦！」

寶拉和奎榮都在吹捧她，海律莫名覺得得意洋洋。

「沒關係嗎？是不是在勉強自己？」

「沒關係，我自己也想嘗試看看。」

海律笑著說道。

「好啊！那我們馬上開始吧！」

「奎榮看起來最開心耶，哈哈。」

「好啊，那大家都去下載『叮咚』APP，互相加好友吧。」

英妃說道。

過沒多久，他們全完成加入好友的步驟。

「是我提議的，應該讓我來當第一棒吧？嗯，挑戰什麼呢？」

「就選一號任務吧。英妃，妳不是很勇敢嗎？」

奎榮調笑似的說道。

「我就說我有懼高症！」

「好吧，一號就先刪掉吧。」

「真可惜，一號一定很有趣。」

「不然我們把這麼有趣的任務讓給奎榮吧！大家都知道了吧？指定奎榮的人一定要選一號喔。」

「喂，等一下、等一下！為什麼要這樣圍攻我？」

「怎麼了？你害怕啦？不是男子漢嗎？」

「是男子漢啊……玩遊戲還是要公平啦！」

「堂堂男子漢怎麼話這麼多啊？」

「那我選二號吧。」

英妃說道。

「妳下一個人要指定誰？」

「到時候再說。」

「哦~妳是想要製造緊張感是吧？」

「話先說在前面，如果我指定奎榮你的話，一定會選一號任務，你自己做好心理準備。」

「喂！真是的！知道了啦，是我錯了！我不當男子漢了！」

「哈哈哈！」

「妳打算什麼時候開始挑戰？」

海律問道。

「就是現在。」

「現在？」

「嗯，順便消食一下不是很好嗎？」

海律和朋友走出漢堡店，打算尋找適合進行挑戰的地方。他們也沒忘記要順路去大創買眼罩，因為奎榮和寶拉擔心英妃會在挑戰過程中故意瞇眼偷看，才想出要使用眼罩的辦法。英妃追問眾人把自己當什麼了，最後還是乖乖同意使用眼罩。

他們尋找著合適的地點，最後決定在車流相對較少的雙向六線道斑馬線進行挑戰。奎榮負責用英妃的手機拍攝過程。海律跟其他興奮不已的孩子不同，從剛才開始就表現出十分緊張的樣子。她擔心的是，萬一在挑戰途中出現差池該如何是好。然而，此時此刻已經不能改口退縮了。海律只希望挑戰能順利結束。

挑戰開始之前，奎榮對英妃說道：

「紅綠燈變成黃色時，妳就在原地轉圈，這樣才能爭取時間。時間非常充裕，只要不操之過急就一定可以成功。」

「哼，我一定會在二十秒內通過挑戰，你們都給我看好了。」

「妳還是乖乖走過去吧！」

「妳要是感覺快失敗了，就趕快拿下眼罩跑過去。知道嗎？」

海律憂心忡忡地說道。

但是，英妃自信滿滿地表示，絕對不會發生這樣的事情。

片刻之後，紅綠燈轉成黃燈。

奎榮大喊開始，英妃就馬上戴起眼罩，在原地轉了二十圈。

「……十八……十九……二十！出發！」

英妃才剛跨出第一步就摔倒了，其他人瘋狂大笑，海律也忍不住笑出聲來。

「英妃，加油！」

「快站起來！快呀！」

英妃起身後便開始走路，然而卻總是往預計之外的方向前進，其他人只能用聲音告訴她方向。當她開始好好走在斑馬線上時，紅綠燈已經過十秒了。此時，英妃走過的距離還不到三分之一。儘管如此，奎榮和寶拉卻一直哈哈大笑，不知道是哪裡覺得有趣。

海律看到英妃像醉漢一樣，走路姿勢東倒西歪，一陣不安襲上心頭。但是這個狀況維持不久，英妃的雙腿似乎沒了力氣，沒走多久就又摔倒了。時間繼續流逝，英妃都沒能好好站穩，這次開始朝道路方向走去。

「喂，不是那裡！左邊！往左邊轉！」

「那個笨蛋！到底要走去哪啊？之前不是一副很行的樣子嗎！」

寶拉和奎榮不知不覺中也失去笑意，朝著英妃用力大吼。

「這樣不行，我們應該要去把她帶回來！」

海律看著兩人說道。

「妳還不了解英妃的個性嗎？如果現在搞砸挑戰任務，她一定會超級生氣。」

寶拉說道。

「那又怎樣？萬一發生車禍怎麼辦啊？」

「我們再觀察一下，她現在已經走一半了。」

海律很想馬上中斷挑戰任務，但實在沒有這個勇氣。於是，她決定依照寶拉所說，再觀察一下狀況。紅綠燈的倒數計時愈發接近尾聲。海律的心臟隨著減少的數字漸漸揪緊。

英妃好不容易找到正確的方向，大部分的時間都已經浪費掉了。接著，紅綠燈變成紅色，汽車都開始慢慢準備前進。由於英妃還待在斑馬線上，所以多數汽車都還停在車道上等待，被她激怒的司機紛紛按響喇叭。儘管如此，英妃仍然不顧一切，繼續完成挑戰。

「英妃，不要再繼續了！快拿下眼罩！紅燈了！」

海律朝她大喊道。

不知是不是被喇叭聲掩蓋，還是她故意裝作沒聽見，英妃始終堅持不拿下眼罩，自顧自越過斑馬線。

這時，一輛鳴著喇叭的摩托車疾馳而來，從英妃面前驚險掠過。目睹這一光景，所有人的心臟都驟停了半秒。

事情並沒有就此結束。在那輛摩托車之後，後面等待已久的其他車輛也陸續發動。不知不覺間，英妃被夾在絡繹不絕的車輛中。至此，寶拉和奎榮好像也害怕不已，大喊著要英妃趕緊放棄任務。

「喂！快停下！妳這樣會被撞死的！」

「英妃！快點拿下眼罩啦！」

英妃似乎聽到了聲音，戴著眼罩回頭看了一眼。

大家一齊看著英妃，都以為她終於要放棄了。

然而，英妃的想法卻有所不同。她靜靜站在原地片刻，突然毫不猶豫地朝斑馬線的盡頭跑了起來。這是在瞬間發生的事情，所有人只能呆呆看著這一切。英妃一口氣跑了五公尺左右，所幸安然無恙地越過馬路。

「哇！妳真的是！」

「太狠了！」

奎榮和寶拉雀躍歡呼。

反之，海律雙腿發軟，癱坐在地上。

過了半晌，紅綠燈再次改變顏色，海律一行人也穿過馬路，走到英妃所在的地方。

「妳真厲害！是不是有兩個膽子啊？」

「哈哈哈！妳真的太強了！簡直就像電影場面一樣！」

「你有好好拍下我挑戰的樣子吧？」

一看到朋友們走來，英妃第一件事就是擔心影片。

海律看著英妃，不由得嘖嘖稱奇。

「我拍得超好。來，妳自己看看。」

奎榮給大家看他用手機拍攝的影片。眾人看了那支影片後，再次感嘆英妃的膽大妄為。

「OK！第一個挑戰任務成功！」

英妃擺出V字手勢，露出燦爛的笑容。

奎榮和寶拉跟著拍手叫好，海律卻無法一起慶祝。直到此刻，她依然覺得心驚膽跳。

「下一個挑戰者是誰？」

寶拉問道。

「嗯……要選誰呢？」

「直接選我吧，我已經做好心理準備了。」

奎榮放棄似的說道。

但是英妃沒有回答，只是露出意味深長的微笑。

「奎榮，幫我用手機拍影片，接下來我要指定下一個挑戰者。」

「呿，好啦。」

英妃看著手機鏡頭，宛如偶像般熟練地變換表情。

「下一個挑戰者是……嘟嚕嘟嚕嘟嚕……登登！是寶拉！」

「什麼呀？我嗎?!」

「太顯而易見的發展就沒有意思了嘛！總之，下一位挑戰者是寶拉！挑戰任務是三號！也就是水裡憋氣兩分鐘！」

「啊，完蛋了。我不太會憋氣。」

「那要換成一號嗎？」

「沒、沒有啦！就選三號吧！」

寶拉搖著手說道。

「三號任務沒有什麼危險，一定可以輕鬆完成。」

「我連憋一分鐘都做不到，更何況是兩分鐘呢，哎唷。」

奎榮開玩笑地說道。

就這樣，叮咚挑戰的第一個挑戰者完成任務了。雖然有一些突發事件，但沒有發生海律擔心的事故。這些突發事件反而為朋友帶來刺激，增加了挑戰任務的趣味。然而，海律的心裡仍然很不舒服，但她無法向朋友袒露這種心情。與其他人分手道別後，走在回家路上時，她依舊還在擔心挑戰任務的事情。事實上，她還是很想放棄挑戰，但是今天看到英妃全力以赴的樣子，要中途退出讓她備感壓力。結果，還是只能硬著頭皮參與了。

『先說要參加挑戰，之後再故意挑戰失敗吧。沒有必要為了挑戰成功，讓自己身處險地。反正失敗也不會發生什麼大事。』

她還沒開始挑戰，就已經打算要失敗了。她甚至沒想到挑戰失敗後，會受到的特別懲罰是什麼。然而，這在其他朋友那裡也一樣。在不知道叮咚挑戰會帶來什麼巨大影響之下，海律就這樣回家了。

3

那天晚上，寶拉接到海律的電話。兩人平時不會經常打電話聊天，但海律也算是還可以的聊天對象，因此她們前後也聊了十分鐘左右。海律說只是想打電話，但寶拉馬上猜到她是在為英妃的事情煩心，所以才打電話給自己。準確來說，是英妃挑戰任務的過程讓海律耿耿於懷。

起初海律先講了其他話題，最後還是提出關於挑戰任務的事情。

「對了，那個叮咚挑戰，妳不覺得有點危險嗎？」

「刺激一點才好玩嘛！隨便誰都能做的挑戰都看膩了，不是嗎？」

寶拉很清楚海律為什麼會提出這個疑慮，因此故意說出這番話後，在心裡暗笑。

「是這樣沒錯啦……但是英妃早上那種行為還是很危險，萬一出車禍該怎麼辦？汽車來來往往的，真是的……」

「真的超級刺激！我覺得比電影更好看耶！」

寶拉打斷海律說道。事實上，她也差不多開始厭倦只會說些正經話的海律。海律是個乖巧的人，正因為過分乖巧，所以也沒什麼魅力。通常跟她聊幾句，就會開始覺得無聊，後面她再說什麼都不記得了。由於海律是英妃的朋友，所以大家才能玩在一起，如果沒有英妃的話，海律在班上就會變成邊緣人。寶拉心想，如果一開始是這樣的話，她們大概也不會在這個時間點講電話了。

「海律，妳覺得很無聊嗎？」

「我……這個嘛，我也不知道。」

「啊！等等！現在幾點了？」

「嗯？怎麼了？」

「叮咚挑戰啊！不是要在六個小時內完成嗎？」

「對，是這樣沒錯。」

「我都忘了。我要去挑戰任務了，先掛了。」

「嗯、嗯。」

寶拉掛斷電話後，看了看手錶。時間是晚上九點。由於不記得被指名的時候是幾點，所以寶拉再次打開英妃的挑戰影片。影片上傳的時間是下午五點。但是，這是英妃上傳影片的時間，並不是指定自己的時間。她本想打電話給英妃，詢問準確的指定時間，但還是放棄了。反正英妃大概也記不清楚，有這時間還不如乾脆執行挑戰任務。她直接走向浴室。

「要兩分鐘對吧？先定好計時器……這樣就好了嗎？」

寶拉將手機架在洗臉台上，讓相機的鏡頭能拍到自己，接著她按下計時器的開始按鈕，同時將臉浸入水槽的水中。

「……噗哈！要喘不過氣了！多久了啊？」

她看向手機計時器，但時間才過三十秒。

「瘋了吧！這樣根本辦不到啊！好，再來一次！」

寶拉繼續挑戰水中憋氣。每一次挑戰都越來越進步，但還是撐不到兩分鐘。

「啊！好累！我為什麼一定要做這種事啊？該死！」

話是這麼說，但寶拉的好勝心跟英妃一樣強，所以還是馬上投入挑戰之中。半晌，接連挑戰十次都失敗的她伸手擦了擦臉上的水珠，深深嘆了口氣。

「可惡，再挑戰幾次應該就能成功了吧。」

她看了一眼手機上的時間，現在是九點十五分。

「好！我一定要在半個小時內成功！」

為了再次挑戰，寶拉按下手機的影片錄製按鈕，並將計時器歸零。就在她把手機放在洗臉台上，準備再次挑戰任務的時候，眼前突然一片漆黑。浴室的燈被關掉了。

「啊！幹嘛啊！……我還在浴室裡啦！」

寶拉開門走出浴室。她嘴裡大喊著「媽媽」，然後往客廳一看，那裡一個人也沒有。

「媽媽回房間了嗎？」

她總有種奇怪的感覺，但很快就拋開這個想法，重新打開浴室的燈，並關上了門。

「這次一定要成功！」

重新布置好環境之後，她才終於要開始挑戰。

然而，浴室的燈又熄滅了。

「哎唷！真是的！媽媽！」

她下意識地覺得是媽媽關了燈，但是不管怎麼想，媽媽又走回來關燈，著實是一件奇怪的事。

『難道剛才關燈的也不是媽媽嗎？』

心中忽然浮現疑問，寶拉莫名感到一陣毛骨悚然。她徑直走到門邊，轉了一下浴室門把手。她想快點離開這裡，可是不知怎麼回事，浴室的門紋絲不動。門好像鎖住了，把手一動也不動。

「怎麼回事啊？可惡！媽媽！媽媽！我被關在浴室裡了！」

寶拉把門敲得砰砰作響，大聲求救道。但是不管怎麼呼喚，媽媽都沒有從房間裡出來。寶拉心想媽媽是不是在睡覺，所以怎麼大聲呼救都沒用。她實在無法理解，這種程度的聲響連隔壁都能聽到，為什麼媽媽就是不出來。這種不合常理的情況讓寶拉大驚失色。

叮咚～！

突如其來的通知聲響讓寶拉嚇了一跳，心臟幾乎要停止了。

「什麼鬼啊！嚇死我了！」

那是叮咚ＡＰＰ的提示鈴聲。

寶拉這才想起還有手機，卸下心頭不安。剛才太過慌張，所以沒有想到手機的存在。她拿起手機，想要打電話給媽媽。此時，手機螢幕畫面上出現叮咚ＡＰＰ的通知。

〔來觀賞英妃上傳的影片吧！〕

「現在哪有那種閒情逸致啊！」

寶拉按了一下回到手機主頁的圖示，試圖關閉通知視窗。但不知道為什麼，即使按下主頁圖示，畫面也沒有改變。她不耐煩地連按了好幾下主頁圖示，依舊毫無反應。

「偏偏在這種時候！我真的要瘋了！」

無計可施之下，寶拉只好先點擊確認通知的圖標。隨後，畫面立即轉到叮咚ＡＰＰ，影片立刻開始播放。

「這是什麼啊？」

那是英妃指定下一個挑戰者的影片。

「下一個挑戰者是……嘟嚕嘟嚕嘟嚕……登登！是寶拉！」

「什麼呀？我嗎？！」

「太顯而易見的發展就沒有意思了嘛！總之，下一位挑戰者是寶拉！挑戰任務是三號！也就是水裡憋氣兩分鐘！」

「啊，完蛋了。我不太會憋氣。」

影片停在這裡。寶拉無法理解眼下的狀況。

「為什麼要發這個給我？」

就在此時，停止的影像又開始動了起來。但是，螢幕中出現的畫面不是她所知道的影片後半部分。影片中，英妃面無表情地凝視鏡頭。接著，她的臉龐漸漸開始產生變化。臉色變得灰暗，嘴巴漸漸張開，變成一張笑臉。這並不是單純的笑容。她的嘴角不停往上翹，就像被一把刀劃開般，嘴角裂開直到耳朵。緊接著，一陣令人毛骨悚然的笑聲傳了出來。

「嘿嘿嘿嘿嘿嘿嘿嘿——」

寶拉嚇壞了，想關掉手機，但手機按鍵還是毫無反應。她把手機扔出去，手機掉到洗臉台上，寶拉感到不寒而慄。從手機流洩出的詭異笑聲沒有間斷，她驚恐地看著手機。她以前從未有過令人如此不愉快及毛骨悚然的經歷。看到那支影片的瞬間，她陷入了自己不是透過手機，而是直接當場看見那個景象的錯覺，這讓她寒毛直豎。她本能地知道，這絕不是單純的惡作劇。

這一瞬間，她的腦海裡只浮現出一個想法。

如果挑戰失敗，必須接受特別的懲罰。

到底有誰會相信這種怪談？她心想，也許其他朋友也跟自己有相同的想法。然而，這也許是真的。寶拉無法擺脫這個恐怖的想法。

「如果這個規則是真的……我會怎麼樣呢？」

嘶嘶嘶——

突然之間，脖子後面傳來一陣令人寒毛直豎的觸感。寶拉渾身僵硬，內心已經發出尖叫，想要整個人跳起來，但她不敢輕舉妄動。在這股壓倒性的恐怖面前，就連小小的反抗都不允許。她盯著鏡子裡的自己，頭部完全無法轉動。手機螢幕在黑暗中發出光芒，模糊地照亮洗臉台上的鏡子。

鏡子裡面是無法動彈的自己，臉色一片慘白。從這張臉後面，突然出現一隻手。那隻似乎腐爛的手順著寶拉的脖子，慢慢伸到她的頭上。每當那隻冰冷潮濕的手觸碰到皮膚時，她都感覺到心臟一陣一陣地抽搐。那隻手像一條搖曳的蛇，輕輕攀上頭頂，最後張開五根手指，輕柔地抓住她的頭。寶拉顫抖不已，牙齒互相撞擊。

「拜、拜託……救命……」

寶拉流下眼淚，用顫抖的嗓音勉強說道。

剎那間，那隻醜陋的手把她的頭用力按進水裡。她揮舞雙臂，使勁全力想要擺脫困境，但這只是一場徒勞的抵抗。不知不覺間，寶拉在水裡堅持了兩分鐘。但是過了這兩分鐘後，她逐漸不再掙扎了。水開始湧入她的口鼻，就像本來嚴實緊閉的閘門，因無法承受水壓而打開。水一旦進入體內，便暢通無阻地經過氣管，直達肺部。確切來說，並不是水湧入她的體內，而是她將水吸入。即使知道不能吸氣，她仍舊堅持不住，反射性地開始呼吸。火辣的疼痛灼燒著進水的肺部，她開始咳嗽吐水，但是又會立刻吸進一大口水。這一次，更多的水衝擊她的肺部。她的身體劇烈抽動了一下。過了一段時間，寶拉連呼吸都忘記了。即使沒有呼吸，也不再感到任何痛苦。相反的，她覺得身體變得異常軟綿綿的。

半晌後，擒住她頭髮的醜陋手指慢慢鬆開，消失在某處。與此同時，寶拉就像泄了氣的氣球娃娃，無力地倒在地上。

又過了片刻，隨著一聲「叮咚！」，手機螢幕跳出一則訊息。

〔趕緊跟朋友分享拍攝完成的影片吧！〕

螢幕上出現的訊息確認按鈕自動按下，隨後畫面暗去。

浴室是一片淹沒萬物的漆黑，宛如沒有一絲光線與聲音的黑暗空間，寶拉的挑戰就這樣結束了。

4

放學後，包括班長在內的二十幾名學生前往寶拉所在的殯儀館。海律、英妃和奎榮也在場。即使來到葬禮現場，三人仍然難以接受寶拉的死訊。感覺就像寶拉正在開一個惡劣的玩笑，當他們走進殯儀館時，寶拉就會突然從後面跳出來，捧腹大笑著說道：「嚇到了吧！」然而，這個願望在寶拉的遺照面前，只能無情地破滅。照片裡的寶拉身穿校服，臉上露出燦爛的笑容，跟她平常上傳到 Instagram 的照片一樣可愛。

眾人聚集在一起哀悼時，都無法停止哭泣。他們向寶拉告別，也跟她父母互相致意。叔叔對他們表達衷心的感謝，感謝他們的到來。叔叔似乎也受到極大的打擊，但與身旁的阿姨相比，已經算是頗為冷靜。阿姨的精神狀況非常差勁，海律實在是目不忍視。

大家打完招呼正要離去之際，阿姨突然對他們說道：

「你們之中，有人名叫海律嗎？」

一瞬間，班裡所有人的視線都投向海律。海律被這突如其來的情況嚇著，講話都吞吐不已。

「我、我是海律。」

「妳就是海律啊。」

稍早還一副失魂落魄模樣的阿姨，表情在瞬間產生變化，海律莫名感到一股恐懼。

「不好意思，能跟妳聊一下嗎？」

海律想要追問緣由，但總覺得當務之急是先答應比較好，於是便這麼做了。她不顧其他人的目光，跟著阿姨一起進了房間。

一進屋，阿姨便紅了眼眶，用充滿悲傷的聲音說道：

「其實，是我在看寶拉的手機時，看到了通話紀錄。她最後一個通話對象就是妳，海律，所以我在想，也許妳會知道些什麼吧……」

就這樣，開了話頭的阿姨，吐露了自己女兒是在浴室溺死的真相。

這件事實在令人震驚，讓海律的腦子一片空白。

「怎麼會有這種事……」

也許是想起當時的痛苦記憶，阿姨抑制不住哀痛之情，忍不住放聲痛哭。海律也感到不知所措，於是跟著哭了起來。片刻之後，阿姨的心情稍微平靜了一些，她用顫抖的聲音接著說道：

「我也不知道怎麼回事。警察也說了，不清楚這是自殺還是意外。所以我想問問，我們寶拉平常有什麼煩惱嗎？」

「煩惱嗎？平時沒有聊到這個話題，所以我也不太清楚。」

「哪怕是很瑣碎的事情也沒關係。就算是昨天講電話聊的話題……」

「我們沒有聊什麼重要的事情。只聊了朋友一起玩叮咚挑戰的事……」

說完這句話的瞬間，海律感到一股令人毛骨悚然的戰慄。與此同時，她的腦海中那些看似毫無關聯的事物倏地連接起來，然後自然而然地拼湊成形。

那天晚上，寶拉在掛斷電話之前，就說要去執行叮咚挑戰的任務。由於必須在六個小時內成功，因此寶拉急忙掛了電話。她的挑戰任務是在水中憋氣兩分鐘。然而，根據阿姨的說法，寶拉的死因是把頭浸在洗臉台的水中淹死的。無論是自殺還是意外，這個死狀都不合邏輯。

那麼，寶拉的死亡是不是跟叮咚挑戰有關？

海律突然想起奎榮說過的話。

『如果挑戰失敗，必須接受特別的懲罰。難道跟這個有關……』

明知是自己在胡思亂想，卻莫名讓人不寒而慄。

「海律？」

「啊！什麼？」

海律愣了片刻，阿姨一臉奇怪地盯著她。

「妳有想起什麼嗎？」

「沒，沒有，對不起。」

「是嗎？……但是妳剛才說的叮咚挑戰是什麼？妳說到一半就停下了。」

「這只是我們朋友之間流行的遊戲，通常是模仿偶像的舞蹈，然後拍成影片分享給大家。」

「……」

阿姨雖然沒有說話，但看起來好像仍然沒有釋懷。

海律認為，現在對阿姨說實話很危險，所以故意避開細節。寶拉的死亡跟叮咚挑戰是否有因果關係尚未明朗，隨便說出來也只會引起誤會。在確實釐清狀況之前，最好還是保持沉默。

「對不起，我幫不上什麼忙。如果以後有想起什麼的話，一定會告訴阿姨。」

「嗯，好，謝謝妳。」

海律談完走出來時，一起來的同學們都已經離開了，只有英妃跟奎榮留下來等她。

「妳們聊了什麼？」

「阿姨為什麼找妳？」

兩人一臉好奇地詢問海律。

「我有話要跟你們說，但是不能在這裡。我們去沒有人的地方吧。」

海律帶著兩人走向人跡罕至的停車場。

「怎麼了？發生什麼事了嗎？」

奎榮一副好奇到快要瘋掉的樣子問道。

「這件事只能告訴你們，你們千萬不能告訴別人。知道嗎？」

「到底什麼事？」

海律向兩人轉述寶拉的死亡細節。此外，她也補充道，這件事可能與叮咚挑戰有關，兩人聽完都十分震驚。

「不可能！妳是說寶拉在挑戰任務的時候死了？」

奎榮激動地問道。

「我知道這麼說很離譜，但是只有這樣假設，才能解釋寶拉為什麼突然死亡……」

「夠了！」

英妃突然大聲喊道。

海律嚇了一跳，看向她。

「妳瘋了嗎？到底在胡說八道什麼？寶拉的死對妳來說只是個八卦消遣嗎？」

「不是的，我只是想把真相……」

「夠了，不要再提那件事了，讓人不舒服！」

海律閉上嘴巴。仔細想想，在英妃面前提這件事確實不是上策。率先提出參與挑戰的是她，指定寶拉為下一個挑戰者的也是她。此刻聽到這些事情的英妃，心情能好到哪裡去呢？海律承認自己的想法過於短淺了。

「對不起，說了奇怪的話。」

面對海律的道歉，英妃似乎還是沒有釋懷。

叮咚！

這時，某人的手機響起叮咚ＡＰＰ的提醒鈴聲。

「嘖，偏偏在這種時候……」

奎榮不耐煩地拿出手機。

但是，他看著手機的表情突然變得僵硬起來。

「妳們看一下這個，ＡＰＰ傳了這條訊息給我。」

奎榮的聲音微微顫抖。海律和英妃看向他遞出的手機畫面。

一條訊息出現在畫面中。

〔來觀賞寶拉上傳的影片吧！〕

瞬間，氣氛開始結冰。

三人都不發一語，只是看著彼此的臉。

5

「這是……發錯了吧？」

奎榮小心翼翼地開口說道。

在朋友的葬禮上，收到這名朋友發來的訊息。還有比這更令人毛骨悚然的事情嗎？

三人都感受到無以名狀的恐懼。

「先看一下。」

英妃說道。

奎榮心中莫名升起一股不祥的感覺，但他想這大概只是ＡＰＰ的失誤，因此按下了確認圖示。

於是，叮咚ＡＰＰ立刻跳轉到影片。整體來說畫面昏暗不已，只有些許光線，讓觀眾得以確定寶拉就站在鏡頭前。也許正因如此，寶拉的樣子看起來就像鬼魅一樣。

「是要我們看這個對吧？」

英妃用顫抖的聲音問道。

海律答道好像是這樣。

寶拉面無表情地看著鏡頭，沉默不語。影片播了大約五秒後，她才開口說話。

「下一個挑戰者是張奎榮，挑戰任務是一號。」

寶拉說話的語氣毫無生氣，接著影片在這裡就結束了。

海律及英妃同時看向奎榮。奎榮掩飾不住內心的困惑。

「不可能，寶拉怎麼可能……」

「會不會是寶拉生前用預約上傳的功能發的？」

海律對著害怕的奎榮這樣說道。

然而，英妃卻搖了搖頭，表情沉重。

「叮咚APP沒有預約上傳的功能。」

剎那間，短暫的沉默瀰漫在空氣之中。

海律不禁生出恐怖的想像，想像死去的寶拉回到這裡。

率先打破沉默的是奎榮，他的表情十分緊繃。

「妳的意思是說，這是寶拉發的？」

「我剛才說的那些……看來是真的。」

海律說道。

這次英妃也發不了脾氣了。她也和奎榮一樣，看起來十分害怕。

奎榮不停地喃喃自語道「這不可能啊」，像是一個遊戲中程式碼出現錯誤的NPC一樣。

「英妃指定寶拉做下一個挑戰者時，雖然我已經不記得詳細情況，但大概是三點左右。」

回過神來的奎榮說道。

「根據挑戰的規則，被指定的對象必須在六小時內挑戰成功。」

「前一天她和我講電話的時間是九點左右。寶拉講到一半就急忙掛斷電話，說要去完成挑戰任務。」

「這麼說，寶拉應該是沒有在規定時間內挑戰成功。」

「應該是。」

「我還是不敢相信，怎麼會有這麼離譜的事情。」

英妃還在否定現實。

海律能夠理解她的心情，但是為了後面的奎榮，她不能開口贊同這些話。

反觀，奎榮似乎完全相信挑戰的規則。無論如何，自己已經被指定為挑戰者，就很難否認眼前的現實。海律心想，如果自己是奎榮，大概也會是相同的想法。

「寶拉影片傳來的時間是六點四十分。加上六個小時的話，晚上十二點四十分之前完成挑戰就沒事了。」

「對啊，但是……我能做得到嗎？」

「對耶，你是一號對吧？唉……偏偏是……」

奎榮深深嘆了一口氣。三更半夜，還要爬上五層樓高的建築物樓頂，沿著邊緣走。如果沒有強大的意志力，這會是個很難完成的任務。他開始後悔自己以前總愛裝模作樣。

「妳們幫幫我。」

「嗯？」

「我一個人完成不了任務，妳們陪我一起去吧。好不好？」

海律和英妃不敢輕易回答。

如果推測都是真的，那她們也不願再繼續蹚這趟渾水。但是，也無法就此袖手旁觀。既然決定一起參加挑戰，她們早就身處這個殘忍的遊戲之中。海律覺得，如果奎榮出了什麼差錯，那她也不能原諒自己。於是，她主動跳出來說要幫忙。

「謝謝妳，海律！還是妳最有義氣！……英妃妳呢？」

英妃一臉為難，閉口不語。

奎榮露出頗為受傷的表情看著她。

「我等一下要進公司，應該會練習到很晚……對不起。」

「喂！這種時候，練習更重要嗎？朋友的性命都要不保了！」

奎榮用無奈的語氣說道。

「今天不進公司不行嗎？」

海律也希望英妃能一起去。

但是英妃非常堅決。

「我都道歉了，而且我不想捲入這麼荒唐的事情。我只是為了好玩才提議，可沒打算豁出性命。簡直就是瘋了！」

「妳怎麼這麼說？都是因為誰才發生這種事情！」

「都怪在我身上喔？」

「難道不是嗎？」

「夠了，你們兩個不要再吵了，忘了這裡是殯儀館嗎？」

聽到海律的話，兩人才放低音量。

「哼！妳已經挑戰成功，所以才無所謂吧？」

「什麼？」

「算了，我才不需要妳的幫助。」

「你們幹嘛啊？真是的！越是這種時候，更要互相……」

突然，英妃放聲大哭。

海律想要安慰她，英妃卻轉身走掉。

「幹嘛說這種話啊？英妃也是心煩意亂才那樣的。」

「算了，叫她滾啦！一點道義都沒有的女人！只能同甘不能共苦的朋友！」

海律能夠理解奎榮的心情，但還是對此感到遺憾，真的有必要對同樣痛苦的朋友說這些話嗎？直到昨天為止，他們還是世界上最親密的朋友，為何一天之內就變成這樣，就像面對寶拉的死亡一樣，現在的情況令她感到沉重不已。

「你現在就要進行挑戰嗎？」

海律問道。

「嗯，再說吧。」

「現在沒有心情吧？」

「嗯。」

「那地點要定在哪裡呢？」

「我們先各自回家吧。再不回家，爸媽都會擔心的。挑戰結束的時間是十二點四十分，所以我們結束前兩個小時再見吧。我覺得，最好在沒什麼人潮的時候進行挑戰。不過那個時間妳能出來嗎？」

「雖然有點累，但我會盡量出現。」

「謝謝妳，海律。我真的很謝謝妳！」

「有什麼好謝的？如果是我發生這種事，你應該也會這麼做吧。」

「當然！」

然而，真的是這樣嗎？海律不禁產生懷疑。三人雖然關係要好，但海律跟他們相處時並不投機，因此無法確定他們是否會對自己報以相同的義氣。再加上英妃就這樣走掉，她不免開始懷疑彼此之間的友情。

「妳真是一個很好的朋友。」

奎榮如此說道，目光中充滿真心。

但是，海律只能露出苦澀的微笑。

6

奎榮率先抵達約定的地點。

他心底多少有些焦慮，向遠處走來的海律揮手致意。

在這麼晚的時間單獨見面，兩人對此都有些尷尬。

「妳用什麼藉口跑出來的？」

為了緩解尷尬，奎榮先開口問道。

「我什麼也沒說，就偷偷跑出來了。因為我真的想不到合適的理由。」

「原來如此，其實我也是。」

「你準備好了嗎？」

「嗯，應該吧……」

「想好挑戰任務的地點了嗎？」

「沒有，還沒有。我本來想等妳來之後，再一起找找看。時間還很充裕，我們邊走邊找，應該很快就能找到吧？」

「好吧……不過我們再等一下吧。」

「嗯？怎麼了？」

「就是……」

「嗯？啊……」

「妳在等誰嗎？」

奎榮一臉奇怪地看著海律。

這時，海律朝正好從不遠處走來的某個人喊道：

「英妃！這裡！」

英妃壓低帽簷，慢吞吞地往他們所在方向走來。

「什麼啊？她怎麼會來這裡……？」

「我發了訊息給她，跟她說如果改變主意就過來。」

「啊……」

奎榮看到英妃之後，似乎難以控制自己的表情，於是低下頭。

「謝謝妳願意來。」

海律語畢，英妃難為情地移開視線。雖然當下的狀況比兩人獨處更加尷尬，但是海律依舊慶幸英妃的到來。

為了尋找合適的場所，三人開始在社區裡走動。周圍有很多五層樓以上的住宅和商業大廈，只要是屋頂門敞開的地方，似乎選哪裡都可以。他們走進幾處看起來不錯的高樓，然後詢問奎榮的想法。然而每當此時，奎榮都會用「欄杆太滑了」、「實際比想像中還要高太多」等理由拒絕。海律充滿耐心繼續尋找，英妃臉上卻漸漸顯露出煩躁。

就這樣，一個半小時後，他們終於決定好地點。

那是一棟五層樓高的商業大廈。上到頂樓之後，周圍幾乎沒有一點風吹草動，非常安靜。最重要的是，這裡沒有狹窄的鐵欄杆，而是由一公尺高的混凝土牆砌成，走路的時候負擔減輕許多。當然，這絕不是說事情變得容易。無論如何，此處都是二十公尺高的建築頂樓。

在挑戰之前，奎榮已經充分熱身。挑戰時間還剩下二十分鐘，所以沒有必要著急。頂樓牆緣距離最短的一面大約八到九公尺，這個條件也不錯。唯獨一點令人擔心，那就是圍牆的寬度。

這道牆只有一隻手掌的寬度，一名成年人站在上面著實有些狹窄。奎榮的體格偏大，爬上去之後可能會覺得更狹窄。但是跟鐵欄杆相比，已經要謝天謝地了，他決定不再抱怨。

「海律來拍嗎？」

英妃突然問道。

「嗯。」

海律拿出手機後，突然產生疑問，便看向英妃。

「我突然想到一件事，挑戰結果到底是由誰來判斷啊？我是指挑戰成功或失敗。」

整個挑戰的流程看起來十分理所當然，但他們卻完全沒想到這一點。

「說得也是耶。必須要有人一直看著我們，才能知道挑戰有沒有成功。」

語畢，奎榮突然間開始左顧右盼。

「沒錯，肯定有人在主持這個挑戰，雖然我不知道該怎麼稱呼這個人。」

「像鬼那種的嗎？還是外星人？上帝？」

「我也不知道，所以先稱為『管理者』吧。」

「管理者？總覺得很適合。」

「難道是那個管理者……殺死寶拉的嗎？」

眾人頓時陷入沉默。

海律認為，寶拉不可能淹死自己，所以才說出這個推測，但總覺得自己說了莫名其妙的話，心中生起一股後悔之意。

「我不知道，也不想去思考這件事。」

英妃打破沉默，說道。

「反正要做任務的話，還是快點做一做比較好。」

「嗯，好吧。」

接著，奎榮走向牆壁。他爬上去之前，忽然回頭看了一眼兩人，說道：

「對了，如果我挑戰成功之後，不指定海律當挑戰者，這樣挑戰就結束了嗎？」

「這個嘛，我也不太確定，但應該是這樣吧？」

「希望如此，我現在已經受夠這個挑戰了。」

奎榮終於爬上了牆壁，海律和英妃都緊張地看著他。時間還剩十五分鐘左右。

「英妃，妳幫我確認剩餘時間。」

「知道了。」

海律開始用自己的手機拍攝奎榮進行挑戰的樣子。雖然奎榮已經爬到牆上，但也許是內心十分不安，他始終都沒有站起來。

奎榮無意間往下望。雖說只有二十公尺，但仍是令他無所適從的高度。如果從這裡掉下去，肯定不只是斷一條腿而已。運氣好的話殘廢，甚至可能死亡。死亡彷彿就在奎榮腳下向他招手。

「加油！不要緊張，慢慢來。」

即使有海律的打氣，奎榮依然一臉緊張地坐著。

就這樣過了三分鐘，他還是沒有前進的念頭。

英妃貌似鬱悶地看了眼手錶。為了讓他鼓起勇氣，海律持續在一旁加油。

「沒關係，時間還很充裕。先冷靜下來，知道嗎？」

「我可以維持這個坐姿，一點一點移動嗎？」

奎榮說完之後，好像有點不好意思，露出羞赧的表情。

「應該不行吧？挑戰任務影片裡的人都是站著走過去的。規則也說了要用走的。」

「啊……」

「英妃說的沒錯。如果那麼簡單，就沒有挑戰的意義了。」

奎榮深吸一口氣，似乎才下定決心，終於站了起來。

「好，我要開始走了。」

「加油！張奎榮！」

「我辦得到。我辦得到。這點小事算什麼。」

奎榮的喊話充滿自信，然而他只是一點一點的移動。他的雙腳幾乎是貼著牆壁移動，讓旁觀者感到鬱悶之餘，也替他覺得岌岌可危。光是移動三十公分，就花掉一分多鐘的時間。

「哇，真的假的？蝸牛都比他還快吧！」

英妃說道，一副無話可說的模樣。

海律用眼神向她示意，然後繼續為奎榮加油。

「你做得很好！就按照這個方式慢慢來！」

「呼——呼——呼——」

跟他的動作相比，奎榮的呼吸十分急促。其實，他有頗為嚴重的懼高症，只是覺得丟臉沒有說出來。

「等、等等，我先休息一下。」

奎榮的雙腿發軟，他一下子癱坐在地上。還不到一公尺就用掉三分四十秒。海律實在不忍心叫他不能休息。

「休什麼息！再這樣下去，根本不可能在時間內成功！」

英妃鬱悶地喊道。

海律這次也沒辦法站在奎榮這邊。

「我就休息一下下！妳們不是說時間還很充裕嗎！」

「時間是很充足，但是你動作太慢了。按照你那種走路速度，天亮之前也完成不了吧？」

「奎榮，你動作要再快一點。」

「妳們以為這有那麼簡單嗎？自己上來看看啊！誰不想趕快走完啊？」

奎榮語氣憤怒地說道。

「知道了啦，反正你不要再休息了，趕快動起來吧。現在只剩下七分鐘了。」

「喂，妳不是不相信嗎？幹嘛這麼激動？」

奎榮嘀嘀咕咕地對英妃說道。

「因為我看不下去啊，你太讓人鬱悶了，可以嗎？」

「呿！」

奎榮只好原地起身。他深吸了一口氣，然後再度以烏龜慢步法緩緩前進。

海律也漸漸緊張起來。目前進度還不到三分之一，但時間依舊無情流逝。不知何時開始，她的手心已經被汗水浸濕了。

奎榮自己大概也很鬱悶，雖然已經加快速度，但還是完全不足以讓他在時間內走完。

「只剩下兩分鐘了！」

英妃喊道。不知不覺中，時間所剩無幾。

然而，奎榮還走不到一半。

海律開始變得焦慮不安。

7

奎榮依舊無法提升速度。加上不久之前，建築之間開始颳起風來，這讓他更加害怕。

「奎榮！你做得到！不要害怕！」

「這樣下去絕對不可能在時限內成功！你乾脆閉上眼睛，趕快向前跑！」

「要是有這麼簡單的話，我早就這麼做了！」

「哈！簡直有病！」

英妃放棄溝通，只是低頭看著手錶。

現在只剩下一分鐘了。

奎榮不由自主地再次往下看，眼前瞬間一陣眩暈。在那短短的一瞬間，他的腦海上演自己掉下去的情景。

「不行！不要看下面！」

海律喊道。

「還剩三十秒！」

英妃也開始焦急了。

奎榮咬緊牙關抬起頭。如果不正面迎擊死亡的恐懼，這個挑戰任務就不可能成功。無論如何，此刻都要做出決斷。

「可惡！我不管了！」

奎榮朝兩側張開雙臂，視線只望著前方，大步向前走。海律及英妃都被他驚人的改變嚇了一跳。

「做得好！繼續走下去！」

「操，這點小事！以為我會害怕嗎！」

只要能戰勝恐懼一次，就再也沒什麼好怕了。奎榮胸有成竹地朝著終點前進，彷彿他從未退縮過一般。

「可以的！你做得到！」

「快到了！再努力一下！」

如今，成功近在咫尺。

只要再走幾步，就可以完成挑戰了。

這時，奎榮的手機響起來電鈴聲。

♩♬♪♩～

他正快速前進，褲子後面口袋傳出的鈴聲與震動，讓他瞬間感到一陣驚慌失措。頃刻間，被遺忘的恐懼重新回到他身上。在那一瞬間，死亡抓住了他的腳踝，彷彿已等待許久。

「啊，可惡……！」

為了找回崩潰的平衡感，奎榮竭盡了全力。然而，這種努力反而造成更嚴重的失衡。

海律只能呆呆看著他消失在視野之中。一切都發生在頃刻間，連尖叫都沒有。只聽見一聲有如洩氣般的「啊」而已。

「奎榮啊……」

海律的腦子一片空白，就像大腦停止所有機能及運作一樣。

她只用了幾秒鐘就回過神，但卻感覺已經過了幾十分鐘。

英妃目瞪口呆，似乎還在打擊之中。

海律朝牆邊走去。

「啊，還不能確定。」

「什麼？」

「奎榮……說不定沒事。」

「……！」

海律很想這麼相信。她腦海中不停浮現奇蹟般的場面，說不定奎榮掉落的時候抓住某個店家的招牌，說不定他會掉在堆積成山的垃圾堆上，因而沒有傷得太重，說不定他只摔斷了腿，好不容易才保住一條命。

海律把頭伸出欄杆牆外，往下一看。奎榮就趴在一盞路燈的光照之下。她不到一秒鐘便做出了最後判斷。

奎榮已經死了。頭破血流。

海律後退幾步，用手捂住嘴巴。

僅僅這副模樣，英妃就明白她看到了什麼。

「嘔嘔！」

海律彎下腰，嘔吐在地上。她吐完之後，精神稍微好了一些，但隨後慢慢襲來的恐懼，又讓思緒陷入麻痹。

這時，英妃向她走來。

「海律，怎麼辦……我們該怎麼辦！」

她激動的聲音催促著海律。

「我、我也不知道啊。」

「怎麼可以現在才說不知道！」

「……」

「是妳把我叫出來的！」

「對不起，我也沒想到會變成這樣……」

「呀，媽的，真是！」

英妃哭喪著臉，以不耐煩的語氣說道。

海律心想，不能就這樣下去。她知道，如果現在不立刻解決眼前的問題，將會引發更大的災難。

海律拿起手機，按下了通話按鈕。

「妳要打給誰？」

英妃驚訝地看著她說道。

「我要報警，這已經不是我們自己能解決的事情。」

「等、等一下！」

英妃急忙阻攔她打電話。

「怎麼了？」

「妳要怎麼說？說我們在玩挑戰遊戲的時候，朋友墜樓死了？」

「……」

「這樣我們的人生也會跟著一起完蛋的！」

「不，不會啦。我會跟警察解釋，那樣警察或許能理解……」

「妳是傻瓜嗎？妳覺得大人會相信我們講的話嗎？他們肯定會想盡辦法，把奎榮的死跟我們連結在一起！」

「不然該怎麼辦？就這樣逃跑嗎？」

「……」

「我絕對不會逃跑。更何況，又不是我們害死他的。」

「妳可能無所謂，但我有。我可是準備要出道的練習生耶。要是這件事情傳出去，我的人生就毀了。出道之類的夢想都會泡湯的！」

「不然……妳想怎麼樣啊？」

英妃無法回答，反而用眼神請求朋友幫忙。

海律苦惱片刻，開口說道：

「那妳先走吧，我留下來跟警察解釋。」

「可以嗎？」

「嗯，是我把妳叫出來的，我應該負起責任。我不會提到妳，所以不用擔心。我會說，只有我跟奎滎兩人在這裡。」

這是英妃內心期望的結果，但真正要離開的時候，雙腳卻無法輕易移動。

海律推了推她的後背，叫她趕緊離開。

「快走，快點！」

「對不起。」

英妃短暫猶豫了一下，最後還是先離開頂樓。

海律本想報警，但突然想起什麼來，於是再次打開自己拍的影片。

影片中，雖然沒有直接拍到英妃，但是中間有出現她的聲音。警察肯定會以此為依據，發現還有一個人在場。首先，應該要先刪除這些證據。海律使用影音編輯軟體，編輯了一個刪除聲音的版本，然後再刪除原始影片。最好的辦法是直接刪除所有影片，但這樣說不定會讓自己背黑鍋，所以必須留下證據影片。

她編輯完影片後，打電話到一一九。在警察及消防隊員到來之前，她決定在頂樓待著。目前，她還沒有信心面對奎榮的屍體。

8

那一日，海律白天沒有來學校，而是在警察局接受調查。

他們不相信海律說的挑戰規則，但似乎願意認同奎榮是在挑戰過程中，不小心踩空而墜死。因為那個場面原封不動記錄在影片中，所以毫無疑問。

但是，並非每件事都按照海律的計畫進行。果不其然，負責調查的警員發現影片的聲音刪除了，並對此有所懷疑。海律處心積慮想要消除警員疑心，但在資深警察的眼中，她明顯就是在說謊。

警察嘆了口氣，看著海律。

「首先，為了收集證據，我會沒收妳的手機。國立科學調查研究院會進行數位鑑識，到時就可以復原遭刪除的檔案。到時候我們再來看，妳的證言是否屬實。」

海律幾乎要喘不過氣。此時她才明白，自己的小聰明到這裡已是極限。打從一開始，覺得區區一個高中生可以騙過警察，本身就是非常愚蠢的想法。

調查結束後，她才回到家。父母得知女兒捲入這麼大的事情，都相當震驚。因此，他們暫時把女兒禁足了，海律毫無反抗地接受。待在家裡的期間，她也幾次想要用筆記型電腦傳訊息給英妃，但最後都放棄了。她害怕自己在警察面前說過的謊言因此被拆穿。然而，這些事情與沒有手機相比，根本不是什麼難題。

「接下來輪到我挑戰，該怎麼辦？手機被沒收了，就算傳影片過來，我也看不到啊！」叮咚APP沒有電腦版，所以無法用筆記型電腦確認後續指令。於是，海律什麼也做不了，只能任由時間流逝。

過了好一會兒，她驚愕地睜開眼睛。

「啊！現在幾點了？」

本來只是想瞇一下，沒想到直接陷入沉睡。前一天沒有一刻能好好休息，身心都非常疲勞，不過也許是這一覺睡得很香甜，所以狀態有所好轉。但在這種情況下，她竟然睡如此長時間的午覺，這讓她非常不高興。

海律不耐煩地從床上爬起來，走向放了筆記型電腦的書桌。好像只有看著電腦，才能稍微緩解鬱結之氣。她打開處於睡眠模式的筆記型電腦，工作列上出現一封郵件的通知。她不假思索地點開了信箱。

奎榮（無主旨）

海律點開收件匣，看見寄件人名字的瞬間，一股涼意爬上脊椎。她完全沒有料想到，竟會以這種方式通知自己。海律由此確定了兩件事。一是被指定的對象無論以何種方式都會收到通知，二是這也代表所有參與挑戰的人都無處可逃。

她猶豫半晌，終於點下郵件的標題。其中沒有文字內容，僅附了一支影片檔。海律下載好附件的影片，並點選播放。開始播放的影片中，奎榮一臉陰沉地看著鏡頭。地點依舊是那天的頂樓。過了片刻，奎榮看著鏡頭說道：

「下一個挑戰者是朴海律，挑戰任務是三號。」

奎榮沒有感情的聲線就像在昭告自己已成鬼魅，海律有些反感不安。

「三號任務是在水裡憋氣……等等！這封郵件是什麼時候寄來的？」

海律心底莫名生起一股不祥的感覺，立刻確認郵件發來的時間。

果不其然。

「十二點？不！」

這封郵件偏偏是在她剛睡著的時候寄來的。現在已是下午四點三十分，所以只剩下一個半小時。海律不禁冷汗直冒。目前為止，她的憋氣時間最久只有三十秒。僅僅這麼點時間，就會讓她頭暈目眩，何況在挑戰任務中，還要再多忍耐一分三十秒。任務還沒開始，海律就已經絕望了。

「怎麼辦！怎麼辦啊！我怎麼可能在水裡堅持兩分鐘啊！」

海律感到坐立難安，不停在房間裡來回踱步，最後決定向英妃求助，於是便發了訊息給她。片刻後，接獲訊息的英妃似乎也嚇了一大跳。英妃表示自己正好下課，可以直接到海律家找她，海律這才稍微放心。爸媽都出門上班了，她過來也沒有任何問題。在英妃到來之前，海律無法坐以待斃。她想，自己必須盡可能提高紀錄，於是立刻跑去浴室練習憋氣。

結果比想像中還要糟糕。第一次挑戰只有二十秒，即使繼續嘗試，也都只在三十秒左右徘徊。此外，每次挑戰都讓她越來越累，所以她必須拉長休息時間。當英妃上門時，已經是三十分鐘之後。海律覺得她宛如救世主。

「謝謝妳願意過來。」

「那是當然的啊，妳現在怎麼樣？挑戰過了嗎？」

「嗯，但是不太順利。好不容易才超過三十秒，但我已經盡全力了。」

「哎，我的天啊。早知道會這樣，平時應該多做點運動。」

「誰知道會發生這種事啊！」

「也是。」

「怎麼辦？現在只剩下一個小時，我能在時間內做到嗎？」

「妳在說什麼啊！不管怎樣都要成功！我會教妳憋氣的訣竅，妳就跟著做就好。」

「好！」

她們立即開始挑戰任務。英妃用自己的手機來拍攝海律的挑戰過程。不知道是經過好幾次練習而有所進步，還是英妃教的方法頗有成效，海律現在能勉強撐到五十秒左右。然而，隨著停滯期的再次到來，紀錄也一直原地踏步。

「噗哈！哈——哈——感覺快死了！」

海律連忙抬頭說道。

「五十二秒，妳應該再多忍耐一下，至少也要超過一分鐘吧。」

「太難受了，該怎麼辦啊？」

「休息一下再繼續吧。」

這是英妃到來後第十一次挑戰。加上她來之前的紀錄，她總共挑戰了三十次。海律感到疲憊不已。每挑戰一次，她都會感到一陣頭暈目眩，整個人都站不穩。她甚至有一種感覺，每次嘗試挑戰之後，腦細胞的數量都在急劇減少。但是現在放棄即是死路一條，即使討厭也只能繼續。

「不過，我有一件事要告訴妳。」

海律坐在馬桶上休息時，對英妃說道。

「什麼？」

「就是叮咚挑戰的優勝者，可以實現一個願望。起初，我以為只是都市傳說之類的東西，所以把它忘得一乾二淨，現在仔細想想，應該是真的吧。」

「是嗎？嗯，確實有這個可能。畢竟失敗時受到的懲罰也是真的。」

「……」

「怎麼突然提到這個？妳有想要實現的心願嗎？」

「沒有，只是突然想到才提的。但是，假如真的能實現願望，我想……」

海律本來想說，她想祈求寶拉和奎榮復活，但後來又打消這個念頭。總覺得一旦說出口，她就會哭出來。

「怎麼不說話？」

「沒事，別在意。」

海律嘆了口氣，從馬桶上站起來。

「沒時間了，我們開始吧。」

憋氣挑戰再次拉開了帷幕，海律咬緊牙關迎接挑戰。由於出現了或許能夠實現這種願望的模糊期待，讓她突然改變了心意。仔細想想，這個挑戰的管理者至今都嚴格遵守規則，甚至到了非常殘忍的地步。因此她認為，管理者當然也會實現勝利者獲得獎賞的承諾。雖然這些都只是她個人的猜想，但也不是完全不可能。

「噗哈！」

海律從洗臉台裡抬頭，然後看向英妃。

「多久？」

「一分二十秒！」

英妃嚇了一跳，說道。

「真的嗎？」

「怎麼回事？跟剛才判若兩人耶？」

「太好了！再挑戰幾次應該就能成功了。」

海律滿懷信心地說道。想要拯救朋友的強烈意志，幫她超越了肉體的極限。

「一分四十八秒！」

英妃興奮地大喊道。

「哈啊──哈啊──好可惜。」

「幾乎要成功了，感覺再試幾次就成功了！」

海律已經筋疲力竭，差一點就要暈倒了。

「還剩多少時間？」

「十四分鐘左右。」

「這麼少？」

「再這樣下去妳會暈倒，先休息一下再繼續，反正妳已經快要成功了。」

「不，我想繼續保持現在的狀態，光靠感覺是不行的。只要再跨過一個關卡，應該就可以成功了。」

正如海律所說，最後那個關卡就是關鍵。要翻越那面牆，著實會累死人。加上她的體力已經透支，無法預測自己能堅持到什麼時候。所以海律下定決心，要擠出全身剩下的力氣，並且在接下來的五次挑戰內成功。

「一分五十秒！好可惜啊！」

英妃惋惜地說道。

「一分四十七秒！妳看吧！我就叫妳休息一下。」

……

「一分五十三秒！做得好！」

……

「一分五十五秒！快成功了！」

海律癱坐在地上，大口大口喘著粗氣。此刻，她的眼前一片模糊。繼續這樣下去，大概真的會死。

「海律，妳沒事吧？」

「還剩多少時間？」

「三分二十秒。」

「扣掉休息時間的三十秒，就剩下二分五十秒。剩最後一次機會了。」

「最後一次了，再多休息一下吧。以妳現在的狀態，百分之百會失敗的！」

「好吧，那我們就等剩下二分十秒的時候再開始吧。」

「好。」

「謝謝妳，英妃。妳能來真的給我很大的力量。」

「感謝的話等成功之後再說。」

「嗯！沒錯！總覺得這次好像可以成功。」

「哎呀，我都緊張了。」

「我有一件事想拜託妳，如果我這次也忍不到最後，妳就用手按住我的頭，讓我抬不起來。」

「知道了！」

終於，最後的挑戰開始了。海律抱著務必成功的決心，把頭浸入洗臉台的水裡。可能是剛才多休息了一會，一開始就感覺遊刃有餘。她在挑戰憋氣時發現一件事，此時的時間變得非常緩慢。

「過一分鐘了！」

她聽見一旁的英妃如是說道。

時間一分一秒流逝，肺部也漸漸開始發出悲鳴。不知道是不是身體在示威，叫囂著對空氣的渴望，喉嚨一直在滾動。

『時間過多久了？四十秒？不對，三十秒？不知道！好痛苦！』

海律急忙擺手，拜託英妃按住自己的頭。

英妃馬上把手伸過去，壓住她的後腦。真的是極限了。似乎再也撐不下去了。但是她還沒收到英妃的成功信號。海律揮舞著手，感覺自己大概不行了。繼續這樣下去，就只能在水中呼吸了。

片刻之後……

「噗哈！」

海律終於抬頭離開水面。最後一刻，英妃抓住她腦後的一束頭髮，將她拉出水面。海律立刻昏厥般跌坐在地，呼吸急促得像是肺快要炸開。

成功了，這次肯定做到了。即使在快要暈倒的情況下，海律也直覺這次挑戰任務是成功的。多虧有英妃的幫忙。如果她沒有壓住海律的頭，這次肯定也會失敗。海律慢慢抬起頭，看著英妃。

「我成功了？」

「……」

然而，英妃的表情怪異。原以為她理所當然會表現出開心，但她卻沉默不語。霎時間，一股涼意爬上海律的脊椎。

9

『我失敗了嗎？我太早起來了嗎？』

海律的眼神充滿不安，等待著英妃的答案。

「啊，我手誤了。」

然而，出乎意料的話語從英妃的嘴裡蹦出來。

海律感到迷惑不解。

「我本來想要在兩分鐘時按下碼錶，但是按得太剛好了。」

「什麼？這是什麼意思？」

英妃秀出自己的手機畫面，畫面中是計時用的碼錶，上面的時間停在一分五十八秒。這才是海律的真實記錄。

換句話說，這次挑戰也失敗了。

但是，海律無法理解。如果只差兩秒鐘，就算勉強一下也能堅持下去，為什麼英妃要提早把自己拉起來？竟然還說是失誤？剛好在兩分鐘按錶又是什麼意思？這一切都讓她感到困惑且混亂。

「妳到底是什麼意思！」

英妃輕聲嗤笑，一臉拿她沒辦法似的，要海律跟在自己後面，然後率先走出浴室。海律毫無頭緒，只好跟著她走去客廳。

英妃站在客廳裡，手臂環胸，看向海律。不知為何，英妃的表情讓人不寒而慄，靠近她讓海律感到害怕。海律保持適當的距離，看著英妃說道：

「解釋一下到底怎麼回事吧。」

「如果妳挑戰成功，挑戰順序就會再次輪到我。」

「什麼意思？」

「剩下的兩個人，直到其中一人被淘汰之前，挑戰不會結束。剩下最後一個人時，那個人才算成功，並能實現願望。」

「……！」

海律深受打擊，一時間啞口無言。

她的腦袋還是一片茫然，此刻發生的事情就像做夢一樣。

「沒想到妳真的能在這麼短的時間裡成功。我本來想隨便配合一下，最後再為妳的失敗表示遺憾收場。不過，真沒想到竟然能逆轉情勢。妳也真是厲害，妳知道我最後有多緊張嗎？」

「妳竟然……是這麼想的？」

「變成這樣，我也覺得很遺憾。真希望妳直到最後都不知道。」

英妃露出苦澀的微笑，說道。

這時，海律才開始理解英妃之前的行為。她突然提起叮咚挑戰，但是始終都不相信挑戰任務的規則，還有突然改變心意，來看奎榮的挑戰過程，其實都是計畫好的。

「妳打從一開始就這麼打算了，是吧？」

「嗯。」

「到底為什麼啊！為了區區一個許願資格，讓好朋友……！」

聽到這些話，英妃深深嘆了口氣。

「沒有夢想的人，怎麼可能會理解追求夢想的心情？」

「妳是為了出道當偶像才這樣？」

「誰叫我第一次許願的時候，許錯了願望。那時候，我只希望自己能通過試鏡。真的合格之後就後悔了。早知道我就許願讓自己成為最厲害的偶像。所以我才決定再來一次。」

「這次是第二次？妳根本就在欺騙我們！」

「我才沒有騙人，我只是沒說實話而已。」

「這麼想要當偶像的話，妳努力一下不就好了嗎！」

「有更簡單的路，我為什麼要努力？倒是妳，如果眼前有簡單的路，妳不會選擇這條路嗎？」

「把朋友當作祭品，來實現自己的夢想？我死也不會做這種事。」

「怎麼能說是祭品？這個說法太過分了。我有強迫你們加入嗎？不是你們自己喜歡才加入的嗎？妳忘了嗎？我跟妳說過，不想參與就不要勉強。是妳自己硬要加入，我才讓妳參加的，不是嗎？」

海律對她的厚顏無恥感到驚訝不已。

「寶拉和奎榮，妳怎麼知道他們都會失敗？」

「我怎麼知道的呢？寶拉平常就不會想太多，所以我才猜她可能會失敗。妳也挑戰過憋氣，知道這件事多難吧。」

此時，海律突然想起一件事。

「當時那通電話！是妳打的吧？妳想讓奎榮失誤！」

「我也沒想到那通電話會奏效。那個膽小鬼，當時我真的覺得很煩，差點直接把他推下去。」

海律想起英妃從水裡拉出自己的頭。那時，她也疑惑為什麼拉得那麼用力，現在回想才理解，英妃是心急才會那麼使勁。

「我什麼都不知道，還找妳幫忙，簡直就是自掘墳墓。」

「講話不要太超過，我心裡也不好受。」

「我還以為我們是朋友。」

「讓妳失望了。」

海律舉起手來，想打英妃一巴掌。

然而，就在這一瞬間，客廳的氣氛突然變得異常。她快速環顧四周。總覺得有點奇怪。明明什麼都沒有改變，但奇怪的是，客廳看起來不一樣了。面對這突如其來的陌生氣氛，她感到不寒而慄。

有什麼東西正在靠近。

雖然不知道是什麼東西，

但可以確定的是，

它將要帶走某個人。

這時，英妃從海律身邊退後一步。海律看到她僵硬的表情，本能感覺到「那個東西」正靠近她身後。逃跑已經太遲了。不對，打從一開始就逃不掉。

海律像一根木頭般杵在原地。剎那間，一隻醜陋的手爬上她的肩膀。一陣毛骨悚然的感覺油然而生，彷彿一隻巨大的蜘蛛停在她的肩膀上。接著，她身後有什麼東西立了起來。從籠罩自己的陰影大小，海律可以推測出它有多麼巨大。

它立在海律身後，彎腰俯視著她。最先映入眼簾的，是腐爛透頂的皮膚與稻草般乾粗的頭髮。一隻眼睛裡有像貓眼一樣的兩個瞳孔，血盆大口裡密密麻麻布滿鐘乳石般的牙齒。那宛如從噩夢中爬出來的可怖模樣，令海律感到窒息般的恐懼。

「呃呃……」

從那大嘴拉出長長的口水，它正上下觀察著海律，好像在抓走她之前，要先確定她是否是正確的獵物。海律立即就察覺到，這個不可理解的存在就是自己所說的「管理者」。那麼，被抓走的人究竟會變成怎樣呢？一想到這裡，海律就覺得腿軟。她甚至產生了一個念頭，與其這樣還不如在挑戰中死掉。

英妃也同樣害怕管理者。她只希望管理者趕快帶著海律從眼前消失。

「對不起，海律，我需要這個實現願望的機會。我會珍惜你們給我的機會，成為最棒的偶像。」

英妃許下承諾後，跟海律道別。

但是……

「啊……？」

忽然，管理者從海律身邊離開，開始向英妃靠近。

英妃慌張而困惑地仰望著管理者。

「為什麼來我這裡？不是我，是那邊啦！」

但是管理者對這句話置若罔聞，只是靠近英妃，一把抓住她的脖子。接著，猛然將她舉起來，她的頭幾乎要碰到天花板。英妃懸在半空，一邊掙扎著一邊咳嗽。

「妳……違反……規則……」

管理者的口中發出搔刮鐵板的聲音。

聽到這句話，兩個女孩都不能明白這是什麼情況。為什麼不是挑戰失敗的海律，而是選擇了英妃？突然說違反規則又是什麼意思？她們完全摸不著頭緒。

然而，就在此時——

「啊……！」

海律腦海中突然浮現出一段記憶。

那是奎榮當初閱讀網路上流傳的挑戰規則時說的話。

「**此外，倘若直接妨礙其他挑戰者的任務，亦視為挑戰失敗，必須接受懲罰。**」

海律當時只是很自然地當成當耳邊風，直到此刻才理解這個規則的含義。

「是妳妨礙我進行挑戰。如果不是妳從中阻撓，我本來可以成功，正因為妳拉著我，我才會挑戰失敗。所以，管理者才會生氣。」

「……！」

這時，英妃才意識到自己犯下多大的錯誤。英妃害怕海律挑戰成功而插手，但做夢也沒想到這個行動會讓自己陷入深淵。遺憾之情湧上心頭，早知道會這樣，海律還不如不要找自己過來，這樣海律就會自暴自棄，自己搞砸挑戰任務。

然而直到最後一刻，她都沒有意識到，這一切都是她的欲望及傲慢所導致的悲劇。

管理者轉過身來看向海律。她突然覺得害怕，擔心管理者會改變主意，把她帶走。但是管理者說出來的話完全出乎她的預料。

「冠軍……許願吧……」

「我？我是冠軍嗎？」

「快點……」

海律雖然有些茫然，但也毫不猶豫說出了願望。

「寶拉和奎榮。請將我死去的兩個朋友還給我。」

「呃呃呃……」

管理者的口中又發出那嚇人的聲音。

海律心想，是不是自己許的願望太過分，所以惹管理者生氣了。不出所料，管理者伸手抓住海律的臉。巨大的手掌可以完全覆蓋她的臉。海律害怕得渾身發抖。

瞬間，管理者手中散發出強烈的光芒，海律感覺到光芒流入自己體內，最終她失去了意識。

10

「怎麼不說話？不想做嗎？」

寶拉看著海律說道。

海律這時才回神。

「咦？……啊？」

她神情恍惚地看著朋友，寶拉和奎榮正並肩坐在她面前。此外，這裡還是他們決定進行叮咚挑戰時所在的漢堡店。海律不禁懷疑自己是不是在做夢，不由得咬緊嘴唇。因為咬得太用力，嘴唇感受到火辣的疼痛。她沒有在做夢。她的願望真的實現了。海律情緒激動不已，不由自主流下了眼淚。

「喂！妳幹嘛哭啊？」

「海律，妳沒事吧？」

兩人都嚇了一跳，問道。

「對不起……我也不知道怎麼回事……」

「喂，你幹嘛害人家哭？」

「我什麼時候這樣啦！」

「你喔，嘖嘖！」

看到寶拉和奎榮鬥嘴的樣子，她才放下心中大石。

不管怎麼說，自己許下的願望好像讓一切都回到原本的樣子。

「抱歉，不要因為我吵架，我只是突然心情很好。」

「妳可以直接說是寶拉害妳哭的。」

「喂！你真是的！」

「哈哈……啊，不過怎麼只有你們倆？」

「嗯？什麼意思？還有誰會過來嗎？」

「英妃啊！她去廁所嗎？」

兩人都看向海律，好像她在說什麼莫名其妙的話。

「什麼啊！幹嘛突然說這麼嚇人的話？」

「嗯？」

「英妃啊！她是誰啊？」

「什麼？你們才在開玩笑……啊！」

海律看到他們的表情後，渾身都起了雞皮疙瘩。他們好像真的不認識英妃的樣子。從他們的反應來看，連這個名字都是第一次聽說。海律立即拿起自己的手機，打開聊天工具來確認。朋友聯絡人中看不到英妃的名字。另外，通話紀錄和聯絡人名單裡，英妃的名字也都被刪除了。

她這才明白過來。此刻，這個世界上權英妃這個人的存在已經完全消失。不，並不是消失。英妃從一開始就不存在。海律也再次感受到，管理者真的非常嚴格。如果自己被帶走，就會像英妃一樣，在這個世界上完全遭到抹除。那也許是一件比死亡更可怕的事情。

「英妃是誰？」

寶拉一臉嚴肅地看著她問道。

「妳背後的那個孩子。」

海律抬手指著寶拉的後面，說道。

寶拉發出尖叫，回頭一看，什麼人都沒有。寶拉滿臉驚恐，大喊著不要開玩笑。

「對不起，我開玩笑而已。」

「海律，妳剛剛流眼淚就是為了講這個玩笑嗎？嗚哇！事前準備真充足！雞皮疙瘩都起來了！」

海律難為情地笑了笑。

奎榮想要鬧寶拉玩，轉頭說道：

「好可惜。我應該把寶拉嚇傻的樣子用手機拍下來。」

「為什麼要拍那種東西啊！」

「每次憂鬱的時候就拿出來看，太搞笑了……啊啊！」

「你是不是想找死？」

看兩人像親兄妹一樣拌嘴吵鬧，海律露出欣慰的微笑。

雖然英妃不在這裡，但她感到前所未有的幸福。

「對了，剛才說的那件事，妳有想法嗎？」

寶拉突然看向海律說道。

「嗯？什麼？」

「叮咚挑戰啊！妳要參加嗎？」

瞬間，海律的表情凝固了。

沒想到又再次聽到那個提議。即使世界重新來過，叮咚挑戰還是會繼續存在。這樣想來，英妃也說過她是第二次挑戰。換句話說，這個挑戰可能會無限重複。

「如果真是如此，我能一直拒絕這個誘惑嗎？」

面對眼前等待回答的朋友，海律只能呆滯地回望。

四足獸

申真悟

I

倘若現實中真有地獄，那一定是把成績單交給媽媽看的時候。

熙貞突然浮現這個想法。

「這什麼成績也敢拿來？這分數別說是A大醫科了，連B大醫科都考不上。看看妳姊姊，從國中到高中，從來沒有錯過任何一次第一名。但是妳到底像誰啊……哎唷，不想說了。」

海淑把熙貞的成績單扔出去，好像是什麼討人厭的蟲子般，露出不愉快的表情。熙貞呆愣地看著丟在地上的成績單。雖然媽媽如此嫌棄，但熙貞的成績其實還算不錯。就拿這次考試來說，她的成績是全校第十五名，只是距離媽媽的標準還有一段距離。媽媽是A大學畢業，姊姊秀珍現在也就讀A大學法學院。因此，媽媽的標準自然很高。

「媽，別說了！熙貞也盡力了！以目前的成績，已經可以考上不錯的大學，不是非進A大學不可！」

看不下去的秀珍站出來說道。她不喜歡媽媽總是對妹妹格外嚴苛。當初自己也是迫於媽媽給的壓力，不得不考取A大學的法學院，她比任何人都了解妹妹的心情，所以也就更想站在妹妹這一邊。

但是，這樣的姊姊反而讓熙貞更加討厭。姊姊自己就是A大學生，所以才可以說得這麼輕鬆。當初，只要姊姊別考上A大，她也不用背負這種壓力。偏偏有一個成績好的姊姊，每次都被拿來比較……熙貞陷入這種想法中，使她無法單純接受姊姊的心意。

「她要是跟妳一樣，我還需要講這麼多嗎？居然能考出這種成績……我真的是快氣死了。尹熙貞！做夢都不要妄想可以去其他大學！考不上A大就給我重讀，知道嗎？」

「媽！別說了！」

秀珍話才剛說完，熙貞立刻站了起來。

海淑不回答，只是質問熙貞要去哪，再次責怪起她。

「我回房間唸書。」

熙貞用無精打采的聲音說道，然後忽視媽媽的問題，逕自走進房間。

然而，即使回到房間，也無法專心唸書。外面，媽媽和姊姊仍在唇槍舌戰。熙貞戴起耳機，直接趴在桌子上，然後在漆黑的房間裡，反覆小聲說道「好想死」。

2

「熙貞，妳知道嗎？西尼的詛咒術。」

休息時間，旁邊座位的敏英突然這麼說道，熙貞聞言歪了歪頭。

頭一次聽說西尼這個名字，居然是詛咒術。她心想，不知道這到底是什麼東西。
「我第一次聽說，那是什麼？」
敏英露出意味深長的微笑，說「我就知道妳還不知道」。
「最近非常熱門耶。妳平常都只顧著唸書，所以大概不知道。」
「是模仿什麼的挑戰嗎？」
「沒那麼幼稚。這是詛咒術，而且還是可以詛咒別人的那種！據說只要跟西尼大人祈求，我們也可以使用那個詛咒術。」
「用那個幹嘛？」
「還能幹什麼！當然是報復讓我不爽的人啊。」
熙貞滿臉不以為然，重新把視線放回書本上。
她心想，最近都是這些怪誕的遊戲或哏圖泛濫成災。
「真羨慕，還有餘力做那些無聊的事，我每天光是唸書，連睡覺的時間都沒有。」
熙貞剛說完，敏英又露出微妙的笑容。
她微微朝熙貞傾斜身體，說道：
「並不是只能報仇，那些詛咒術之中，也有能讓我們看見考試答案的喔。」
明知道對方在胡說八道，熙貞卻莫名產生了好奇心。
「不可能，哪有這種事。」
「誰知道呢，也許有人成功過啊。聽說這個詛咒術很難，但效果也很明顯。」

「有那麼難嗎？要怎麼做？」

「呵呵，我就知道妳會好奇。首先，要找到有四隻腳的動物，不管什麼都可以，狗、貓、老鼠、豬、牛等等。只要是四隻腳的動物就可以了。」

「然後呢？」

「把動物抓來殺掉，然後挖出雙眼。」

熙貞發出「呃！」一聲，不由得皺起眉頭。總覺得好像不小心聽到莫名其妙的資訊。但是，敏英興奮不已，繼續接著說下去。

「把挖出的眼睛跟想要交換的人名寫在紙上，放進一個箱子裡，然後把箱子燒掉。」

「想交換的人是什麼意思？難道……？」

敏英點了點頭，繼續說道：

「從這裡開始的步驟很重要。午夜十二點過後，把房間裡的燈關掉，只點燃一根蠟燭。然後，看著鏡子背誦這個咒語。」

紅月之夜，恭迎西尼，替我雪恨。

「把妳的血抹在鏡子上，然後背誦三遍。」

還魂代命，除舊更新。還魂代命，除舊更新。還魂代命，除舊更新。

「最後，打碎那面鏡子，儀式就結束了。聽說儀式成功時，天空會出現紅色月亮。不過，那個紅色月亮只有施術者看得到。」

熙貞不由自主投入到故事中。她嚥了一口唾液。

「如此一來，寫在紙上名字的那個人會變成瞎子一段時間，施術者則能擁有那個人的慧眼，考試時能夠信手拈來。怎麼樣？有趣吧？」

「這根本就是鬼故事吧。」

「怎麼能說是鬼故事呢！西尼大人聽到了該怎麼辦！」

敏英開玩笑地說道。

熙貞裝出漫不經心的樣子。

「哼，真幼稚。」

「但是，作法時有幾個注意事項。第一，詛咒術的效力不是無限的，只有一次。要想重新獲得能力，就必須找別的祭品。此時，不可以再使用同種類的動物。舉例來說，如果第一次用狗，接下來就不能再用狗了，只能用貓或者別的動物，否則等同於儀式失敗。」

「好複雜啊。」

「第二點，同樣……」

「算了，我不想聽了。到底誰會做那麼瘋狂的事情？」

熙貞語畢，敏英輕輕地看了她一眼，說道：

「誰知道呢，說不定有人迫切需要呢。」

熙貞總覺得這句話是在指自己，所以心情一下子就變差了。她不想再聽下去，乾脆把藍牙耳機塞進耳朵裡。

就在此時，敏英突然抓住她的手。

「喂，就算妳不想聽，也要給我聽完。我也不喜歡講話只講一半，不然感覺很像上廁所沒擦屁股一樣。」

「唉——」

熙貞貌似疲憊地嘆了口氣。

敏英舔了一下嘴唇，繼續說下去。

「最重要的一點是，詛咒術只能使用三次。如果再繼續下咒的話……就會發生非常可怕的事情。」

「可怕的事情？什麼？」

對於熙貞的提問，敏英的回答很簡短。

但是，她的回答卻莫名令人毛骨悚然。

「**西尼會找上門**。」

3

考試成績又失常了。

補習班有一個模擬考試，可能是受壓力影響，她的分數比以前還要低。熙貞一想到又會被媽媽教訓，恐懼已經湧上心頭。

「妳瘋了嗎？不但分數沒提高，反而還退步了？馬上就要大學考試，妳到底想怎樣？妳說啊！回答我，尹熙貞！」

她想起媽媽冰冷的臉龐和聲音，突然覺得內臟一陣翻攪。最後，熙貞忍不住跑到廁所，把胃裡的東西都吐出來。

「嗯？血！」

熙貞吐得不知天南地北，定睛一看才發現，嘔吐物中摻雜著一點血液。看來是身體出現問題了，熙貞並不感到意外。她只睡三個小時，三餐也是隨便吃，在巨大的壓力之下，生活重心只有唸書，如果身體沒有問題，那才奇怪呢。

「為什麼我必須做到這種程度呢？」

熙貞按下馬桶沖水鈕，深感懷疑。媽媽說唸A大是為了熙貞好，但熙貞內心清楚得很，都只是為了她自己罷了。女兒都跟自己一樣從A大畢業，這樣無論走到哪裡，自己都是最耀眼的家長。媽媽就是那種享受成為矚目焦點的人。倘若一般人是用進口車和名牌來炫耀自己，那麼媽媽是用學歷來抬高自己的價值。她恨不得昭告天下，正因為遺傳到自己的基因，所以女兒也這麼聰明。熙貞猜想，爸爸大概也是厭倦了媽媽這一點，才決定要離婚。她本來非常埋怨這樣的爸爸，但現在能夠充分理解爸爸的心情。

「上大學之後，我也能擺脫媽媽嗎？」

話是這麼說，但A大學的門檻實在太高了。以她的能力，似乎無法越過那麼高的門檻。照這樣下去，這次大學考試的成績簡直昭然若揭。媽媽不承認A大學醫學院以外的學校，絕不會讓她進入其他大學，那麼她就只剩下重讀這條路，再經歷一年一模一樣的事，她也許會發瘋又或者死掉。

「我絕對不要重讀！想都別想！怎麼可能再次忍受這種地獄生活……但是，有別的辦法嗎……」

熙貞出神地站在原地，凝視馬桶裡的積水許久。

◇　◇　◇

她放學回到家時，家裡只有姊姊。

「回來啦？吃過飯了嗎？」

「沒有。」

秀珍親切地迎接她的歸來，但熙貞的回答卻十分冷淡。

「那要一起吃嗎？我正要做泡菜炒飯。」

「不用，我不想吃。」

「妳不是還沒吃嗎？不會餓嗎？別那樣嘛！一起吃吧？」

「我就說我不想吃。」

「呿！算了，不吃是妳的損失，等一下就不要拜託我。」

秀珍一個人走向廚房準備做飯。

最近，熙貞只要看到姊姊，就有一股煩躁無緣無故湧上來。姊姊並不是什麼壞人，只是一直對她要心機。就連那種從容不迫，在她眼裡都像是一種嘲諷，讓她十分不悅。她也知道這只是她的被害妄想，但實在沒有辦法控制自己。

熙貞把書包隨意亂扔，走到飲水機前倒水。

「要不要看看哈姆長多大了？」

秀珍看著正要喝水的妹妹說道。

一個月前，姊姊瞞著媽媽把一隻倉鼠帶回家。秀珍從小就喜歡動物，總是纏著媽媽說想養寵物，但由於媽媽極度厭惡動物，所以從來沒有答應過。無論姊姊成績有多好，也未曾接受過這個請求。然而即便如此，秀珍也不曾反抗過媽媽。在她成為大學生後，卻突然發生了變化。姊姊把倉鼠帶家時，熙貞著實嚇了一跳。她從來沒見過姊姊做出這麼勇敢的決定。秀珍對妹妹再三叮囑告誡，一定要對媽媽保密。熙貞對動物完全不感興趣，所以乾脆視而不見。

「怎麼樣？我們哈姆長大了吧？」

秀珍把倉鼠從飼養箱裡拿出來，秀給妹妹看。

熙貞望著倉鼠，一副意興闌珊的樣子。在她眼裡，倉鼠不過是只會吃喝拉撒的毛球。她對此唯一的想法就是，到底為什麼要養這種東西？同樣是姊妹，兩人卻截然不同。

在熙貞看來，姊姊除了頭腦聰明之外，跟媽媽毫無相似之處，其他部分都是遺傳到爸爸那裡的基因。反觀自己，跟姊姊完全相反。她和自己最討厭的媽媽，在性格方面幾乎可說是一模一樣。起初，她還會否認這一事實，但面對自己不知不覺中表現的冷酷性格時，就不得不承認血緣騙不了人。

『要遺傳的話，至少遺傳媽媽的腦袋吧！為什麼我都只遺傳到不好的地方？就只有姊姊繼承到優點，為什麼偏偏我就是這樣？為什麼！』

「熙貞？妳沒事吧？」

秀珍的呼喚讓熙貞一下子回過神。

她又陷入自己的妄想之中。最近常常出現這個狀況。想法接二連三出現，讓她無法自拔，而且出發點總是悲觀又負面。

「嗯……我只是在想別的事情。」

「最近很累吧？」

姊姊似乎又要說一些安慰的話，於是熙貞趕緊轉移話題。

「妳小心別讓媽媽發現。」

「別擔心。我的哈姆不會亂叫，都待在飼養箱裡玩，絕對不會被媽媽發現。還有啊，等我獨立之後，我一定要養貓！我連名字都想好了。」

「妳要獨立？」

「對啊，我已經成年了，也跟媽媽說好，等大學畢業後就會獨立。」

「媽媽同意了嗎？」

「不同意又能怎樣？我已經成年了！」

「真羨慕妳，姊，以後都可以隨心所欲了。」

內臟又開始糾結扭曲了，胃裡彷彿湧出一股血的味道。如今已經到了光是想像，身體就會出現反應的地步。

「熙貞？妳真的沒事嗎？」

「我回房間了。」

熙貞把水杯放在水槽裡，提起書包走進房間。

秀珍用憐憫的眼神看著離去的妹妹。

4

『拜託，隨便誰都好，把我從地獄裡救出來吧！』

熙貞一邊聽媽媽的嘮叨，一邊想道。

海淑看到補習班模擬考試的成績單後，露出十分後悔的表情，似乎在懷疑自己為什麼生下這麼笨的孩子，並開使用冰冷惡毒的話語辱罵熙貞。

「簡直慘不忍睹。其他人這次模擬考成績都進步了，怎麼就妳這樣？妳覺得我花那麼多錢送妳去補習班，就是為了看這種東西？像這種垃圾，給我馬上丟掉。看到這種成績單，我眼睛都要爛了！」

熙貞像罪人一樣低著頭，啞口無言。

姊姊也不在家，因此沒有人會站在熙貞這一邊。也許正因如此，海淑罵得比平時更加難聽。

「頭腦不好的話，就要比別人加倍努力啊！妳拿到這種分數還睡得著嗎？」

「媽媽希望我去死嗎？」

「什麼？」

面對女兒突如其來的問題，海淑露出不可置信的表情。

熙貞再也無法忍耐沸騰的情緒。

「我只睡了三小時！本來都睡四小時，現在已經又縮短一個小時了！現在是要我乾脆不要睡覺嗎？」

「頂什麼嘴？管妳睡三小時還是兩小時，要是考出好成績，我會說這些話嗎？妳看看妳姊姊，我從就沒唸過妳姊姊！但是妳到底怎麼長成這樣……」

「**啊啊！**」

熙貞發出憤怒的尖叫。

她突如其來的舉動把海淑嚇了一跳。

「那妳也把我生得跟姊姊一樣啊！為什麼把我生成這樣，還天天拿我跟姊姊比較！為什麼！」

「幹嘛啊？」

「我是媽媽的女兒，有這麼讓人羞恥嗎？有這麼不滿意嗎？我告訴妳，我也討厭自己是媽媽的女兒！我受夠了！」

海淑的表情瞬間變得冷冰無比。

「說的也是，那人的基因還能在誰身上？」

「……！」

「妳那愚蠢無知的樣子，跟妳爸還真是一模一樣。早知道就叫他離婚的時候也把妳帶走。」

熙貞感覺到，過去一直抓住自己內心的那條細線倏地斷掉了。

結果，她嘴裡吐出了不該說出來的話。

「妳知道嗎？姊姊跟我都想逃離媽媽，就像爸爸一樣。」

啪——。

熙貞的臉大幅轉到一邊。腦袋一時之間一片空白。緊接著，一行眼淚順著臉頰流下。她氣憤得咬緊了嘴唇。

即使打了女兒一耳光，海淑也沒有消氣。但是她沒有再次動手，這種低俗的行為做一次就夠了。

「馬上回妳房間，我不想看到妳！」

熙貞懷著憤怒的心情走回房間。她實在太生氣，幾乎到了快發瘋的地步。這樣下去，她似乎什麼也做不了。這種感覺，就好像自己存在的理由被完全否定了。她趴在桌子上抽泣不已。

無路可走了。再這樣下去根本看不到希望。擺脫這裡的方法就只有像姊姊一樣，先考進A大學後從家裡獨立，但是這條路上有一面巨大的牆，而她沒有跨越這道牆的能力。不管怎麼想，她都找不到答案。

此時此刻，她的心情是哪怕作弊也要提高分數。

「**那些詛咒術之中，也有能讓我們看見考試答案的喔。**」

瞬間，敏英的聲音似乎在耳邊響起，熙貞感到一陣毛骨悚然，猛地抬起頭來。

不知道為什麼，此刻偏偏想起這件事。也許是她自己一直下意識地想著這件事。

「西尼的詛咒術……」

她也知道，這種事情根本荒誕不經。相信詛咒或鬼魂之類的東西，就跟相信聖誕老人一樣天真愚蠢。

但是，為什麼她一直受到吸引呢？

隨著強烈的好奇心和衝動而來的，是萬一有效的念頭。

也許比起詛咒術的效果，這種殘忍又具有破壞性的行為更加吸引她。平時她根本不會想要做這種事，但今天卻有所不同。今天，她好像什麼事都能做得出來。如果是壞事，那就更不用說了。

「把動物抓來殺掉，然後挖出雙眼。」

她不知不覺走進姊姊的房間，俯視著飼養箱。甚至出現一種受什麼迷惑的感覺。在飼養箱裡，一隻又小又胖的倉鼠在木屑上動來動去。熙貞看向著小東西的眼神毫無感情。打從一開始，她對動物就沒有任何愛意。

姊姊會因為寫作業晚歸，所以時間還很充裕。她輕輕打開飼養箱的蓋子，然後小心翼翼地拿起倉鼠。倉鼠既沒有咬人，也沒有反抗。大概是把她錯認成姊姊了。看著倉鼠，她突然冒出一個念頭。

『如果知道倉鼠不見，姊姊會是什麼心情呢？』

她的嘴角不自覺微微上揚。熙貞這才明白，為什麼自己會想做這種事。她想讓姊姊也感受一下自己面對的痛苦。她想要毀掉姊姊擁有的幸福，即使只有一點點。她想近距離看到姊姊悲傷的樣子。這就是她所期望的事物。

「那張裝模作樣的臉，真令人噁心。」

喀噠——

下個瞬間，當她清醒過來時，手裡的倉鼠的脖子已經折斷，軟綿綿地垂下頭。熙貞嚇了一跳，倉鼠摔落在地。她著實不敢相信，自己真的殺了這小傢伙。事情發生在彈指之間，像是給什麼東西迷惑，所以幾乎感覺不到殺死動物的心理衝擊。熙貞用手指戳了戳掉在地上的倉鼠。小傢伙一動也不動。很明顯，牠已經死了。

熙貞旋即感受到一種神祕的快感。不知道為什麼，親手奪走這條小生命的事實讓她興奮不已。奇妙的快感籠罩著她，那是她從未感受過的強烈刺激。

離家不遠之處有一條河川。沿著那條河川旁開闢的小路走一段時間，就會看到一片寂靜的空地。偶爾想冷靜一下時，熙貞就會來這裡。尤其是夜晚時刻，黑燈瞎火，人跡罕至。深夜，黑暗陰冷的氣氛讓人不敢相信此處位於首爾。熙貞才剛到這裡。

她在雜草叢生的空地一角燃燒紙箱。她手裡握著一把美工刀，刀刃上還沾著未乾的血跡。箱子裡裝的是倉鼠的雙眼以及寫著全校第一名姓名的紙條。如果敏英沒有說錯的話，她已經完成詛咒儀式的第一步。現在，她必須回家進行剩下的儀式。

「紅月之夜，恭迎西尼，替我雪恨。」

熙貞在房間裡點燃一支蠟燭，看著小鏡子唸出咒語。

然後，她把自己的血抹在鏡子上。血是用針刺大拇指擠出來的。

「還魂代命，除舊更新。還魂代命，除舊更新。還魂代命，除舊更新。」

就這樣重複三次之後，立刻打破鏡子。

至此，西尼的詛咒儀式完成了。現在，她得去確認詛咒儀式是否成功。熙貞起身往窗邊走去。她才剛打開窗戶，外面就傳來姊姊的聲音。

「熙貞，妳還沒睡嗎？」

稍早之前才回到家的姊姊，好像終於發現倉鼠消失了。

「嗯，我正在唸書。怎麼了？」

「我可以進去一下嗎？」

熙貞無可奈何地走向房門，將門稍微打開，然後看著姊姊。當然，姊姊的Z並不好看。

「是妳拿走哈姆的嗎？」

「我為什麼要拿走牠。」

「那妳有進我房間嗎？」

「沒有。」

「啊，是嗎？……唉，那牠到底跑去哪裡了？」

「怎麼了？哈姆不見了？」

「嗯，飼養箱的蓋子被打開，裡面也沒看到哈姆。」

秀珍咬著下唇，滿臉擔憂。

熙貞也表現出擔心的模樣，但其實心裡十分樂見這種情況。

「再仔細找找看吧！應該在家裡某個地方吧？不然牠還能跑去哪？」

「感覺是被人拿走了。因為飼養箱的蓋子打開了，加上哈姆不可能自己逃出去。」

「誰把倉鼠……難道是媽媽？」

秀珍沒有肯定也沒有否定，但似乎已經在心中下了這個結論。

「該不會是妳跟媽媽說的吧？」

「我瘋了嗎？被媽媽知道的話，肯定會馬上把倉鼠丟掉吧。」

「抱歉，我只是問問看。應該是媽媽進過我房間了。唉，她要是藏起來，我怎麼找得到啊？我真的要瘋了。」

秀珍滿臉怒意地離開，熙貞立刻又走到窗邊，打開窗戶仰望天空。按照敏英的話，如果詛咒儀式成功的話，成功的證據就是只有她能看見的紅色月亮。老實說，她並不完全相信敏英的話，但還是想確認一下。熙貞對天空一陣東張西望，然而下一秒便不由自主屏住了呼吸。

染成血紅色的滿月高掛夜空。而且，這月亮的大小與平時不同，異常巨大的月亮是她從未見過的景象。那壓倒性的體量讓熙貞感到戰慄。這不是單純的一句「害怕」能夠形容的感受，而是一種面對來自其他次元、未知領域的恐懼。

「沒想到是真的……」

熙貞有一種感覺，好像這段時間自己相信的世界被否定了。難以言喻的恐懼將她包圍，只得遠離窗戶。她立刻關上窗戶，連窗簾都緊緊拉上。然後她坐到書桌前，平復自己受驚的情緒。

她心情平靜了一些後，剛才那股恐懼也慢慢消失。取而代之的，是內心深處漸漸萌芽的期待。

『這是真的嗎？可以看見考試的答案？如果這些都是真的……那就太棒了。』

熙貞頓時感到熱血澎湃。如果詛咒術是真的，那麼她只需要等待效力發揮。在即將來臨的模擬考試中，似乎就可以檢驗儀式的成果。她是第一次如此期待考試。

5

第一堂考試終於開始了。

前一天晚上，熙貞陷入奇妙的興奮和緊張之中，根本無法好好入睡。平時她為了調整狀態，會早點結束複習，並且儘早上床睡覺，但昨天根本無法照常作息。再加上沒辦法集中精力唸書，真正唸書的時間只有一個小時，所以狀態不可能好到哪裡去。如果這是真正的大學考試，成績肯定非常難看。

看過紅色月亮後，她對西尼的詛咒術懷抱一定程度的信心。但過了幾天後，又漸漸開始心生懷疑。

『我那天看到的景象是不是幻覺？』

當時的記憶太過深刻，反而感覺不現實。那天，她整天都有種被什麼東西魅惑的感覺，也許自己看到的只是大腦的錯覺。這麼一想，隨著模擬考日期的逼近，不安的情緒也逐漸增加。她無法跟平時一樣認真唸書，總是陷入這個想法中掙扎不已。然後某天一睜眼，就到了考試當天。

老師拿著試卷走進教室。熙貞感到頭暈目眩，喘不過氣，好想就這樣逃跑。反正考再多試，結果也是顯而易見。她想像自己從座位跳起來，奪門而出的樣子。然而，她沒有那種勇氣。前面開始傳遞試卷。現在已經沒有回頭路了。只能坐下來考試，別無他法。她咬緊嘴唇，接下試卷。

『竟然相信那種東西，我簡直就是廢物！』

熙貞在心裡破口大罵，同時在考卷寫下名字。她還沒開始解題，手心已經汗水涔涔。她不由自主連聲說道「完蛋了」。

她強壓住想吐的感覺，好不容易才開始看試卷的第一道題。然而別說是答案，就連題目都看不進去，整個人暈頭轉向。

『不行！這樣根本沒辦法考試啊！』

熙貞乾脆放棄答題，閉上眼睛懇求神蹟，也不知道對象是西尼還是誰。然後，她就像抓住救命稻草般，開始吟誦那句咒語。

「……還魂代命，除舊更新……還魂代命，除舊更新……還魂代命，除舊更新……拜託幫幫我……」

片刻之後，她懷著自暴自棄的心情睜開眼睛。一想到自己不知道在幹什麼，就對自己失望不已。熙貞看向考卷的眼神中充滿絕望。

這時，驚人的事情發生了。她都還沒來得及讀完題目，選擇題的四號選項就變得格外突出，彷彿只有這個選項的字體用不同的方式印刷一樣。熙貞懷疑自己是不是沒睡好，眼睛看見的東西才這麼奇怪，於是抬手揉了揉眼睛。然而，醒目突出的文字依然沒有改變。而且，不僅是第一道題目而已，第二題、第三題也在讀完題目之前，就有特定選項的文字變得顯眼。這時，熙貞才意識到效果已經開始顯現。

『是真的！不是我的錯覺！』

握筆的指尖顫抖不已。她感到欣喜若狂，因為只有她一個人獲得這項特殊能力。她完全不需要自己作答，只要將映入視線的答案寫出來就好。不到十分鐘，她已將所有答案全部抄寫下來。她放下考試用筆，看著謄寫完畢的乾淨答案紙，不由自主笑了起來。A大學的醫學院再也不是夢想。

所有考試一結束，教室裡的同學們就開始分享彼此的答案。熙貞環顧教室一圈。只要看大家的表情，立刻就能知道誰考得好，誰考得不好。四處傳來幾家歡樂幾家愁的聲音。這次考試似乎大致上偏難，她聽到很多嘆息聲。但是，熙貞不可能知道，她只是把眼前的答案抄下來，當然不知道問題的難度如何了。事實上，她現在對這些也已經不感興趣了。反正只要有西尼的詛咒術，就算不用唸書也無所謂。終於不用再成為學習的奴隸了。她看著那些為了一個問題抓耳撓腮的同學，獨自沉浸在勝利的感覺之中。

「妳知道五班的智秀吧？全校第一，打算放棄這次考試了。」

有個同學走到敏英面前說道。

敏英一臉驚訝地詢問原因。

「聽說她第一節考試開始沒多久，眼睛就突然看不見了。她一直哭個不停，所以老師就直接帶她去保健室了。」

「眼睛看不見？」

其他學生也對這件事感到好奇，紛紛聚集在一起。

只有熙貞裝作沒聽見，靜靜待在位置上。

「然後呢？」

「聽說有別的老師帶她去醫院，結果怎麼樣我就不知道了。」

「真可怕，眼睛竟然會突然看不見。」

旁邊一名同學一副毛骨悚然的樣子說道。

敏英似乎感覺到不對勁，思索片刻後開口說道：

「喂，這不就是西尼的詛咒術嗎？聽說名字被寫在紙上後，那個人會瞎一段時間，對吧？」

「哦，對耶！沒錯！」

熙貞的心臟瞬間停了一拍。

她一心撲在考試上，根本沒料想到這種情況。當然，她雖沒想過自己會受到懷疑，但其他人想把那個事件跟西尼的詛咒聯繫起來，仍令她困擾。

「難道是我們學校的學生進行西尼的詛咒儀式？」

一名同學那麼說完，眾人都你一言我一語地表示認同。

「哎，只是壓力太大而已吧！」

有人提出了比較現實的說法。

其他人也馬上表示同意，紛紛說道「應該是吧」！最先提起西尼話題的敏英似乎也不相信真的是詛咒所致，大概只是好玩才隨便提起的話題而已。

熙貞鬆了一口氣。

「熙貞，妳怎麼想？」

敏英突如其來的問題讓熙貞驚慌失措。

「什麼？」

「我在說西尼的詛咒啊，那會是真的嗎？」

敏英露出神祕的微笑，問道。

熙貞不禁懷疑敏英是不是察覺到什麼，所以故意試探自己。當然不可能是這樣，但她總是往那個方向去想。

「有時間去想這些，還不如認真唸書。」

她裝作不知情的樣子說道。

眾人轉頭看向她，好像在嫌棄她掃興一樣，但她說的話也沒有錯，所以大家只是露出不悅的表情，各自回到自己的座位上。敏英也沒有繼續追問相關情況，熙貞這才卸下心頭重擔。

一回到家，熙貞懷著緊張的心情，自己先對了答案。從一開始就都是打勾，越往後越難找到錯誤的答案，即使難度高的問題也答對了大多數。這些問題她只靠自己的實力，肯定沒辦法答出來，但現在不會了。對完答案後，她不由自主發出欣喜的尖叫聲。簡直令人難以置信。這是她至今為止從未拿過的分數。一時之間，她也難掩內心的激動。說實話，她從來沒有期待過會拿到這麼好的成績。如果在大學考試能得到這樣的分數，A大的醫學院似乎也是囊中之物。

「聽說詛咒儀式只能做三次？現在我只剩下兩次機會。一次用在十月份的全國聯考，最後一次用在大學考試的時候。非常完美。雖然對智秀有些抱歉，不過還是要麻煩她多多擔待了。呵呵。好，下一次儀式要用什麼動物呢？狗？貓？貓咪是不是比較容易弄到啊？」

熙貞立即打開手機上網，檢索「流浪貓喜歡的食物」。她盯著手機畫面，眼神就像讀書時一樣認真。

不久後，期待已久的模擬考試成績終於出來了。雖然早就知道分數，但真正確認成績單後，才有拿高分的真實感。班導對她讚不絕口，說道「熙貞的努力終於有回報了」。其他同學也用羨慕的眼神看著她，她每次都必須用盡力氣才能忍住不笑。

但是最讓她開心的，還是媽媽的反應。這是熙貞第一次這麼理直氣壯地把成績單交給媽媽，接著仔細觀察著媽媽的表情。不知道是不是因為之前吵過架，媽媽並沒有明顯表現出情緒，但看到成績單的時候，嘴角還是忍不住上揚。而且，她一改過去老是把熙貞的成績單當作垃圾的態度。媽媽沒有對她大吼大叫，也沒有對她生氣發火，只是盡可能抑制住喜悅之情，簡短地說了一句「做得好」。她上了高三之後，第一次見到媽媽這個樣子。光是這一點，就能讓熙貞感到心滿意足了。

「辛苦了，繼續保持。」

「嗯。」

海淑從錢包裡拿出四張五萬韓元的鈔票，遞給熙貞後說道：「拿去買需要的東西吧。」

熙貞接下錢，回到房間，一下子撲倒在床上，然後一邊哼歌一邊玩手機。平時，從現在開始到凌晨時分，她都必須坐在書桌前讀書，但今天她只想躺著玩手機。不，不只是今天，之後也打算繼續玩下去。只要有西尼的詛咒術，讀書複習之類的事情根本可以拋諸腦後。此外，媽媽的嘮叨也到此為止。熙貞覺得此時此刻非常幸福。只要能維持這份幸福，她感覺自己什麼都願意做。

就算是殺害動物這種殘忍的行為。

6

這一個月以來，她擁有一段幸福的時光。她荒廢學業，自由自在度過每一天。困了就睡，餓了就吃，想玩的時候就玩。只是，她會在媽媽或其他人面前做出讀書的樣子。就這樣樂不思蜀，不知不覺一個月就過去了。現在，是時候為下一次的幸福付出代價了。

在開始儀式之前，她在網路上購買了叫做肉泥的東西。這是會讓貓咪為之瘋狂的零食，她打算用來當作誘餌。她已經打聽好這個社區裡流浪貓經常出沒的地方，接下來只要表現得像是要救助並收養流浪貓的人就行了。這是一次非常輕鬆的作戰，跟預想的一樣相當容易。

她抓到一隻三花貓，不知道是不是被人類養過，個性頗為溫馴乖巧。這次，熙貞也帶著那隻貓前往溪邊的空地。這件事最難的部分，應該是殺死動物並挖出眼睛，但奇怪的是，熙貞並不覺得有那麼困難。她處理過倉鼠，已經知道作法了。只是第一次處理這麼大的動物，心情還是有點緊張。

「老實一點，我不會弄痛你。」

她徒手扭斷倉鼠的脖子，可是對貓咪下不了手，於是事先準備好繩子，做成一個套索掛在貓脖子上，然後趁牠不注意時用力勒緊。果然，貓比倉鼠更不容易殺死。她被貓爪抓傷了幾道傷口才得以成功。

「對不起，我也沒辦法。希望你下輩子一定要投胎為人。」

後面的流程十分順利。她熟練地取出眼球，連同寫著名字的紙條一起放進箱子裡燒掉。屍體就簡單處理，原地挖土掩埋了。

回到家後，她也進行了同樣的儀式。在進行儀式的過程中，她感覺自己好像變成中世紀的巫女。從向惡魔獻祭並獲得力量這一點來看，她確實跟巫女沒什麼不同。熙貞不禁想著，其實成為巫女並沒有那麼糟糕。

第二次詛咒儀式完成了。現在，只要進行最後一步，就是確定紅色月亮是否升起。熙貞打開窗戶，仰望天空。但是從剛才開始，天空就布滿烏雲，無法看見月亮是否升起。看起來馬上就要下雨了，她不得不放棄觀測紅色月亮。

「反正只是確認動作而已，沒看到應該沒關係吧？」

將蠟燭和鏡子收拾好後，熙貞便上床睡覺了。她不禁心生好奇，明天的全國聯合學力測驗究竟會拿到多少分。沒過多久，雨滴便開始打在窗戶上。她聽著雨聲，心情愉悅地進入夢鄉。

◊ ◊ ◊

大學考試前的最後一次全國模擬考試終於開始了。從早上開始，教室裡就充斥著緊張的氣氛。由於這次考試是測驗學生目前為止學習的總成果，所以參加考試的學生都前所未有的認真。這次模擬考試也是最貼近實戰的一次測驗。

熙貞前一晚睡得香甜，所以狀態良好。與其他緊張的同學不同，她十分游刃有餘，甚至有些厭倦等待的時間，希望考試趕緊開始。

負責監考的老師終於走進教室。看見老師手中的試卷，她已經開始心跳加速。好想趕快使用這個能力。

沒過多久，前面開始傳遞試卷。老師叮嚀考生不可翻開試卷，直到考試時間開始為止。

接著，學校廣播通知第一節考試開始。

熙貞心情十分激動，垂眼俯視考卷，然後像上次一樣，懷著懇切的心情開始默念咒語。

「魂還代命，除舊更新。還魂代命，除舊更新。還魂代命，除舊更新。這樣就可以了吧……」

她從第一題開始就沒有仔細讀問題，而是直接看向選項，因為她相信這次也能直接看到正確答案。

『這是怎麼回事？怎麼了？』

魔法般的事情並沒有發生。沒有任何一個選項看起來比較顯眼。驚慌失措的熙貞趕緊看向第二道題目。第二題也一樣，沒有任何一個字有什麼特別之處。

「是我唸錯咒語了嗎？再來一次……魂還代命，除舊更新……」

然而，不管試了幾次都沒用。她的眼睛看不到正確答案。下一題，再下一題也一樣。

「怎麼可能，我的儀式明明很完美……」

熙貞反覆琢磨哪裡出了問題，但怎麼也找不到答案。儘管如此，時間依舊在流逝。最後，她只好放棄借助他力，憑自己的能力完成考卷。可是這段時間，她深信西尼詛咒術的力量，完全沒有讀書複習，實力大不如前。此外，她在寫考卷的期間一直分心思考儀式失敗的原因，完全無法集中精神。

就這樣，最重要的模擬考試搞砸了。

『到底為什麼失敗了！明明流程都一模一樣，怎麼回事！』

前一天晚上沒有看見紅色月亮這一點讓熙貞耿耿於懷。她本以為是因為有烏雲看不到月亮，此刻不禁懷疑是不是儀式失敗才看不到。如果是這樣，表示那天進行的儀式中有做錯的地方，但她怎麼想都想不通是哪裡出錯。

『我沒有使用相同的動物，也沒有超過限制次數。那到底是出了什麼問題？』她想，敏英應該會知道吧。這樣回想起來，她突然想起當時敏英在講注意事項時，被自己中途打斷的場景。

「第二點，同樣……」

「算了，我不想聽了。到底誰會做那麼瘋狂的事情？」

大概就是敏英沒有講完的第二點注意事項。熙貞推測儀式中沒有遵守這一點，所以才導致失敗。那麼，她必須去搞清楚第二點注意事項是什麼。

為了問清楚這一點，熙貞轉頭看向隔壁桌的敏英。但是看到她臉的瞬間，突然就無法張嘴了。總覺得好像會被她懷疑。

『現在提起這件事，肯定會引起懷疑。她好像本來就在懷疑我，我還突然問她這件事，根本自投羅網吧？感覺她就會到處宣傳我對智秀下詛咒的事情啊！用膝蓋想也知道！」

熙貞仔細想了想，發現其實沒有必要非問敏英不可，因為敏英也是從別處聽來的。在網路上找一下，肯定能找到關於西尼詛咒術的詳細內容。

在回家途中的公車上，熙貞用手機上網搜尋西尼的詛咒術。果不其然，相關信息接二連三出現在網頁上。她逐一閱讀這些資訊，很快就知道第二點注意事項的內容。

第二點注意事項

寫在紙上的名字只能使用一次。

「可惡！我就知道！」

不顧旁邊的人是否聽見，熙貞不禁放聲喊道。儀式失敗的原因，就是她在兩次儀式都寫了全校第一名的智秀的名字。她對自己的愚蠢感到惱火不已。只要先在網路上搜索過，就不會犯下這種錯誤，自己把一切想得太簡單了，才會導致這樣的結果。

『還好，要是在大學考試出現這種錯誤該怎麼辦！』

模擬考試的成績怎麼樣都無所謂，重要的是大學考試。但是，讓熙貞覺得煩躁的是，這次又得聽到媽媽的嘮叨了。

『現在智秀已經不能用了。可惡，早知道是這樣，全校第一就留到最後了。』

儘管如此，還有全校第二名的名字，用來考大學應該可以應付。她沒有考慮其他學校的第一名。她就讀的學校已經是揚名全國的名牌高中，模擬考試的高分者也在這裡齊聚一堂。問題在於補習班的最後一次模擬考試。事實上，她本來想要放棄這次考試，但這次全國聯合學力測驗考砸了，所以沒辦法這麼做。如果下次考試又考砸了，媽媽可能會想勒死自己。

『那就模擬考試的時候再試一次？說不定還有其他條件，讓大學考試的時候又失效。是啊，小心點沒什麼壞處。但是詛咒術的使用次數限三次，這有包含失敗的那次嗎？』

熙貞在網路上尋找這個問題的答案，但是不管怎麼找，都沒有關於失敗案例的結果。用各種不同的搜索詞或搜尋網站，結果還是一樣。

『是因為沒有問題才沒人討論吧？如果失敗也包括在三次裡面，肯定有人發文提問。但是，完全沒有人提問啊！這不就是證據嗎？」

熙貞漸漸對自己的想法產生了信心。

『更何況，這次我沒有得到任何好處，包含在限制次數裡就太過分了。這就像我在商品出貨之前取消訂單，店家卻要我付錢，不是嗎？』

熙貞覺得這個邏輯十分合理。實際上，自己不但沒有獲得任何利益，反而遭受巨大的損失。如果西尼這個存在還有良心，那麼這次的儀式應該要視為無效。她這麼想著，不斷自我合理化這個想法。這樣一想，才覺得心裡不踏實的感覺有所消解。

不管怎樣，現在應該要開始準備下一次詛咒儀式了。她決心這次一定要做得完美無缺。

「已經用過倉鼠和貓咪、下一次要用狗嗎？」

她就像在挑選物件，漫不經心地說道，然後開始上網檢索流浪狗。

7

「妳瘋了嗎？竟敢拿這種分數回來？比垃圾還不如！」

海淑把成績單揉皺後丟在地上。她的憤怒比熙貞預想的還要來得洶湧。但是熙貞心想，上次考試成績那麼好，應該可以扯平一點吧。不想這反而成為毒藥。

海淑認為女兒不過考了一次好成績，就得意忘形而沒有努力讀書，所以比平時更加怒火中燒。也因為這次成績真的太差勁了。

班導也特地單獨把熙貞叫去談話，可見情況相當嚴重。熙貞用狀態不佳來當藉口，但老師似乎不太相信那句話。

「妳是故意的嗎？是不是想看媽媽發瘋的樣子，才故意這樣！沒嘴巴嗎？說話啊！」

「我只是狀態不太好，大學考試的時後不會這樣。」

「狀態？不要開玩笑了！就算腿骨折了，也不會考出這種分數！……妳最好老實說，上次考試妳是抄誰的答案？」

「我哪有抄別人！」

熙貞瞬間暴跳如雷。若要仔細追究，她的行為比抄答案更惡劣，但即便如此，她也無法忍受從媽媽口中聽到這樣的話。她平時是有多麼無視自己，多麼蔑視自己，才能若無其事說出這種話？

「不然妳證明給我看啊！證明妳是靠自己的實力來考試！」

「好啊，我就證明給妳看！如果我可以證明的話，妳就必須向我道歉，知道嗎！」

海淑輕蔑地冷笑一聲。

「給我好好考試再說這種話！到底是像誰，性格才變成這個樣子，哎唷喂。」

「還能是誰，當然是媽媽啊！」

「什麼？」

「媽媽不也很清楚嗎？我的個性跟媽媽很像，所以每次看到我都那麼生氣，不是嗎？」

熙貞用嘲諷的眼神看著海淑，說道。

「妳在說什麼鬼話！」

「我也討厭自己像媽媽！就像媽媽討厭我一樣！」

海淑漲紅了臉孔，像是馬上要爆炸似的。她對女兒高聲斥喝道「給我滾到妳房間去」，熙貞馬上跑到房間，大力關上了門。

「妳以為我做不到嗎？等著瞧，我一定會讓妳後悔！」

房間裡一片昏暗，熙貞坐在書桌前喃喃自語。

她的雙眼中充滿了復仇之火。

◊ ◊ ◊

流浪狗的數量比流浪貓少得多。

熙貞找了三小時祭品之後，才了解到這件事。她小時候經常能在社區裡看到髒兮兮的流浪狗，但是現在好像都絕種似的，幾乎找不到了。

這三個小時裡，她為了尋找流浪狗四處奔波，雙腿又疼又累。不知從何時起，熙貞看到那些跟飼主一起散步的狗，就浮現偷竊的衝動。她猜想會不會有飼主把寵物綁在某處，然後離開去做別的事情，甚至偷偷跟蹤那些人，但是完全沒有發生這種事情。

不知不覺間，太陽開始西落。至今為止一無所獲，這讓熙貞十分惱火。心中生起一股後悔，早知道這麼難找，一開始就直接去領養小狗了。她曾下定決心，大學考試的時候，一定要去領養一隻動物，什麼動物都好。

漫無目的地晃蕩許久，熙貞覺得這樣實在不行，於是想要轉身回家。這時，一家亮著燈的小美容院進入她的眼中。她透過玻璃窗，看見一隻貴賓狗靜靜坐在沙發上。店裡正好沒看到任何人，老闆好像暫時不在店裡。在那一瞬間，熙貞感覺到某種命運一般的牽引。她迅速環顧四周，然後大步走進店裡。

她一進門，貴賓狗就猛地站了起來。那是一隻棕色毛髮、身材嬌小的小狗。不知道是不是特別融入人類社會，小狗見到她也不嚎叫，反而似乎十分高興，用清澈明亮的眼睛仰望她，尾巴輕輕搖晃。她內心很想立刻帶走小狗，但又怕小狗害怕起來開始吠叫，於是只能盡可能抑制焦急的心情。

「乖，過來。」

熙貞不慌不忙，慢慢走近貴賓狗。小傢伙完全不怕人類，一副天真的模樣。貴賓狗很快就走過來，開始舔起她的手。熙貞輕輕撫摸貴賓狗的頭，從口袋裡掏出事先準備好的零食。一遞上食物，貴賓狗就開始狼吞虎嚥。她耐心等待著，直到小傢伙吃完零食。這段期間，她擔心主人會突然回來，於是不停瞥向門口。貴賓狗吃完零食後，又不滿足似的看向她。

「真會吃，要不要跟姊姊一起玩？」

熙貞小心翼翼抱住小狗。小狗的體型嬌小，一下子就擁進懷中。此外，小狗一點反抗也沒有，反而十分開心的樣子，拚命舔舐熙貞的臉。這隻小狗絕對是她找過最完美的對象。

熙貞立刻抱起貴賓狗，離開了美容院。

快到小溪旁的空地時，太陽已經完全下山，周圍一片漆黑。熙貞用手機燈光照向地面，走到進行儀式的地方。她懷裡的貴賓狗毫無動靜，唯有體溫和心跳能說明這小傢伙還活著。原來，熙貞準備的零食中，混入了媽媽的安眠藥。媽媽沒有安眠藥就無法入睡，所以媽媽房間的抽屜裡永遠都有處方安眠藥。抓捕流浪貓的時候，她還沒有閒情逸致考慮這些，但是一回生二回熟後，讓她現在可以動些小腦筋。她不知道人類的安眠藥是否對動物有效，也許動物吃了會中毒而死，但對她來說這樣更好，幫她減少一樁麻煩事。

「對不起，下輩子你也要投胎為人……雖然我不知道這算不算好事。」

熙貞看著熟睡的小狗，面無表情地說道。

她看著箱子燒成灰燼，然後就離開了。

結束儀式回到家時，時鐘已經指向晚上十點。但是無所謂，反正全家人都以為她會在K書中心待到很晚。此外媽媽也已經吃藥熟睡，她們不會碰到彼此。

當她滿臉疲憊，正要走進房間時，姊姊打開房門，從自己房間裡走出來。姊姊似乎是聽見聲音，所以才走出來看看。熙貞無視對方，想要直接進房，但姊姊把她叫了過去。

「熙貞，怎麼這麼晚才回家？……妳沒事吧？」

「怎樣？」

秀珍從妹妹身上感受到恐怖的氣息，瞬間張口結舌。

早在不久之前，秀珍就已經感受到這種氛圍。但她認為是考試的壓力以及媽媽帶來的壓力改變了妹妹。妹妹感受到的痛苦，只有大學考試落幕後才能停止，所以目前除了鼓勵的話語之外，她也別無他法。也因此，她每次看到妹妹時，都會感到惋惜和抱歉。

「最近很累吧？」

「……」

「累的話就說出來，姊姊都會聽的。雖然幫不上什麼忙，但是我至少可以聽妳傾訴。所以，妳要是覺得累的話，千萬不要忍耐，隨時都可以跟我……」

「哈哈哈！」

熙貞突然大笑出聲。

那笑容冰冷不已，讓人不禁起一身雞皮疙瘩，秀珍著實嚇了一跳。

「我一點都不累，心情反而很好。」

秀珍在熙貞的臉上看見瘋狂，卻不知緣由。此外，熙貞的眼神也有些詭異，雙眼凹陷，似乎在做夢，而且看起來充滿惡意，讓人感到混亂。不僅如此，瞳孔似乎無法對焦，不由得讓人懷疑她是否有在好好看著對方。

「不用擔心，一切都會好起來。」

熙貞留下奇妙的話後，便走進自己的房間。

秀珍杵在原地許久，無法移動雙腳。妹妹確實哪裡不一樣了。但是她感到十分鬱悶，因為她無法準確說出哪個部分發生了變化。

秀珍心情苦澀，本想轉身回房，卻突然聞到奇怪的惡臭，忍不住皺起眉頭。她從來沒聞過這種味道。這是一種無法分辨的噁心氣味，令人十分不快。那股氣味是從妹妹剛才離開的位置散發出來的。

「她到底在外面做了什麼事情，怎麼會有這種味道……」

秀珍露出懷疑的表情，看向妹妹的房門。

8

海淑看著成績單，感到無言以對。又不是在玩什麼雲霄飛車，成績如此起起伏伏，真是令人費解。毫無疑問，這次的成績在補習班裡也是名列前茅。現在，作弊的疑慮已經煙消雲散。海淑感到後悔，當時應該相信熙貞的話。

她瞥了一眼默默坐著的熙貞。明明是值得歡喜若狂或洋洋得意的成果，女兒的表情卻幾乎沒有變化。她把成績單拿回來之後，就一直保持木然的表情和冷漠的態度。海淑輕輕把成績單放在桌子上。

「很好，辛苦了。大學考試也要繼續保持。」

那眼神過於冰冷，雞皮疙瘩莫名爬滿全身。

「不道歉嗎？」

「什麼？」

海淑故作不知。

「我不是說過，如果我可以證明的話，妳就要跟我道歉。」

「妳本來就應該好好考試，不是嗎？」

「妳還真了不起，太厲害了。」

熙貞凝視媽媽半晌，然後起身走回自己的房間。

「好，我知道了，媽媽向妳道歉。對不起，這樣可以了嗎？」

海淑勉強開口說道，但這種道歉還不如不說。

熙貞置若罔聞，逕自進了房間。

◊　◊　◊

好癢。睡夢中，腿上一直傳來癢意，讓熙貞皺起眉頭。總覺得有什麼東西搔癢她的小腿。她以為是蚊子叮咬，即使覺得麻煩，還是伸出手想拉過棉被，身體卻動彈不得。

五感都還在，但神經麻痹了，手指也一動不動。熙貞頓時害怕起來。好像是做惡夢了。在這種狀態下，小腿上感受到的搔癢感仍在沒有消失。可以肯定的是，那不是蚊子之類的東西。某種細小又粗糙的東西正輕輕搔她的小腿。熙貞嘗試移動脖子，想要一探究竟，但始終做不到。

『這是惡夢，不是現實。我腿上什麼都沒有。等一下就沒事了，不要害怕。』

熙貞這樣告訴自己，試圖擺脫恐懼。

但是，她卻開始聽見奇怪的聲音。

「吱……吱……咯……咯呃……」

聲音來自床腳邊，而且正在靠近。就算這是惡魔，她也忍不住了。這聲音分明是呻吟聲，而且還是動物發出的呻吟。大概是狗之類的動物。

熙貞急忙呼喚姊姊。

「……姊、姊……姊姊……」

但是連舌頭也麻痹了，發不出一點聲音。無論嘗試幾次，都是白費力氣。這個惡夢過於真實，她完全無法掙脫。

這時，床腳處突然冒出了什麼東西。熙貞可以從床架的震動中感覺到它。明明是惡夢，床架卻會晃動，根本不可能發生這種事情。她終於意識到不對勁之處。

也許是想要擺脫夢魘的意志強烈，她的脖子竟然開始一點一點動了起來。熙貞好不容易才抬起頭，看向雙腿處。黑暗中，即是只是一片黑影，她也能看出那是一隻貴賓狗。這幅景象已經給她帶來巨大的衝擊，但這還沒有結束。剛才就一直感覺搔癢的小腿也進入了她的視野，那分明是姊姊養過的倉鼠。

熙貞驚恐萬分。打從一開始，那倉鼠就不是在搔抓熙貞的小腿，而是將小腿肉挖起來吃。鮮血從撕開的傷口處嘩嘩流下。她放聲尖叫起來，但從嘴裡發出來的都是一串氣音。

此時，一隻貓咪自床底下一躍而起，靈巧地跳上她的胸口。熙貞一見那小傢伙的臉，瞬間感到窒息般的恐懼。貓咪空無一物的眼窩望著她，發出尖銳的叫喊，那空洞裡有什麼東西在蠕動。

「嘎吱……嘎吱……嘎吱……嘎吱……」

熙貞無法轉動脖子，也無法閉上眼睛，只能眼睜睜看著那個東西。

沒過多久，從貓咪眼窩裡出來的東西是——

人類的手指。

「啊啊啊！」

熙貞終於能發出聲音，她發瘋似的尖叫。

聽到聲響的秀珍走進她的房間。

「熙貞，妳怎麼了？是不是做噩夢了？」

「呃呃……」

熙貞不安地蜷縮身體，過了許久都只是不停發抖。秀珍在旁邊安慰她，但毫無用處。到底是被什麼東西嚇到，臉色才這麼差勁？秀珍詢問妹妹看到了什麼，但是沒有得到具體答覆，她只說自己做了惡夢，對自己看到的事物閉口不談。

9

自從發生這件事情後，熙貞就很害怕睡覺。她害怕又看到相同的惡夢，又或者是夢見它們跑出來。因此即使順利入睡，也會在一兩個小時內醒來。熙貞總覺得是罪惡感在隱隱作祟，但也沒辦法向任何人傾訴坦白。而且，隨著大學考試的逼近，這個症狀越來越嚴重，甚至到了晚上根本睡不著覺的地步。

一整天大部分的時間裡，熙貞都處於渾渾噩噩的狀態中。眼睛下面布滿黑眼圈，皮膚也變得粗糙鬆弛。由於無法睡覺，一直感覺疲憊不已，為了克服這種疲勞，她攝取好幾種含有咖啡因的能量飲料，再怎麼困倦也無法進入深層睡眠。這個惡性循環周而復始，她的肉體和精神開始慢慢崩潰。即便如此，她也想不到任何解決方法。但諷刺的是，大學考試變成唯一能支撐她度過眼前艱難時光的浮木。她想，只要考試拿到好成績，這一切辛苦都會有所回報。如此一來，媽媽肯定不會再處處針對自己，姊姊也只能承認自己的能力。這是可以解決一切的完美大結局。因此，即使身體早已疲憊不堪，熙貞也絕對不能放棄大學考試。她狂熱投入這次考試的模樣，甚至讓人產生錯覺，彷彿她就是為了參加大學考試而存在的。

然後，正如她引頸期盼的心情，大學考試終於來臨。

為了那一天，熙貞作好萬全準備。祭品在好幾個禮拜前，就已經物色好了。根據這段時間的經驗，她決定不要急於在戶外尋找祭品。從幾個禮拜前，她就開始輾轉流連於寵物社群，密切追蹤領養的資訊，最後才終於發現合適的寵物。那是一則送養刺蝟的文章，熙貞在文章裡留言，表示自己一定要領養這隻刺蝟。回文也寫得非常有誠意。文章裡寫道，自己非常喜歡刺蝟，為了養刺蝟也做了許多功課，她有信心可以付出全心全意來照顧刺蝟。不久後，發文者發來訊息，表示願意將刺蝟交給熙貞，也不知道是不是文章真的傳遞了熙貞的心意。

她之所以選擇刺蝟，是因為之前用過倉鼠。刺蝟的體積小，好掌控，最重要的是，屍體處理起來方便。熙貞已經決定好要寫在紙上的名字。這次是全校第二名。雖然對那個人來說，這將是一件不幸的事，但熙貞並不在意。她心想，反正那個人重讀就可以，沒有什麼問題。

〔sonic09，您好，今天確定可以領養毛毛吧？〕

熙貞發送訊息給一位名叫「sonic09」的男生，準備好要領養名為「毛毛」的刺蝟。片刻後，對方也發來回覆。

〔是的，沒錯，您有帶籠子來吧？〕

〔當然，我已經買好了，到時候會帶過去。〕

〔那麼等一下六點在XX站前的麥當勞門口見吧！〕

〔好的，我知道了！真想趕快見到毛毛。〕

熙貞打算下午兩點參觀完考場後，先回家一趟再去見sonic09。事實上，她本來想提早接刺蝟回家，但是跟sonic09的時間對不上，所以只能在考試前一天收到刺蝟。對方本來想約更晚的時間，但在熙貞苦苦哀求之下才得以提前。

想到只要度過今天，一切都可以結束了，熙貞就激動不已。她終於可以從這件可怕的事情中解放。此刻，她一心只想盡快結束儀式。熙貞提早十分鐘抵達約定地點，她一隻手提著籠子，sonic09應該一眼就能看出來。她懷著忐忑的心情，滿心滿眼等待祭品的到來。

然而約定時間過了許久，不知怎麼回事，sonic09並沒有出現。熙貞發了好幾封訊息，對方連讀都沒有讀，電話也完全不接。

「什麼呀，這傢伙！現在是在跟我開玩笑嗎？為什麼不接電話啊！」

熙貞壓抑不住憤怒，不顧周圍還有其他人，便氣憤地破口大罵。四周的人都投以目光，但她依舊對著手機痛罵。她沒想到這個人竟然扯自己後腿。熙貞氣得瞋目切齒。一想到自己在路邊乾等那個該死的傢伙一個小時，就想立刻挖掉那人的眼珠。她把手裡的籠子砸到地上，離開了那個地方。

完蛋了。現在必須立刻找到祭品，但眼前一片茫然。附近沒有寵物店，手裡也沒有那麼多錢。熙貞漫無目的地走在街上，苦思著解決方法，但怎麼樣都想不出合適的方案。她突然感到一陣頭痛噁心，安分一陣子的腸胃炎似乎又復發了。熙貞實在受不了，走進人跡罕至的巷弄，便開始嘔吐起來。

嘔吐物裡參雜血液，她用手擦了擦嘴唇。

「都快要成功了……差一點點就可以結束了……該死的，為什麼會發生這種事啊！為什麼！」

滿腹的氣憤和委屈讓熙貞忽地流出了眼淚。好不容易才走到這一步，卻被這種莫名其妙的事情搞砸了，著實讓她無法接受。她緊咬嘴唇，嘴唇甚至開始出血。不能就這樣放棄。終點就在眼前，不能就此罷休。熙貞下定決心，無論如何都要找到祭品。

◊　◊　◊

她在街上徘徊好幾個小時，到處尋找四隻腳的動物。哪怕是老鼠也好，她只祈禱獵物趕緊出現。不知道自己走了多少路，打起精神一看，不知不覺走到熟悉的地方。熙貞沿著小溪步履蹣跚，出神地喃喃自語。

「在哪裡？……在哪裡？……到底在哪裡啊……別開玩笑了，快點出來……我真的很急……快點……」

她仍然覺得頭暈想吐。好想放棄一切，回家躺在床上。她始終無法理解，為什麼要過得這麼辛苦。若要追究起來，全都是媽媽的錯啊！要不是她堅持要我考進A大學醫學院，我也不會做出這種事情啊！熙貞的怒火幾乎要將自己燃盡。自己明明如此埋怨媽媽，卻還是像個傀儡，按照媽媽的要求努力成為A大的學生。世界上還有人比自己更愚蠢嗎？

熙貞走出步道，靠近溪水邊。她屈膝坐下，俯視流淌的溪水。水裡面，自己的臉龐隨波晃動。另外一個自我正望著她，臉上是一副即將崩潰的表情。熙貞就像被吸進去一樣，凝視良久。就在這一瞬間，她好像發現了什麼，大喊了一聲「啊」。

「對，對啊！附近就有了啊！我怎麼跟笨蛋一樣，現在才發現？」

熙貞看著映射在水面上的自己，雙手支撐著地面，整個人伏跪在地的樣子，就是一隻不折不扣的禽獸。

「人也算是動物嘛！而且也可以用四隻腳來行動啊！」

瞬間，一股強烈的顫慄激盪著她，讓她渾身寒毛直豎。

熙貞多想大喊「我找到了」。

這時，手機正好響起，是姊姊。

她不想破壞現在這個心情，因此並不打算接電話。
可是她突然間又覺得，也許這是一個好機會，於是便接起電話。
「熙貞，妳在哪裡？」
「出來走走。」
「沒什麼事吧？」
「沒有，沒事。」
「趕快回家吧，明天就要考試，妳這樣怎麼行？」
「嗯，現在就回去。」
熙貞掛斷電話，從地上站起來。
「謝謝妳，我終於找到了。」
她看著漆黑的水面，說道。
水面上投射出來的自己微微一笑。

10

熙貞回到家時，姊姊一臉擔心地走向她。
秀珍看到妹妹的樣子嚇了一跳，趕緊詢問發生了什麼事。
「沒什麼事情啊！我怎麼了嗎？」

妹妹話是這麼說，表情看起來卻十分詭異。瞳孔無法聚焦，說話也有些語無倫次，像個酒醉之人。最重要的是，此刻她身上散發出難以言喻的陰沉氣息，這讓秀珍感到十分不安。

「真的沒什麼事吧？」

「要我說幾遍？」

「……好，我知道了。妳應該累了，快快去洗澡吧。吃過飯了嗎？」

「嗯。對了，媽媽在睡覺嗎？」

「媽媽？應該是吧？怎麼了？」

「隨便問問。」

「媽媽在我考試前一天也這樣，妳不要在意。」

「我才不在乎。」

「……」

妹妹不可能不知道媽媽都在這個時間吃藥睡覺。而且像這樣毫無頭緒問起媽媽的事情，這幾年還是第一次。秀珍覺得今天的妹妹格外陌生。

「真羨慕姊姊。腦袋聰明，還是A大的學生。」

熙貞突如其來的這番話，讓秀珍有點驚慌。眼前這種情況下，要說什麼才能讓妹妹打起精神？她完全想不出合適的話語。

「妳明天不是還要早起，趕緊洗澡睡覺吧。」

「姊姊，妳有討厭過我這個妹妹嗎？」

「什麼？」

「像我這樣的妹妹，妳有沒有討厭過嘛？」

「什麼意思？我為什麼要討厭妳……」

「沒關係，說實話吧。」

秀珍不明白妹妹為什麼突然這樣。今天的妹妹與平時判若兩人。

這時，熙貞又向前靠近了一步。秀珍完全不知道她藏在背後的手中，握著一把工業用美工刀。

熙貞又走近姊姊一步。她緊緊握住美工刀的刀柄。如果是現在，自己應該能夠做到。

『對不起，為了我去死吧……』

這時，意料之外的情況發生了。

秀珍突然抱住了熙貞。熙貞驚慌失措，一臉驚訝地站在原地不動。

「這段時間很辛苦吧？抱歉，姊姊沒辦法給妳力量……妳一定可以的，不是A大學也沒關係。只要妳喜歡就夠了。姊姊會一直為妳加油。」

秀珍滿懷真誠地說道。這是她一直想對妹妹說的話，但總覺得非常羞恥，始終沒能說出口。如今看到妹妹過得如此辛苦，她認為是時候告訴她了。

聽完這番話，熙貞只覺得全身都失去力氣。她的內心升起一股暖意，同時又有些不舒服，就像體內有冷和熱的東西交雜在一起，形成漩渦。

她被姊姊抱在懷裡，呆滯地看著牆壁一隅，低聲說道：

「無論我做出什麼選擇，妳都會理解我嗎？」

「當然，因為妳是我妹妹啊。」

秀珍更加用力擁抱妹妹。

熙貞緊握手中的美工刀，輕輕將刀鋒滑了出來。

「謝謝妳這麼說。」

深夜，小溪旁的空地上，有煙霧冉冉升空。

熙貞靜靜俯視著正在燃燒的箱子。她的右手以及握在手中的美工刀被血水染紅。該做的事都做完了，但她沒有輕鬆快活的感覺，反而莫名有些空虛。她想，也許是因為姊姊最後說了那些話吧。

但是，她並不後悔。這是自己盼望已久的事情，所以沒有那種多餘的情緒。更何況，現在才後悔也來不及了。木已成舟。以後也只能往前走了。

看到箱子全部燒成灰燼後，熙貞轉身向回走。現在該回家完成後面的儀式了。

「嗯？怎麼回事？……為什麼這麼快？」

正要回家的熙貞突然仰望天空，發現了什麼，倏地停下腳步。

沒有一絲雲翳的漆黑夜空裡，升起一輪巨大的紅色月亮。可是，儀式並沒有結束。

她又轉過身來，垂眼看著化為灰燼的箱子。

「哪裡有問題……難道是因為祭品嗎？」

突然一陣冷風襲來，她不禁打了一個寒顫，心中有一股不好的預感，好像會發生什麼不好的事情。

『奇怪，如果是祭品的問題，那就像上次一樣，讓儀式失敗不就好了嗎？也不會出現紅色月亮。這次又是什麼問題……』

她正在思考這些問題之際，突然感覺一陣毛骨悚然。她嚇得四處張望。好像有人在黑暗中注視著自己。她渾身顫抖，慢慢往後退。她想快點離開這裡。但是雙腿不停打顫，根本跑不起來。未知的恐懼壓制著她。

就在這時，河川裡忽然響起什麼聲音。

咕嘟咕嘟……咕嘟咕嘟……

那是水裡有東西正在冒泡的聲音。熙貞好像著魔似的，凝視著這個畫面。半晌後，一顆腦袋從水裡冒出來。她深深吸了一口氣。

這個從水中出現的來歷不明之物，正慢慢移動到岸邊。乍一看，它的外型像人類，卻是用四隻腳緩慢爬行，而不是兩腳踩地。此外，它的手腳與軀幹相比，實在太長了，那副畸形面貌根本不能說是人類。那東西走到水邊，抬頭望向熙貞。在紅色的月光之下，那東西終於顯露出了臉龐。熙貞覺得自己的心臟幾乎要停止跳動。

那張臉絕對不是人類擁有的模樣。嘴又長又凸，耳朵雙雙豎起，宛如野獸的眼睛，瞳孔完全覆蓋住眼白。此情此景怪異又可怕，看過便無法忘懷。

熙貞瞬間明白了，那就是「西尼」。

「詛咒術只能使用三次。如果再繼續下咒的話……西尼就會找上門。」

沒有獲得任何效果時，她自然會認為失敗的詛咒不能算數。

但是貪慾矇蔽了她的雙眼，使她忽視了某些事物。那就是祭品的生命。詛咒限制三次的根本原因，其目的並不在於次數本身，而是為了防止祭品不必要的犧牲。亦即，使詛咒儀式不算數的唯一要件，就是祭品沒有被殺死的時候。殺死祭品後完成儀式，就再也無法回頭。

熙貞完全無法動彈，兩條腿彷彿釘在地上。她害怕死亡。她的願望馬上就要實現，不想就這樣空虛地死去。

「拜、拜託……救救我。」

那東西對著高掛天際的紅月發出奇異的叫聲。

緊接著，幾隻與它外貌相似的東西從水中探出頭，並紛紛爬到岸邊。這些生物的身體長得像人類，卻有著各種野獸的面孔。那些東西正朝著熙貞前進。

她只能佇立不動，注視著那些東西不斷靠近自己。

那些東西在熙貞四周圍成一圈，把她置於中間。數十隻閃爍的眼睛望著她。熙貞的呼吸幾乎要消失了。她想出聲哀求饒命，嘴巴卻動不了。她能做的事情，只有滿臉恐懼地顫抖。

那些東西之中，一隻擁有貓臉的生物靠近熙貞。它探出臉龐，左右搖了搖頭，那動作就像是在要求對方看自己一樣。熙貞咬緊嘴唇，忍了半天，最終還是像嬰兒一樣放聲大哭。那是只有感覺到原始恐懼的人，才能發出的悽慘哭聲。

擁有貓臉的那東西停下搖擺的頭，靜靜看著熙貞。

頃刻之間，它猛然張大嘴巴，咬住她的手臂，使得她摔倒在地。那東西咬著熙貞的手臂，像對待玩具一樣揮來揮去。

「啊啊啊！」

一聲尖叫響徹雲霄，但也只是空虛的聲響。

不知何時，好幾隻都貼到熙貞身上。它們分別負責腿、手臂、身體以及頭部，並撕咬著熙貞的身體。

那些東西宛如面對獵物的猛獸，圍著熙貞開始享受它們的晚餐。

◊ ◊ ◊

染血的夜晚落下帷幕，大學考試的日子終於到來。

全國的考生為了這一天付出了心血和淚水，對於這些人來說，今天將成為自己人生中非常特別的一天。

對熙貞來說，這一點也完全相同。只是，這件事已經與她毫無關連。

白日裡的河川空地上，到處散落著血肉、撕毀的衣服碎片等，似乎訴說了深夜裡發生的殘酷事件。然而，這裡已經找不到任何一點看得出是熙貞的形體，甚至連一根手指頭都找不到。

當然，吃掉她的那些東西也消失得無影無蹤。熙貞的存在已經從這個世界上完全被抹去。

唯獨一件事，還剩下一件事物。那是熙貞前一天留下的東西。

「啊啊啊！」

尖叫聲從她的家裡傳出來。

秀珍沒有多想就打開房門，走進媽媽的房間裡，沒想到目睹了令人震驚的畫面。床上，是母親悽慘的死狀。

不僅如此，還是兩眼被剜掉的可怕模樣。

神女

全建宇

您聽說過祕法這個詞彙嗎？

我所說的祕法不是指「貶損他人」的那個誹謗（비방），而是指「不公開的方法」的祕法（비방）。

沒有聽說過嗎？我想也是。因為在經歷「那件事」之前，我也完全不知道。祕法是巫俗文化中常用的詞彙，意指用巫術做某些事情。例如，我們參加完喪禮之後，回家不是會撒鹽嗎？那也算是一種祕法。使用符咒也好，跳神作法也好，這些都是祕法的一種。但是，這並不代表世界上只有好的祕法。傷害別人的時候，也就是詛咒別人的時候，也會使用到祕法。

網路上偶爾會出現這樣的故事。

一個漂亮的禮物包裝盒掉在路上，撿起來打開一看，是一雙塞滿稻米的兒童運動鞋，或者放的是舊衣服與頭髮等等。在這些故事中，運動鞋或衣服都是死人的物品。這是一種把亡者的怨恨轉嫁到其他人身上的陷阱。這種方法也叫作祕法。

我對這個日常生活中不常見的詞彙如此長篇大論的理由只有一個，為的就是好好解釋那個事件，哪怕只能釐清一小部分。

是的，沒錯。

我現在要開始講述的是不好的祕法，換句話說，也就是一種詛咒。

那是距今一年前的事情了。我在七月份退伍之後，九月份就立刻復學了。別人總說退伍之後至少要休息半學期，但我沒有那種閒工夫。因為，我重考三次才進入大學。從入學開始，我就比別人落後許多，因此心裡很是著急。打從一開始，我就放棄培養與同儕之間的友情。經過三次重考，甚至從軍隊退伍，我不僅與同屆同學，跟學長姊之間也出現了無法填補的隔閡。

復學的同時，我還必須租一間自己要住的房子。但是，房租還是貴了一點。如果是便宜的房子，押金通常高得離譜，相反的，押金低的話，我又負擔不起高昂的房租，所以為此十分苦惱。後來，偶然得知一間宿舍。這個嘛，我已經不記得是誰介紹給我，還是我在學校公告欄上看到。總之，有一個叫「神堂別墅」的地方，那裡就有價格低廉的房間。

很特別的是，神堂別墅會藉由面試來選擇房客。我猜想，房東想要順道幫助學生，於是提供便宜的房間，但是房客必須先經過面試。不管怎麼說，對我來說都是好事一樁。當時我就在想，只要能夠一邊省錢，一邊滿足吃穿用度，什麼事情我都願意做。

我猜想房東應該是脾氣古怪的老人家，我一邊琢磨著那樣的人會在面試上問什麼問題，一邊前往神堂別墅。

然而，意想不到的事情發生了。自稱是屋主的人，竟然是看起來跟我年紀相仿的女人。雖然身穿韓服這一點有些獨特，但是除此之外，說是大學生也沒有人會懷疑。儘管如此，我之所以仍然感到緊張，是因為她身上散發出不可侵犯的氛圍。該怎麼說呢，就是跟年齡毫不相稱，好似飽經風霜的氣質……您大概能夠理解嗎？總之，就是這樣。所以在尷尬地打完招呼後，我便躊躇著走到座位上，靜靜坐著。同時，也在等待她說些什麼。

「您的出生日期和時間是什麼時候？」

那個女人第一個提出的問題也同樣出人意料。雖然我覺得很荒唐，但還是先告訴了對方。女人好像在算計著什麼，喃喃說著我聽不懂的話，然後馬上露出微笑。雖然這個笑容出現的時機實在微妙，但女人掛著微笑的臉蛋真的很漂亮。我跟著也笑了。接著，女人說道：

「您給人的印象很不錯呢。請問您貴姓大名？」

「啊！謝、謝謝，我叫李今哲。」

我面露尷尬神色，說道。這時，女人又說了一句話。

「您合格了。請您從明天開始入住吧。」

「什麼？」

「我說，您合格了。」

「啊……面試結束了嗎？」

「其實我在找面相好的人。」

女人笑著說道，而我只能愣愣地看著她。聽她這麼說令我心情不錯，但確實也有些驚慌。您看過就會知道，我不是給人好印象的那種人。我的外貌反而更接近木訥、冷漠一類，笑起來的表情也很彆扭。但是，我竟然因為給人好印象而合格，真是讓人目瞪口呆。這些話要是說給別人聽，肯定會引來嘲笑。但是，這女人是認真的。

「歡迎來到神堂別墅。」

女人伸出了手，我則輕輕握住那隻手。那隻手的觸感微妙，既溫暖又黏膩。

神堂別墅雖說名叫別墅，其實只是一棟三層樓的老舊建築。三樓整層都是女主人在使用，一樓和二樓是房客的空間。其中一樓是廚房和休息室，實際上作為租房使用的區域只有二樓的六個房間。而且，好像也還沒住滿。我分配到的是二〇二號房，隔壁的二〇三號房間還沒人入住。若是年輕女子想要一個人寄宿的話，那就沒辦法了。

我懷著滿心的疑問，開啟在神堂別墅的寄宿生活。二〇二號房既寬敞又乾淨，而且床、書櫃、衣櫃一應俱全。對於曾經想過最差的情況不過就是考試院的我來說，這樣的房間配置實在太高級了。再加上這裡還提供一日三餐，沒有比這裡更好的選擇了。

第一天過得十分忙碌。聽女房東交代注意事項，收拾行李，處理幾件瑣事，不知不覺就到晚上了。時間一到，我便準時到一樓吃晚餐。有三個男人已經在吃飯，但不見女房東的蹤影。

「你好。」

我尷尬地打完招呼後，便坐上餐桌。三人都茫然地看向我，其中一名戴著眼鏡、看起來頗聰明的男人開口說道：

「是二〇二號房吧？我住在二〇五號房，那位是二〇一號。」

眼鏡男指著肌肉發達的高大男人。那男人一言不發，只是輕輕點了點頭。

「我住二〇六號房。」

另一名高挑的帥氣男人笑著說道。

「只有我們四個人嗎？」

我問完，眼鏡男立刻回答道：

「是的，沒錯。雖然很遺憾，但這裡一個女人都沒有。」

「我說得沒錯吧，女房東只選自己看中的男人。」

二〇六號房，也就是那位帥哥說完，呵呵笑了起來。我立刻就理解了那笑容中隱含的意義。

「面試的時候還問了出生年月日，對吧？大家都被問到了嗎？」

眼鏡男語畢，帥哥跟肌肉男也點了點頭。

「有，雖然有問啦……」

我含糊不清地說道。

「看吧，問我們出生年月日肯定就是為了算生辰八字。」

帥哥似乎已經十分肯定。

「真的是這樣的話，她的口味也太多元化了吧？哈哈。」

聽到肌肉男這麼說，帥哥和眼鏡男同時笑了起來。我覺得有點不舒服，但還是裝作不以為意的樣子，先吃飯再說。飯菜的味道相當不錯，份量充足，小菜種類也多。

「這樣她有什麼好處嗎？」

我故作開玩笑的樣子，笑著問道。眼鏡男立刻瞪圓雙眼，對我說道：

「你不知道嗎？這裡的女房東是很有名的巫女啊！」

「巫女？」

這樣看來，無論是身穿韓服還是那股特殊的氣質，一切特徵都跟這個結論非常吻合。

「三樓就是祭壇啊，所以這裡才叫做神堂別墅嘛！這裡不管早晚，都有很多客人來拜訪，房東就是靠這個賺錢的。」

「但是巫女為什麼要出租房間……」

「誰知道這是不是神明大人的旨意。聽說今年才開始搞寄宿，不過現在很難找到能提供這麼好吃的飯菜，又這麼便宜的房子了，我很滿意。哈哈。」

眼鏡男露出忠厚老實的笑容。我也贊同這個理由。雖然對房東是巫女這件事感到神奇，但跟我一點關係也沒有。只要有溫暖安靜的房間和美味的飯菜，房東的職業是什麼完全不重要。

「不過，三位是什麼時候入住的啊？」

我問道。會這麼問，是因為從談話氣氛上來看，這三人似乎也沒有在這裡住很久。

「啊！我們大概入住一個月了，不過各自前後差了幾天，對吧？」

眼鏡男看向其他兩人說道，帥哥和肌肉男同時點頭同意。

「不過我可是第一個入住的人，當時這裡一個人都沒有。」

帥哥似乎把這件事當作可以炫耀的資本，如此說道。

那天夜晚，我稍微看了一些主修課程的教科書，然後躺到床上。在疲倦的催化下，睡意很快就找上門。眼皮很是沉重。就在隱約快要入睡的剎那，我在模糊的視野盡頭瞥見了什麼東西。

床鋪下面的對角線方向放著衣架，我的夾克外套掛在衣架上晃動。緩慢地，輕微地。

一開始，我以為是晚風從敞開的窗戶吹進來。但是，我很快就知道不可能發生這種事。窗戶是關上的。我想忽視這件事，但只要發現了就會非常在意。此外，也有點不對勁。我只好強迫自己起身，走近衣架查看。就在這個時候，夾克外套自己啪地一聲，掉了下來。看起來就像有人拿著我的夾克外套，然後才掉到地上。

我入住的第三天，二〇六號房的人搬離了神堂別墅。就是那個帥哥。

他不聲不響地消失了。

眼鏡男和肌肉男好像都不知道原因為何。我看著敞開房門的二〇六號房，心裡覺得非常怪異。現在才剛開學沒多久，那男人怎麼就搬走了？冷颼颼的空氣迴盪在空空如也的房間，這房間也無法對我的疑問給出任何答案。

這段時間我已漸漸適應在神堂別墅的生活。一切都十分良好。每天的飯菜都是準時上桌，共用洗衣房不只有洗衣機，甚至還有烘乾機，簡直不能更方便。我也幾乎沒有遇過女房東。她好像總是在三樓活動，看起來頗為忙碌。正如眼鏡男所說，那個女人——也就是巫女——的客人很多。我也經常看到很多人從直通三樓的專用樓梯來回往返。唯一讓我耿耿於懷的事情，是「視線」。

是的。沒錯。我一直有種有人在看我的感覺。在神堂別墅的各個角落，走廊、廚房、浴室，甚至在我的房間裡，我也總能感受到看不見的視線。不知這緊緊黏在我身上的目光從何而來，令我備感不適，但我只覺得是自己的問題。其實我屬於極為敏感的類型。我想自己是因為遇到環境變化，為了適應學校生活，感受到壓力才這樣。

幾天又過去了。那時我過著往返學校與神堂別墅的生活，平時會在學校圖書館讀書，到了晚餐時間再回到神堂別墅。那天也是那樣。氣候正式進入秋天，我從圖書館出來時，夜晚已拉下帷幕。我剛走出昏暗的校園，站在斑馬線前，有人從我面前走過。雖然只是一瞬間，但我認出了這個人是誰。

「你好。」

我跟那個男人——也就是二〇六號房的帥哥——打了招呼，帥哥停下腳步看向我。剛開始我還以為自己認錯人了，側臉明明是認識的面孔，但正面卻完全判若兩人。英俊的五官依然如故，但總覺得毫無生氣，看起來暗沉無光。那天最後一縷陽光留下的陰影籠罩在他臉上，但並不僅僅是這個理由。那張臉……沒錯，好像只剩下空殼了。

「因為你突然搬走了……」

我思考著該說些什麼，然後開口說道，沒想到帥哥的回應出乎我意料。

「你是誰？」

「嗯？你應該知道我吧？神堂別墅二〇二號房。」

我這麼說完，帥哥便歪著頭，嗤嗤笑了起來。當時，我看到了。帥哥渙散的瞳孔像變質的雞蛋一樣。帥哥維持笑咪咪的表情，聲音卻像頻率不對、混入雜音的廣播電台頻道，十分沙啞。

他說道：

「不……不是我……說是……我不適合。」

聽到這句話的瞬間，不知道為什麼，雞皮疙瘩爬滿全身。可能是天色變得更暗，所以我看不清帥哥的臉龐。彷彿站在我眼前的只是一個漆黑的人形物體。我一時無話可說，呆呆地站在原地，帥哥踉蹌離去，消失在黑暗之中。

呵呵呵。

只留下乾澀的笑聲。

與帥哥分別之後，我就直接回到神堂別墅。我有些在意那不尋常的模樣及反應，但這種不尋常的感受沒有持續多久。我只是覺得這個人有點奇怪。最重要的是，我肚子餓了。人類這種生物很可笑吧？光是肚子餓這個理由，就能讓頭腦一片空白。

也許是時間較晚，我來到廚房的時候，這裡一個人都沒有。燈也都關掉了。我打開餐桌上的小檯燈，趕緊準備吃飯。我從電鍋裡盛起一碗飯，舀了一碗依舊熱氣蒸騰的湯。小菜當然從冰箱裡拿出來了。我正準備要吃飯，身後就傳來一道聲音。

「今哲，今天很晚吃飯呢。」

我回頭一看，是女房東站在那裡。她身上不是平時的韓服，而是寬鬆的T恤及運動褲。總是往上盤起的頭髮，此刻也披散下來。似乎是剛洗完澡，濕氣沾濕了頭髮。我還聞到一股清新的香味。我還沒來得及回答，女房東便走到餐桌前，坐在我的對面。她手裡拿著一罐啤酒。

「您、您下班了嗎？」

我問完，女房東便噗哧一聲，露出微笑。

「是的，沒錯。我下班了。」

「您吃過晚飯了嗎？」

「我整天都聞著飯菜香味，到了晚上反而沒有胃口。不過也託這件事的福，一輩子都不用擔心減肥的問題。」

女房東說著，打開了啤酒罐。

「不過，食物還是很好吃。」

我一說完，女房東就開始笑個不停。然後她朝我探頭，竊竊私語道：

「告訴你一個祕密，所有食物都是買回來的。」

「什麼？」

「雖然我擅長算命，但完全沒有做菜的手藝。」

「這、這樣啊。」

「要麻煩你幫我保守祕密。知道嗎？」

女房東伸出小拇指。我把自己的小指勾在她的小指上面。這是我倆專屬小祕密誕生的瞬間。

「我會保守祕密。」

「太好了，那麼，我可以幫你算命作為報答。」

「算命嗎？」

「讓我看看，神明大人說了什麼……」

女房東輕輕閉上眼睛，口中念念有詞。我不相信算命占卜之類的東西，但是也沒有阻止對方。片刻之後，女人睜開眼睛對我說道：

「看來你活得很孤獨，沒有任何依靠呢。小時候便失去父母，親戚朋友也都離你而去，甚至連一個朋友都沒有。」

「妳怎麼知道？」

聞言，我大吃一驚。我父母在我國中三年級時，就因交通事故去世。我輾轉於親戚家，然後發現他們一直在利用我的醜態，讓我對這些人感到幻滅，成年後便乾脆斷絕來往，這些都被她說中了。我就這樣瞠目結舌地看著她侃侃而談我從未對任何人傾訴過的過去。女房東輕輕笑了笑，接著說道：

「不過，不需要太擔心。再過一些時日，你就會遇到這一輩子的緣分了。就算死也會一起上路。」

「真的嗎？」

「啊哈！不相信神明大人指引的話就會倒楣哦！」

女房東開玩笑似的說道。我也笑了起來。即使只是隨便說說的話，也讓我心情很好。因此，我還是向她道謝了。

「謝謝您免費幫我算出好運。」

「沒什麼。如果覺得太孤單，偶爾可以來三樓玩。我至少可以陪你說說話。沒有可以聊天的對象，真的會很寂寞。」

「您真厲害，這也是神明大人的旨意嗎？」

「不是。因為我也很孤獨，所以我能了解人們孤獨的心情。」

那一瞬間，女房東的表情稍微變得有些黯淡。雖然嘴角依然上揚，但無法掩飾眼神中夾雜的淒涼。我很清楚那種表情的來源。那是孤獨，也是我每次看鏡子時擺出的表情。我向女房東脫口問道：

「名字……我能知道您的名字嗎？」

「美姬，我叫美姬。」

女房東，不對，美姬慢慢回答道，接著轉過身。然後像自言自語一樣留下一句話。

「你是第一個問我名字的人。」

當時，我明確感受到了。我的心臟正在愉悅地跳動。

惡夢突然降臨了。不，比做惡夢還要更嚴重，稱為鬼壓床似乎更正確。我的鬼壓床總是伴隨著一道視線開始。我覺得有人正在看著我。我正躺在床上。接下來是一道聲響。從後面、側面或上方的某處傳來急促的喘息聲。我嚇得想要起身，卻動彈不得，連一根手指都動不了，全身上下就只有感覺變得非常敏銳，能感受到四周的一切。片刻之後，我視野之外的「那個」來了。我不知道那個的真面目為何，因為我總是在它要襲擊我的那一刻醒來。

我每天晚上都會經歷鬼壓床。我從小就經歷過許多險惡的事情，所以自認為膽大如斗，但卻對鬼壓床束手無策。我變得害怕睡覺，甚至還曾經徹夜不眠。如此一來，我自然而然就失去了吃飯的胃口，平時沒什麼力氣，精神也總是恍惚混亂。比這些更難受的症狀是頭痛，與鬼壓床一起出現的頭痛令人痛不欲生。這種頭痛就像把鑽頭放在太陽穴上反覆鑽孔，這形容可以稍微讓各位理解嗎？

儘管如此，我還能堅持下去，都是多虧了美姬。自從那天以後，我們突然變得十分親近，為了避開其他人的側目，我們每天晚上都在三樓相會。我們並沒有做什麼特別的事。我的意思是，各位想像中的那種事。我們只是分享彼此的故事，都是一些無關緊要的瑣碎故事，比如說在學校學了些什麼，客人的百樣百態等。都是這些話題。透過這些對話，我瞭解了很多關於美姬的事情。

美姬說自己是繼承母親才成為巫女。她還說過，自己從小就患有巫病[3]，由於不願意接受這個事實，而吃了不少苦頭。

「那時總是頭痛欲裂，而且會持續一整天。但是媽媽得到神賜後，頭痛就消失得一乾二淨。」

也許是曾經有過這種經歷，美姬頗能同理我的狀態，也發自內心為我擔憂。甚至不知從哪特地買來針對頭痛的藥品給我。我很感謝那份心意，每天都很努力吃下那個黑色藥丸。

然而即使如此，我的狀態也沒有好轉。我一天比一天消瘦，褲子都要沒辦法穿了。當然，我也求助過醫院，但那裡也只開了處方止痛藥與安眠藥給我。這些藥對我來說也毫無幫助。即

3 譯註：韓國傳統宗教世界裡的各種疾病，包含身體及精神疾病，通常是具有宗教體質的人才會罹患。

使吃下安眠藥，我也只能小睡片刻，很快就會出現鬼壓床。身體無比沉重，就像掉進沼澤裡不斷下沉，然而意識卻非常清晰，我甚至可以看見空氣中懸浮的灰塵顆粒，甚至能感覺到空氣掠過小臂上的絨毛。儘管如此，我還是無法得知「那個」的真面目。如果知道那個是什麼東西，我還可以想辦法抵抗，正因為什麼都做不到，所以才令人崩潰。

我向美姬吐露了我的痛苦。那是一個週六的早晨。美姬邀請我去三樓喝咖啡，於是我順便告訴她，自己頭痛的情況非常嚴重，已經無法忍耐下去了。然後美姬仔細端詳了我的臉，表情嚴肅地問道：

「這個症狀持續多久了？」

「大概三個禮拜了。從住進這裡之後，大約一週後開始頭痛。」

「這麼看來，今天正好是今哲入住滿一個月的日子。」

「是嗎？不知道是不是頭痛的關係，我連今天是哪天都不知道。」

「醫院也說沒什麼異常嗎？」

「對。」

美姬輕輕嘆了口氣，然後直視著我的眼睛，說道：

「你可能不會相信，但從我的角度來看，似乎有人故意對你使用祕法。」

「祕法是什麼？」

「詛咒，也就是有人對你下詛咒。遇到這麼狠毒的鬼壓床，也只能這樣解釋了。」

詛咒？我感到無比荒唐。可是，我必須抓住這一根救命稻草，而且美姬似乎很確定。雖然不知道那是什麼，但總覺得要是美姬，就一定能幫助我解決問題。所以我問道：

「那、那我該怎麼辦呢？」

「祕法當然要用祕法來對付。我來教你一個好方法。」

「我什麼都願意做。」

「很好，那就這樣試試吧。」

美姬教我的祕法是這樣的。

在左手無名指纏上紅線，並將小鏡子藏在懷中睡覺。紅線和小鏡子都是美姬幫我準備的。

美姬將東西交給我，跟我說明關於祕法的執行方式。

「鏡子能讓你看見鬼魂，紅線可以幫你驅趕鬼魂。如果你發現被鬼壓床，有什麼東西要靠近你，就拿出鏡子確認。然後將左手向前伸，如此一來不管是什麼都會遠離你。」

我帶著美姬給我的紅線和小鏡子，回到自己的房間。感覺腦袋快要爆炸，但我也沒有忘記要謹慎行事。總覺得不可以讓其他房客知道我和美姬的親密關係。所以到目前為止，我一直偷偷跟美姬單獨見面。美姬也說過這樣的話。

「有句話說，如果神女接觸男人，神明大人就會生氣。所以母親總是阻止男人出現在我身邊。」

美姬自言自語般補充說道，媽媽也未能擺脫那多舛的命運就去世，說出這些話的美姬讓我憐憫不已。原來，並不是只有我一個人過得如此孤獨不幸。美姬也是這樣。美姬說她的學生時代，總是沒有辦法融入朋友圈。她甚至幾乎沒有跟男孩說過話。即使只是閒聊了幾句，當天母親還是能夠得知這件事，並狠狠教訓她一頓。聽她說這些故事，我覺得她這個巫女媽媽只是想把自己的命運強加在女兒身上。所以我才會覺得可憐。雖然此刻回想起來，根本是離譜到不行的誤會。

總之，在那個星期六早晨，我走在二樓的走廊上時，突然意識到一件事。太安靜了。

二樓被一片寂靜籠罩。好像一個人也沒有。我猜想週六大家應該都回家了，但另一方面我的直覺又默默否定了這個想法。因為，包圍著我的寂靜不是那種感覺。話說回來，我發現有很長一段時間沒有看見眼鏡男和肌肉男了。

為什麼都沒有遇到他們倆呢？

不僅如此，為什麼我都沒有感覺到奇怪呢？

這個疑問占據我的腦海，很快就驅使我付諸行動。我抱著不確定的心情，敲了敲二〇五號的房門。沒有回答。我轉動了一下門把手，輕輕打開房門。二〇五號房間空無一人。空蕩蕩的床架上就只放了一個孤零零的枕頭。二〇一號也一樣。看不到肌肉男待過的痕跡，只有溫柔的黑暗迎接我的到來。

最後，我打開帥哥住過的二〇六號房間。即使早就知道裡面空空如也，還是想確認一下。

你問我想要確認什麼？

我想確認曾經有人住在那裡的證據。

二〇六號房同樣漆黑一片。這間房有窗戶，但卻莫名黑暗。我站在原地，環顧整個房間。

什麼都沒有。真的什麼東西都……沒有。好像從很久之前就沒有住人一樣。

對。

眼鏡男、肌肉男還有帥哥，好像從一開始就不存在，就連生活過的痕跡都已經完全消除。

我搞不清楚這是什麼情況。但是，有一件事我十分確定，就是有什麼不祥且奇怪的事情正在發生。

我感到劇烈的頭痛，但還是再次走向三樓，我想必須要問一下美姬。她應該會知道那些消聲匿跡的男人發生什麼事情。

「美姬。」

我打開三樓的門，走進去呼喚美姬，但是都沒有得到回覆。不管叫了幾次都一樣。我呆站在原地，環顧了一下客廳。客廳與剛才的環境不同，一直縈繞著冰涼的空氣。

「美姬，妳在裡面嗎？」

我抱著不確定的心情，走近主臥。那裡就是祭壇。我從來都沒進去過，但是美姬曾告訴過我，所以我知道。她會在主臥裡待客，或是進行算命占卜。

就在這個時候。

「外賣到了，出來拿吧。」

伴隨著呼喊的聲音，三樓的玄關門突然打開了。我嚇了一跳，回頭一看。門前站著一位身材矮小的老奶奶，一手拿著看起來相當厚重的信封。

「你是誰？」

奶奶問道。

「啊！我、我是住在這裡的學生……」

我結結巴巴說著，但奶奶好像不是很在意的樣子。她只是點了點頭，然後把信封放在玄關。接著，她這樣說道：

「看來巫女小姑娘不在啊。等她回來，幫我告訴她，小菜外賣送來了。」

「好的，我知道了。對了，老奶奶，您瞭解這個地方嗎？」

我小心翼翼地發問，老奶奶立刻捶著腰回答道：

「當然了，我可是在這個社區土生土長的人。現在不是年輕姑娘在做巫女的工作嗎？我從當年老巫女還在的時候就認識她們了。哎，不過不久前才開始提供小菜就是了。」

「這個我也聽說了。母親去世之後，才讓女兒繼承巫女一職。」

「哎，又不是真正的母女，還什麼母親女兒的？」

「嗯？怎麼說呢？」

「不就是那個嘛！老巫女本身是神母，現在這個年輕的巫女是神女。收徒弟來做迎神巫術的人叫神母，接受迎神巫術成為巫女的女人就叫神女，她們倆就是那種關係。」

美姬談論自己的故事時，說得好像是她親生母親似的。然而，那全部都是謊言。老奶奶接著說道：

「巫女小姑娘一定很辛苦。那個老巫女可詭異了，仗著自己是神母，所以把神女當成傭人似的使喚。巫女小姑娘一點自由都沒有，哎，今年初老巫女突然猝死，當時社區裡的人之間，還流傳著讓人人心惶惶的傳聞哩。」

「傳聞？」

「不是都說，如果巫女含恨而死，就會變成惡鬼。聽說老巫女生前不但為人貪心，而且對男人欲求不滿。就是這樣，八卦才會傳開呀。不是嗎？」

「所以是什麼傳聞……」

「就是說，要是想阻止死去的巫女成為惡鬼，就必須舉行冥婚。」

「冥婚？」

我愣愣地反問道。

「是啊，不然社區就會發生危險的事情，還是啥……」

我聽完這句話的瞬間，難以忍受的頭痛突然發作。腦海中有爆竹劈里啪啦爆炸，令人渾身顫慄的疼痛席捲全身。我一陣頭暈目眩，踉蹌了幾步，老奶奶問道：

「怎麼啦？哪裡不舒服嗎？」

本想好好整理思緒，但是這該死的頭痛，讓我無法集中精神，眼前都變得模糊一片。

「奶奶，請幫幫我……」

我好不容易把話說出口，但已經到了極限。我已經無法喘息。稍微動一下，腦袋就彷彿要裂開一樣。我伸手扶住牆壁。瞬間，地板朝我襲來。同時，耳邊傳來老奶奶的聲音。

「哎喲，同學啊！」

那是我昏迷前的最後一段記憶。

在失去意識的狀態下，我做了一個夢。不對，是好像做了一個夢。其實，昏倒之後的事情都模糊成一片。我無法確定是現實還是幻想，抑或是我的妄想。

在夢裡，我見到了去世的母親。媽媽神情十分平靜地告訴我：

「哎呀，今哲啊，怎麼還不行動啊？把手伸到旁邊，那樣就好了。」

我還沒聽懂媽媽的話是什麼意思，就有人把我叫醒了。

「快起來。快點！」

我好不容易睜開眼睛。美姬正俯視著我，她身穿紅色韓服。我的身體無法動彈，只能勉強轉動脖子。這裡怎麼看都不是我的房間。屏風，蠟燭，還有怪異的畫……

「這是哪裡？」

我向美姬問道，聲音發不太出來。

「我發現你昏倒了，就把你帶到祭壇這裡了。」

「為什麼是……祭壇？」

「這不重要，重要的是已經晚上了！鬼壓床又要出現，而且這應該是最後一次了。我有這種預感！現在必須要驅除鬼壓床。」

「但是……」

我覺得十分混亂。一切都亂七八糟。我隱約記得應該要問些什麼，但總想不起來那是什麼。此刻頭痛欲裂，所以我只想好好休息。

「讓我來幫你。還記得我早上說過的話吧？用小鏡子確認後，伸出你的左手。你一定要照著做，知道嗎？」

回神一看，我手上不知何時握著小鏡子，左手無名指上還綁著紅線。看到這個景象，我意識開始清醒起來。身體依舊如石頭般沉重，但我還是死命地想要移動。

「你現在還不能動，就先老實待著吧！」

我好不容易絞盡腦汁擠出問題，向說出這些話的美姬，開口問道：

「為什麼要騙我？」

「什麼？」

「那個死去的母親，不是妳的親生母親吧？還有房客們全都……」

「媽媽……就是因為神母死後變成惡鬼，就這樣徘徊在神堂別墅，不斷吸收年輕男性的精氣。我是想阻止這件事，你要相信我！」

要相信……

美姬的這句話一直縈繞在耳邊。在這種情況下，美姬是唯一可以依靠的人，這也是不可否認的事實。立刻逃離神堂別墅也是個辦法，但是我辦不到，正如我稍早所說，身體無法隨心所欲地移動。最重要的是，頭痛到最後，感覺逐漸變得遲鈍，一股我無法抗拒的睡意襲來。

「不行。」

我反覆喃喃自語著「不行」，但還是在不知不覺中睡著了，就在這個瞬間，鬼壓床又出現了。圍繞我的空氣變得不一樣。我聽見那個聲音。

嘎吱嘎吱。

沒過多久，那個就來了。

在視野之外的黑暗中，那個東西從燭光範圍之外，一處潮濕又陰暗的地方，發出嘎吱嘎吱的聲音走過來。這次，還出現一股十分難聞的氣味。臭氣沖天。其中夾雜著沒聽過的聲響。

噹啷噹啷。

那是鈴鐺的聲音。我知道美姬站在我躺臥的床頭邊。美姬搖晃鈴鐺，口中唸唸有詞，都是聽不懂的話語。

噹啷噹啷。

嘎吱嘎吱。

兩種聲音同時響起，我努力打起精神來，使勁握著手中的鏡子。因為，我能相信的東西只有美姬的祕法而已。

那個東西終於來到我的身邊。我能感覺得到。那個東西發出的呼吸聲以及惡臭實在太明顯了。現在，就是面對那個東西的關鍵時刻。我好不容易拿起小鏡子，稍微往旁邊轉了一點。我透過小鏡子看到它了。那個東西是……

……變得像木乃伊一樣的老婦人。

一張皮包骨的漆黑臉龐，上面鑲著巨大的眼珠，滿布皺褶的嘴唇閃著奇異的鮮紅水光。此外，臉頰上還擦著電視劇裡看過的那種胭脂腮紅。

嗯。就是這樣。

老婦人，也就是那個死去的神母，正穿著傳統結婚禮服。她穿著這身衣服，向我伸出右手。雞皮疙瘩倏地爬滿全身。我腦海裡閃過一個詞。

冥婚！

就在這個時候，美姬大聲喊道：

「快把左手伸出來！」

我聽到這句話，慢慢伸出左手。美姬再次出聲喊道：

「看小鏡子！不要移開視線！」

神母就坐在我旁邊，用那雙大眼睛直直盯著我，好像馬上就要撲過來似的。此時，我發現了。那老婦人的右手無名指上，也綁著一條紅線。左手及右手的無名指，還有像戒指一樣纏繞的紅線，結婚禮服，冥婚……這些單詞如拼圖一樣拼湊在一起，此時我聽見一直喃喃低語著不明話語的美熙提高聲量說道：

「什麼呀？你名字不是李今哲啊？」

「我的名字是……」

我這樣嘀咕到一半，便閉口不言。下一瞬間，耳邊傳來了美姬憤怒的聲音。

「你的真名是什麼？快說！」

美姬站在神母旁邊，低頭俯視著我。盛滿怒氣的眉頭緊緊皺起，表情看起來十分惡毒。這時我才明白，這一切都是陷阱。

「你要說出名字，才能解開祕法。所以快點說出你的名字！」

聽著美姬近乎尖叫的吶喊，我把左手伸向旁邊。指尖碰到了什麼東西。雖然不知道是什麼，我還是抓住了它。此時，美姬正好抓住我的肩膀，我的左手揮向想要搖晃我肩膀的美姬。我用盡全力，真的是用盡全身力氣。

噗哧。

伴隨著這個聲音，我清晰感受到鋒利物體陷進皮肉裡的感覺。就這樣順著我的手傳來。

「怎麼……怎麼回事？」

美姬發出漏氣般的聲音，然後倒在一旁。插進美姬肚子上的物品，是迎神儀式中使用的小刀。美姬面露絕望，喃喃自語道：

「不行，這樣我又擺脫不了……」

聽了這句話，我把手中的小鏡子丟出去，也奮力解開左手無名指上的紅線。做完這些事情之後，我才終於能活動身體。當然，雙腿仍然沒什麼力氣，我匍匐在地，慢慢爬出神堂別墅。身後傳來充滿憤怒的尖叫聲。不知道是美姬的聲音還是神母的聲音，我也不想知道。

嗯，這就是結尾了。

我順著這條路逃離神堂別墅。

你問我為什麼沒報警？

因為，我以為自己殺死了美姬。倘若要跟警察解釋，說自己是迫於無奈才持刀刺人，警察會相信嗎？他們會相信神女強迫我跟神母結婚的事嗎？不會。沒有任何人會相信這種事。所以我才沒有報警。更因為，我自己根本無法相信。

今哲並不是我的本名。在我很小的時候，經常患上一些小病小痛，於是某位巫女就跟我這麼說：倘若能取一個聽起來強壯的名字，並用那個名字來稱呼我的話，我就可以無病無痛，安然度過往後的人生。後來，父母給我取了「今哲」這個名字，並一直這麼叫我。但是，警察先生。我自己非常討厭這個名字。因為這個名字，讓我在父母雙雙離世的車禍中活了下來。結果，這個假名也在冥婚上救了我，看來那個巫女的話是對的。這還真是諷刺啊。

那事件發生之後，我辦理休學，輾轉於全國各地，躲躲藏藏地生活。與此同時，我拜訪各地的巫女，學習關於巫術的知識。就這樣，我才得以明白。

詛咒我的那個人正是美姬，因此才會出現鬼壓床和頭痛。美姬給我的這個來歷不明的藥，大概也起到一定作用吧。美姬讓我的身心變得虛弱，然後布下陷阱等我上鉤。她謊稱這是解除詛咒的祕法，並對我施行冥婚的巫術。幸好我逃出來了，但我無法完全擺脫詛咒。我仍然經常被嚴重的頭痛以及鬼壓床折磨，到了無法正常生活的地步。不僅如此。偶爾，我會想起神母在小鏡子中貪婪緊盯著我的樣子。遇到這種狀況，我有時候也會暈倒。

我不太清楚其他房客發生什麼事。他們是不合格的冥婚對象嗎？還是神母不滿意那些人呢？為什麼偏偏選上我呢？

事件發生之後，我仍有很多尚未解開的疑惑，但是一直想下去的話，大概也是沒完沒了，所以我乾脆刪除腦海中的這些記憶。

但是……

就在前天，我看到一則新聞。新聞報導提到，一處名為「Good Village」的地方發生火災，在那裡發現了死亡時間超過一年的老婦人屍體。新聞也提到，Good Village 的持有者是一名巫女，目前行蹤不明。火災中倖存下來的房客似乎受到精神打擊，語無倫次地說著關於冥婚的事情，這是我從網路新聞得知的事情。

看到這些報導，我就能夠確定了。美姬還沒有死，她活了下來，並且打算重複同樣的事情。實際上，Good Village 是神堂別墅的另一個名字。

美姬還是沒能擺脫神母，不對，是那醜惡的惡鬼。

所以我報警了。

我想，只有把真相說出來，那個房客才不會遭受不白之冤。另外，我認為只有盡早抓住美姬，才不會重蹈覆轍。那個女人肯定還會繼續尋找其他的獵物，因為只有成功舉行神母的冥婚，自己才能從詛咒中解放。對，沒錯。那也可以說是另一種詛咒。

我的故事說完了。

也許今天晚上會做惡夢呢。

啊！正如最初在電話裡說的，很抱歉不能告訴你我的本名。我只能用這名字來報案，所以就叫我李今哲吧。我到現在還是很害怕呢。

我怕美姬跑來找我，喊我的名字……

燦爛的墜落

全建宇

你知道墜落的先決條件嗎？

那就是先爬到高一點的地方，不是太高也無所謂。畢竟，要先上去才能掉下來。越往高處爬，越是接近頂點，墜落的時候也會格外燦爛耀眼。

我人生的頂點是什麼時候呢？

是因為數學好被選為班長，參加數學競賽的高二第一學期？不是的。當時只能算是稍微踮起腳後跟而已，連說是跳躍都令人感到羞愧。當初，可是一點往上攀登的跡象都沒有。

是放棄繼續念大學，在第一份工作中，從普通會計升為代理的二十二歲冬天？不是的。那件事不過是給我破爛的人生注入一點點活力而已。舉例來說，就像盪鞦韆時用腳蹬一蹬的感覺。能短暫感受到四周空氣產生變化，但是很快就要回到原位。

是第一次談戀愛，夢想著平凡幸福的二十五歲春天？不是的。那段戀愛可說是大失敗。那不是跳躍，根本什麼都算不上。乾脆說是拿鐵鍬往下挖地道也不為過。連好不容易存起來的錢都花光了，簡直就是跌到谷底。當然，我也從中學到一個教訓。那就是，如果不想跟人渣同流合汙，就必須拚命離開地面。因為，在地面上打滾的東西大部分都是垃圾。

所以，我決定了。

為了逃離地面，為了爬得更高，為了抵達頂點，我什麼都願意做。

就算要做出卑劣下流的行為。

於是，我開始侵占公司的錢。在一間公司裡，尤其越是那種隨便經營的公司，名目不清的錢越多。剛開始的時候，我只敢做一些連貪汙侵占都算不上的事情。報帳時說需要購買四十萬韓元的文具用品，其實只買了二十萬韓元的東西。發票都是私下偷偷修改，公司的人根本不在乎那些文具用品是四十萬還是二十萬。剩下的二十萬韓元都進了我的口袋。

如果遇到那種日子，我就會把妳叫出來，請妳喝酒吃飯。看著滋滋作響的烤豬肉和清澈的燒酒，覺得自己別無所求，這不就是幸福嗎？妳不也經常這麼說嗎！

我們倆就這樣一輩子吃著好吃的東西過活就好了。

若真能如此就好，那個時期會是我人生的巔峰嗎？不是的。十萬，二十萬，後來稍微貪心一點，我偷藏了一百萬左右，還用那筆錢買了一個包包，但我的位置絲毫沒有提升。也許這是理所當然的事情。

當時，我確實醒悟了。

我已經完全明白了，要有一擊才行，沒有奇蹟般的一擊，是絕對不可能往上爬的。也是從那時候開始，我每個禮拜買彩券。

還有……投入股市也是從那個時候開始。本來只會傻傻的把薪水存下來，但是這樣到死都達不到我期望的水位，所以只能把希望投注在賭博上。

我說過嗎？

剛開始我什麼都不懂，但投資成果還挺不錯。我整天把心思放在股票上，本金不斷進進出出，至少不會吃虧，但也不會賺大錢。偶爾也會有不錯的收益。就這樣，我開始產生了欲望。我本來想順從自己的貪欲，在公司裡大撈一筆，然後把侵吞的資金全部投入股市，結果被妳拚命勸阻。妳告訴我，如果被發現的話，要進監獄的。最後，我拿出扣除房租後的押金，加上公司的退職金，還有妳四處借的錢，才準備好投資基金。妳還記得吧？我帶著電腦跟螢幕搬進考試院時，妳陪我來到考試院，還哭得十分悽慘。

當時我只說了一句話，就讓妳破涕為笑。

等我賺大錢，我就先讓妳爸爸去動手術！

我真的是這麼想的。實際上，我也覺得這是有可能的。當時，我入住的考試院在六樓。那是我人生中落腳過最高的地方。我還把那件事當成是一種象徵。畢竟，我可是從半地下室的單人房一下子升級到六樓。雖然空間變得狹窄，但視野更高了。我那時心想，現在只剩下繼續往上爬這件事了。

然而．果然人生總是不盡人意。不對，該說不遂窮人願望的才叫做人生嗎？

即使我在考試院每天都吃泡麵，整日觀察股市變化，也阻擋不了股市暴跌的巨大洪流。每次看到股票走勢圖，我都感覺自己的心跌到谷底，深不見底的谷底。無論是大膽的投資策略，還是謹慎的投資策略，我都嘗試過了，但也都無一例外地失敗了。我的資金漸漸見底，甚至連考試院的房租都交不出來。這次，我真的只需要一擊，能讓我跳起來的那個最後的墊腳石。所以我才跟妳借妳爸的醫藥費。我知道妳一直想守住那筆錢。正因為我知道這一點，所以我很清楚妳無法拒絕我的請求。因為，直到目前為止，妳爸的醫藥費中還有我無償墊繳的部分。妳非常感激這件事，所以我盤算著妳會借錢給我。而且，這次我很有把握。恰巧，我所關注的中小企業的股價正在波動。只要這支股票一飛衝天就能了結，結束！

然而，我被內線交易給害了。

幕後資金一退出市場，我手上的股票就變成了廢紙。連妳爸的醫藥費都不翼而飛。我已經沒有希望了。我錢包裡剩下的東西，就只有幾張千元鈔票，還有一張上週買的彩券。不僅如此，那還是用妳的錢買的彩券。

所以，就變成那樣了。我跟妳說，我們一起去死吧，一起從麻浦大橋一躍而下吧。如果在這個令人厭煩的世界無法達到頂點，至少在死去之前爬上巔峰，然後留下一次壯烈的墜落。

妳對我沒有一句怨言，只是這樣問道：真的都結束了嗎？已經無路可走了嗎？

我回答「是」，妳像是早就在等待這個答案一樣，立刻回覆了我。妳說話時輕鬆的語氣，似乎是早對一切感到厭煩了，而我剛好這麼提議，所以想要跟我道謝般。

我知道了。

週六晚上在麻浦大橋上見。

我也說，知道了。

因此，在週六傍晚，夜幕降臨之際，我們都往麻浦大橋前進。

明明是這樣……應該要是這樣才對……

智賢，對不起。我很抱歉，讓妳一個人下去。

我已經無法往下墜了。

週六那天，我看見地鐵站的便利商店裡正在播放的電視節目。不是有彩券的抽獎節目嘛！我莫名受到吸引，忍不住一直看下去。然後，我發現了一件事。

我中了彩券頭獎。用妳的錢買下的彩券，說好中獎之後要對分的那張彩券。

對不起，智賢。讓妳一個人下去。

可是，我應該要繼續活下去。

現在，輪到我登頂了。

◊　◊　◊

偏偏是今天，偏偏在下雨的日子，偏偏車子在麻浦大橋上停下來。即使刻意不去在意，心中也會出現不踏實的感覺，這是無可奈何的事。更何況……

「現在很危險，您先從車子裡出來，在外面等吧。」

道路救援服務中心員工不經意的一句話，讓人火冒三丈。

「我連一把雨傘都沒有，要怎麼在外面等？」

「可是，您還是在外面等比較安全。」

洪珠本來還想再繼續爭論，但終究忍住了。就算據理力爭，也只會得到相同的回答，簡直就是白費口舌。對方也沒有說錯。洪珠決定相信對方說的「十分鐘內會出動」，於是走進細雨綿綿的水幕下。

砰！砰！

雖然打開雙黃燈，甚至看到車主下車了，後面的車輛依舊神經質地鳴著喇叭行駛而過。洪珠朝那些人豎起中指，嘴裡輕聲嘀咕。

「一群廢物。」

廢物一樣的道路救援服務人員過了十分鐘也沒有出現。雨勢越來越大。洪珠靠在大橋欄杆上，渾身哆嗦不已，連內衣都濕透了。她雖然非常生氣，但沒有可以發脾氣的對象，也沒有那種力氣。

「這真的是破財消災嗎……」

過去幾個禮拜，倒楣不已的事情接二連三發生。直到前一天，本來還能正常運轉的電腦發生故障，她不得不火急火燎地重買一台；在出門赴約的路上，還發現輪胎上插了一根釘子。最糟糕的是股票，走勢圖上全是亮起綠燈，股價跌得沒完沒了。心情實在鬱悶，於是她找到一位有名的巫女，對方說這是破財消災，很快就會轉好運了。

「可惡。」

管他是破財消災還是轉好運，她現在只想洗熱水澡，然後好好睡一覺。洪珠苦惱著要不要乾脆回到車裡，然後看向大橋上堵塞的路況。就在這個時候。她發現大橋對面的人行道上站著一個人，而且是一個女人。她跟自己一樣沒有雨傘，就這樣一邊淋著雨，一邊俯視江水。看見那道背影的瞬間，一股毛骨悚然的氣息從洪珠的背脊一掃而過。披散的長髮、前傾的肩膀、嬌小玲瓏的體格，對面的女人怎麼看都很像智賢。

難道……

洪珠皺起眉頭，宛如著迷一般靠近馬路。即使知道不可能是智賢，雙腳還是自顧自動起來。她看見那個女人慢慢轉過頭來。這時，一輛公車駛過，濺起水窪裡的水。

「啊！」

她反射性的後退一步。擋住視線的公車離去後，她再次看向對面。但是女人已經消失不見了。洪珠環顧四周。剎那間，眩目的車頭燈突然亮了起來，同時響起了喇叭聲。

砰！

洪珠用手遮住眼睛，回頭看了一眼。原來是道路救援服務中心的車輛。

「是您叫緊急服務的吧？」

服務中心的司機從駕駛座的窗戶探出頭，大聲問道。洪珠神經質地點了點頭。看了不就知道嗎？這句話已經湧上喉間，最終還是忍了下來。比起這件事，她更在意剛才那個女人。她確定自己沒有看錯。但是，那個女人瞬間消失也是事實。簡直就像直接跳進河裡一樣。

「嗯？引擎沒有問題啊？」

「什麼？」

聽見服務中心司機的話，洪珠走向車子。就如對方所說，洪州的ＢＭＷ正在低聲咆哮。

「剛才明明在路上自己熄火了。」

洪珠對著駕駛座上的服務中心司機說道。感覺自己好像變成笨蛋。司機的臉上似乎掠過一抹嘲諷。

「總之，現在車子的狀況很好，您直接上路也可以。」

服務中心的司機說著這些話，然後從BMW裡出來。站在原地不知所措的洪珠坐回駕駛座。比起被雨水浸濕的身體，心裡感覺更不舒服。微涼的空氣瀰漫在車廂裡。不知道是不是這個原因，她渾身發冷，手臂上爬滿一層雞皮疙瘩。洪珠輕輕吐氣後，重新握住方向盤。就在她正要關上車門的時候，服務中心的司機飄來一句話。

「兩位路上小心。」

「這人在說什麼啊？」

洪珠砰地一聲關上車門，喃喃自語道。

「到底在說什麼？廢物。」

又嘀咕了一次之後，她才踩下油門。

穿越滯塞嚴重的車況，回到家時已是深夜。洪珠拖著疲憊的身體從車子裡出來。總覺得從地下停車場到電梯的路途十分漫長，彷彿沒有盡頭。高跟鞋裡腫脹的雙腳不知道有沒有起水泡，她每邁出一步都會發出痛苦的呻吟。

「爛死了，真的。」

洪珠還在喃喃咒罵的時候，一通電話來了。手機螢幕上跳出來的是「食蟻獸」這個名字。

食蟻獸是洪珠認識的鬣狗之一。鬣狗是個暗語，指的是負責召集投資者的人。到目前為止，她跟著食蟻獸一起行動，都嚐到了尚可接受的甜頭，但這次的策略卻失敗了。也許是由於這個原因，對方好幾天都沒有聯繫她，不知道為什麼這傢伙先打來了。於是，洪珠接起電話。

「喂！我要弄死你這傢伙，真是的！」

「啊哈，大姊的嘴巴還真壞。這麼久沒聯絡，妳居然是先罵人。」

食蟻獸特有的狡黠腔調惹得洪珠一肚子火。

「我看起來像是不會罵人的嗎？我這麼相信你，跟著你一起進場……」

「大姊，不要生氣了，聽聽小弟的話。不是妳想的那樣啦。」

「什麼不是？你以為我是什麼白痴散戶嗎？」

洪珠高聲大罵，同時搭上了電梯。一年前的今天，她中了彩券頭獎。去除稅金之後，存入洪珠戶頭的金額是三十七億八千六百四十七萬五千韓元。這個金額足以一口氣改變洪珠在谷底遊蕩的人生。洪珠用這筆錢投入股票市場。這叫做用錢滾錢，與過去只能投入小額資金，和手握內線消息的大戶糾纏的「散戶」時期相比，她賺進了以前無法想像的鉅額資金。洪珠的身分也發生了變化。從六樓的考試院搬進可以觀賞漢江景色的二十四樓住商複合大廈，住所的位置也直線上升。然而，這次的投資失利卻造成她巨大的損失。她著實無法壓抑心中怒火。

「來來來，冷靜一點。這次有個集中做空的地方吧？」

「現在韭菜都跑光了，標的直接大暴跌耶！連本金都收回不了……」

「聽說 TUMI 買下那間公司的股份。」

這一瞬間，洪珠懷疑起自己的耳朵。電梯一路朝著二十四樓往上升高，牆上的鏡子如實映照出自己睜圓的眼睛。洪珠看著自己的臉，看起來就像浸泡在鹽水的白菜一樣，接著大聲問道：

「TUMI？那間外國公司？」

「是啊！明天早上就會正式公布。要是知道 TUMI 持有股份，股價肯定馬上暴漲吧？嘿嘿。」

「你是認真的嗎？」

她再次詢問笑聲中充滿自信的食蟻獸。就在這時，她以為自己聽見了雜音，接著電話就斷掉了。

「唉，這電梯也是廢物。」

洪珠抬頭望向電梯天花板，喃喃自語道。雖說這裡擁有最高級的設施，每月都向住戶收取高額房租，但問題可不止一兩個。手機在電梯裡動不動就斷訊也是其中之一。洪珠的視線再次轉回正面。剛才經過的是十三樓。

滋滋滋。

手機再次震動了起來。洪珠連是誰打來都沒確認，就直接把手機靠在耳朵上。

「嗯，你快說。真是……」

「……洪珠。」

不是食蟻獸。那是極度嘶啞的聲音，一聽就讓人想起會噴出黑煙的中古車引擎聲。聽聲音能確定對方是男人，而且頗有年紀，但不知道是何許人。

「你……是誰？」

自己不認識對方，對方卻認識自己。洪珠對這件事感到十分不舒服。

「就是今天啊。」

「什麼？」

對方說出令人摸不著頭緒的話，聲音聽上去好像隨時要消失。確實是一台中古車，似乎怕聽者認不出來，連語尾也在顫抖。

「妳會來吧？」

「你在說什麼？你是誰啊？」

洪珠扯著聲音怒吼道。但是，手機另一邊的男人絲毫沒有動搖。他像是在擠壓聲帶一樣，用依舊沙啞的嗓音繼續說道：

「妳們倆，不是最要好的朋友嗎？所以妳會來吧？」

「什麼？」

她以為自己聽錯什麼，但是並沒有。鑽進洪珠耳中的「妳們倆」和「最要好的朋友」兩組詞彙緊密相連，從未想過要分開。與洪珠關係最親密的人，只有一人而已。熱心接納曾遭排擠孤立而不想活的洪珠，獨一無二的朋友……

不會吧？

洪珠這時才將手機從耳邊拿開，確認螢幕上顯示的來電者。

申智賢

「啊啊！」

看到這個名字的瞬間，洪珠不禁發出尖叫，手機也跟著掉落在地。雞皮疙瘩都起來了。即使想要冷靜下來也沒辦法，她的呼吸變得急促不已。好像有一隻看不見的手，直接伸進她的喉嚨裡。不可能有這種事。不，是不應該發生這種事。智賢早在一年前的今天，就從麻浦大橋上一躍而下，跳河身亡。但是……

「洪珠，如果妳不能來……」

掉在地上的手機裡，那個聲音繼續說道。宛如砂紙一樣粗糙乾澀的嗓音。

「……我會跟智賢一起去找妳。」

叮。

電梯停在二十四樓，發出與此刻情況完全不符的輕快音效。洪珠摸索著撿起手機，出來到走廊上。感應燈可能是故障了，沒有亮起。電話不知何時掛斷了。二十四樓的走廊籠罩在一片沉重的黑暗與詭異的寂靜中。

「不會的，不會的。」

洪珠彷彿在背誦咒語一樣，站在二四〇四號房，也就是她家的門口念念有詞。按下門鎖密碼的手不停顫抖。不應該會這樣，不應該是這樣的。就像去世的智賢不可能打電話過來一樣，也不可能會聽到「他」的聲音。她想起來了。沙啞聲音的主人正是智賢的父親。實際上，那人只是個開著老舊卡車的男人。他開著那輛卡車往返首爾及釜山，靠此撫養智賢。他也是後來被診斷出肺癌，一直在排隊等待手術的病患。她曾經去探視過，但那不過是為了討好智賢，讓她能夠借錢的手段。智賢的父親面容消瘦憔悴，臉上戴著呼吸器，虛弱地呼吸著，彷彿即使動手術也活不下來。這樣的老人家連手術都沒得做，不可能活到現在。所以才說，不應該是這樣。

她趕緊打開門，走進屋子裡。洪珠確認大門上鎖之後，把其他兩個鎖頭也都鎖緊，才回到客廳。她往後退，雙眼仍目不轉睛盯著大門，手機緊緊握在手中，手指幾乎快抽筋了。儘管如此，她還是稍微安心了一點。就像慢慢回暖的溫度一樣，理性的想法也漸漸喚回。

「肯定是有神經病在開玩笑。」

她就這樣嘀咕道，彷彿真有這麼回事。事實上，這根本就不可能發生。即使智賢的父親還活著，也不可能打電話給自己。自從那事之後，不只是手機號碼，她的其他所有號碼也都乾脆一次換新。所以，這通電話肯定只是惡意滿滿的玩笑。

但是……

手機螢幕分明顯示著「申智賢」這個名字，如果自己沒有看錯的話。此外，洪珠認識的人之中，沒有任何人知道智賢跟自己的關係，更不要說開這種玩笑了。

真的是智賢爸爸打來的電話嗎？

一堆找不到答案的疑問盤旋在腦海中，但她沒有勇氣再次確認手機。洪珠把手機跟包包丟在沙發上，心不在焉地脫下衣服。她迫切地想要好好洗個澡。只要站在熱氣翻騰的水柱下，所有擾亂心情的事物與想法彷彿都會洗刷乾淨。

沐浴了好一段時間之後，洪珠再度回到客廳。可能是因為沖了很長時間的澡，讓她的腳尖都變得皺巴巴，但是心情也因此好轉許多。宛如透明帳幕一樣圍繞洪珠的寒氣也消失了。此刻，她需要的東西就是一杯威士忌。只要有那茶棕色的液體，似乎就能好好結束這令人煩躁的一天。酒能令人忘卻一切。憤怒，悲傷，恐怖，還有罪惡感……

洪珠將冰塊放進酒杯，再倒入威士忌。然後，她把內心深處的陰暗情緒聚集在一起，吐出深長的一口氣。

「呼。」

她把威士忌酒杯從嘴邊拿開。就在這時，洪珠整個人都僵住了。好像有點不對勁。她的位置可以看到客廳正面，而客廳的落地玻璃窗打開了。開了一點點，這一點縫隙得以讓一縷風吹進來，因此窗簾也隨之微微晃動……

是我打開的嗎？

不對，不可能。自從搬過來後，她從來沒有打開過客廳的落地窗。

洪珠放下杯子，走向窗戶。潮濕的寒風正鑽過窗戶隙縫，並發出類似於口哨的聲音。她把窗戶關上，玻璃倒映出客廳的模樣。她後面站著一個人。

「啊！」

她飛快扭頭看去，那處只有一片漆黑。

漆黑？燈怎麼關掉了？

什麼都看不見。洪珠靜靜佇立，雙眼凝視著黑暗。她完全不知道發生了什麼事情，腦袋裡也一團亂。儘管如此，她可以肯定一件事。事情出錯了，不管是這該死的現實也好，還是自己的精神狀態也好，都有哪裡不對勁。

洪珠在黑暗中摸索著走到牆邊。她按下電燈開關，但是燈具依舊毫無反應。廚房也一樣。

「只是停電而已。只是停電了。」

洪珠的牙齒蹂躪著自己的下嘴唇，喃喃自語道。這是她感到不安時會出現的習慣。她曾經太常咬自己的嘴唇，導致嘴唇總是傷痕累累。但是，自從中了頭獎之後，這個習慣就完全消失了。洪珠開始在光滑水嫩的嘴唇上塗抹香奈兒的口紅。看到鏡子裡自己紅潤誘人的雙唇，她就能切實感受到自己已經與卑鄙醜陋的過去道別。曾經如此這般的嘴唇，此刻凝結了一層血跡。洪珠對疼痛漠然不覺，繼續咬著嘴唇。

她感受著舌尖上的血腥味，從沙發上撿起手機，打開手機的手電筒功能。終於，她得以看到部分空間。仰賴著手機燈光，她朝對講機那邊靠近。即使遇到停電，也可以使用對講機跟管理室聯絡。洪珠依次按下房屋圖案的按鈕以及通話鍵。對講機的訊號通了。

「喂？」

保全接起電話。

「我家突然停電了，請趕快來幫我處理一下。」

她向著對講機這麼說道。對方沒有回答，只聽到一些雜音。洪珠忍不住高聲喊了起來。

「你到底在幹什麼？」

「我在路上了。」

回應她的聲音沒有一絲情緒，既僵硬又機械化。

「什麼？在路上？什麼意思啊？」

洪珠又問道。

「我已經在電梯裡了。」

一模一樣。完全相同的聲音，用完全相同的語調回答道。

「你是指已經派人來修理嗎？還是什麼？」

洪珠強忍煩躁到近乎瘋狂的心情，就在問完的瞬間，她才注意到一件事。對講機上的指示燈沒有亮，液晶畫面一片黑，通話時會不停閃爍紅光的感應器也沒有啟動。但是……

「我已經抵達二十四樓了。」

……聲音持續傳送過來。

「怎、怎麼回事啊？」

「我已經在二四〇四號房門口。」

「閉嘴！」

洪珠胡亂按著對講機上的按鈕。對講機沒有任何反應，只有擴音器不停吐出話語，就像敏感的觸手一樣蠢蠢欲動。

「我現在要進去了。」

「瘋、瘋了吧你！」

洪珠轉身走向玄關，途中膝蓋用力撞上實木沙發。霎時間像通電一樣，刺骨的疼痛從膝蓋擴散到全身。

「啊！」

她捂著膝蓋，忍不住呻吟起來。這時……

嘎吱。

她聽見大門打開的聲音。不可能啊，不應該啊，然而事情確實發生了。本想走去玄關的洪珠退縮了，她躊躇著往後退了幾步。

他是怎麼知道密碼的？那兩道鎖呢？

各種疑問接二連三浮現腦海，但是已經沒有時間讓她好奇了。洪珠跑進主臥室裡，東張西望了片刻，然後躲進床底下。這一切都太不現實了。爬到床底下這種事，她只在電影裡面見過。洪珠低下頭，緊緊閉起雙眼。主臥室的門打開了，她能感覺到有人四處走動。緊接著，她聽見細微的喘息聲。

「呃呃。」

洪珠咬緊嘴唇，堵住自己快要洩漏出來的哀號。此時，握在手心的手機忽然發出嗡嗡聲，她的身體抖了一下。嚇了一跳的洪珠看向手機，是一封簡訊。

是「申智賢」傳來的簡訊。

不對。不可能。

即使內心不斷重複著這句話，洪珠還是點開了簡訊。

〔洪珠，妳在哪裡？為什麼不來呢？我在麻浦大橋啊！〕

她的目光無法從手機上移開。簡訊不斷進來。

〔我要一個人去死，好害怕，好寂寞啊。〕

〔妳快點來，我們一起死吧。〕

〔不是妳先提的嗎？我們一起結束一切吧！〕

〔不管多久，我都會一直等妳。〕

呼呼呼。呼吸聲逐漸靠近。洪珠屏氣凝神。不管她怎麼反覆催眠自己「這不可能是真的」，也無法改變任何事。呼呼呼。然後……又是簡訊。

〔我死了也會繼續等妳。〕

洪珠關掉手機。現在已經聽不到任何呼吸聲了。但是，不知道從哪裡吹來了陣陣冷風。她被風吹了一下，反而讓神智清醒不少。這一次她咬緊了後牙槽，而不是嘴唇。憤怒凌駕了恐懼。她是怎麼活到現在，又是怎麼從底層爬到這裡……她不可以在這裡出錯。不管發生什麼事，都必須活下去。

她小心翼翼從床底下爬出來。一個人都沒有。至少在主臥室裡只有自己。洪珠把手伸向床邊，隨便拿起一個觸碰到的東西。一隻鋼筆。那是她在百貨公司購物時隨便買的。雖然從來都沒用過，但是只要把鋼筆跟便條紙放在手邊，就莫名覺得心情很好。洪珠打開鋼筆的蓋子，然後放輕腳步，悄悄地走進客廳。

要活下來。

不管發生什麼事。

不管用什麼方法。

她滿腦子都是這個想法。此時，她看見有個體格矮小的人面對客廳的窗戶。如此矮小又乾瘦的人，肯定是智賢的父親。原來那個人也活下來了。聽說他的肺部被癌細胞侵蝕占據，沒想到竟然活得下去。洪珠舉起鋼筆，毫不猶豫衝了上去。

「去死吧！」

噗。

鋼筆插進脖子，發出這樣的聲音。洪珠沒有停手。

「去死！去死！給我去死！」

她凶狠地喊道，不停揮舞著鋼筆。最終，智賢的父親還是倒下了。以背後朝上的姿勢摔倒在地，一動也不動。洪珠陶醉於勝利的快感中，一邊喘氣，一邊放聲大笑。

「噗哈哈哈！」

「哈哈哈。」

耳邊傳來別人的笑聲。那笑聲的餘音不止，宛如此刻吹進來的寒風。

「是誰？你在哪裡？」

洪珠怒目圓睜，環顧四周。找到了。客廳窗戶的正前方站著一道漆黑身影。只見那人有一頭長髮，還有前傾的肩膀。她馬上就認出面前這個人是誰。那是在一年前的今天死去的，不對，是應該已經死去的朋友。

「申智賢，妳還活著啊？」

洪珠朝著智賢大吼。現在，她終於理解了。智賢並沒有死。她像她的父親一樣堅韌地活下來了。然後這兩人就串通好，想要找自己報仇。茅塞頓開之後，她的思緒變得清晰無比。稍早縈繞不去的恐懼也完全消失了。

我一定要殺了妳。

「去死吧！」

她一邊大喊，一邊朝智賢猛撲過去。

「哈哈哈。」

智賢笑了。她想把鋼筆插在智賢臉上，就在這個思緒飛過的瞬間，身體一陣踉蹌。與此同時，冰霜般的雨點打在洪珠身上。

「……咦？」

她甚至還來不及驚訝，上半身開始傾斜不穩。她的腦海掠過一個比剛才更加清晰的念頭。

她剛才從客廳瘋也似的跑到陽台，越過敞開的窗戶。然後……

……要掉下去了！

「啊！」

洪珠感覺到身體向陽台欄杆外面傾斜，於是拚命伸長了手。她抓住欄杆了，但還是晚了一步，身體已經開始向下掉。

「嗚。」

洪珠的左手抓住欄杆，勉強懸掛在欄杆上。滂沱的雨滴不斷打在洪珠的手、臉龐以及身體上。她往下一看。二十四樓的下方，深淵般的黑暗宛如河水一樣翻騰蕩漾。

「救命！」

她喊道。

「救救我！」

她再次喊道。

「拜託。」

雖然不知道要拜託誰，但是洪珠仍然提高了嗓門。手指漸漸失去力氣。好像有人把她的手指一根一根拔開。

「我不想死！」

那是洪珠最後的吶喊。洪珠還沒發出慘叫，便往下墜落。洪珠最後見到的畫面，是智賢與智賢的父親，他們就站在自己家的陽台上。兩人親密地靠在一起，俯視著摔落的、墜落的洪珠。

洪珠拍動雙臂，好像想讓自己飛起來似的，但是一點用處也沒有。當洪珠墜落地面，頭顱爆裂，全身的骨頭破碎，內臟四分五裂，到血流如注為止，整個過程不到五秒鐘。墜落，就在剎那之間。

要命活力粉

全建宇

秀珍已經灌了幾瓶提神飲料，但睡意依舊沒有消退。她花了兩萬韓元，在藥局購買了舒緩疲勞的飲品也不見成效。好像有一隻看不見的手在拉扯眼皮。為了忍住睏意，袖珍緊咬嘴唇，一開始還有效果，但是並沒持續多久。最終，秀珍仍然沒能戰勝睡魔，不由得陷入沉睡。不幸的是，無線對講機就是在此時傳來消息。

——前輩，人正往前輩那裡去！

秀珍沒有聽到後輩梁警官的無線電。他們費時半個多月追捕這名犯人，經歷了兩天輪班埋伏，才終於抓到殺人案件嫌犯的尾巴，然而人就這樣悠哉地從秀珍的汽車旁邊擦身而過。嫌犯甩開了警察的追擊，就此消失無蹤。在事情發生時，秀珍完全沒有醒來，甚至沒做一丁點夢，睡得十分香甜。

「妳這傢伙，就這樣還想當警察？竟然打瞌睡，然後放走嫌犯？」

長官會大發雷霆是理所當然的事情。隊長怒不可遏，忍不住用力捶打桌子。「哐」地一聲震耳欲聾，然而重案組第四隊的所有人都不敢抬頭。

「對不起。最近要照顧小孩，所以沒睡好……」

「妳覺得這能當作藉口嗎？」

隊長打斷秀珍的話，反問道。秀珍也很清楚，她沒有立場辯解。儘管如此，她總覺得還是要講些什麼話來解釋這種情況。

「我們家小朋友生病了。晚上總是不睡覺，但我是媽媽沒辦法……」

「喂！妳這種抗壓性當什麼警察？」

隊長猛地站了起來。解釋得到了反效果。秀珍後悔不已，早知道就該閉嘴。這時後悔也太遲了。隊長又大吼了一句話便逕自離去，彷彿是最後通牒。

「再發生這種事情，妳以後就別想升官了，給我搞清楚狀況！」

秀珍低著頭，在原地佇立了半晌。好討厭。討厭在那個關鍵時刻打瞌睡的自己，討厭令人厭煩的育兒生活，也討厭只會呼呼大睡、徹夜不醒的丈夫。

然而，最令人討厭的是……籠罩她整個人的疲憊。

只要能擺脫這種疲勞，她什麼都願意做。

「前輩，妳有在吃保健食品嗎？」

梁警官向秀珍問道。秀珍坐在副駕駛座上，深深嘆了口氣。

「沒用。大家推薦的牌子都吃過了，但還是覺得累。否則我身為警察，怎麼會有想去打異丙酚的念頭？」

「哎呀，請妳絕對不要做那種事。」

「才不會，我瘋了嗎？敢在升官之前幹那種事？」

秀珍一邊說著，一邊打哈欠。後頸痠痛不已，肩膀的肌肉也硬得跟石頭一樣。現在，頸脖的疼痛與肩膀的不適已經變成一種慢性病。這與慢性疲勞的歷史一脈相承。這三種症狀就像老練的強盜三人組，存在感十分明顯，卻始終找不到抓住的方法。

「哎呀。那麼下個月開始，我們郭秀珍警官終於可以戴上警監徽章了嗎？」

梁警官笑著說道。梁警官的優點是性格開朗樂天，細心謹慎。而且他生性善良。在其他同事有意無意指責秀珍的失誤時，梁警官也沒有表露過任何情緒。秀珍認為，遇到像梁警官一樣的搭檔還算幸運。

「想太多了啦！還不知道結果會怎樣。雖然筆試成績還不錯，但那傢伙管的是工作績效。」

「說的也是。隊長好像有什麼打算，妳自己小心一點，前輩。」

「哈，我就是這個意思。」

倘若再犯一次錯誤，晉升警監的計畫將化為泡影。不對，現實的情況是，如果沒有任何績效，晉升也很危險。由於那次失誤，秀珍被調離殺人事件的調查。現在，她應該立刻打起精神來注意的是「江南連續失蹤案」。只要解決這一個媒體高度關注的事件，就足以彌補之前犯下的失誤。

「話說回來，這個案件應該要從哪裡開始著手呢？」

梁警官問道。最近失蹤的是一名代駕司機，他們兩人去見了失蹤者的家屬，正在返回江南警察署的路上。

「這個嘛，首先要找到失蹤者的共同點。」

六個月前開始，江南一帶開始出現連續失蹤事件的報告。銀行職員、證券公司主管、普通上班族、創投公司的董事長與代駕司機等，這五個職業完全不同、性別也不一致的人，在六個月內接連失蹤。起初，因為失蹤者都是成人，所以沒有發現是犯罪事件，也不知道是連續犯罪。但隨著知名創投公司的董事長失蹤，這件事受到媒體的關注，甚至出現一些報導指稱江南一直在發生類似的事件。於是，警察不得不採取行動。

「有什麼共同點嗎？除了家住在江南，或在江南討生活之外。」

正如梁警官所說，串聯這五人的關鍵詞正是「江南」。某天傍晚，都不聲不響消失無蹤的這五人，不是在江南工作，就是家在江南。家屬也證實，代駕司機確實主要都接江南一帶這邊的委託。

「當然有共同點。」

秀珍喃喃自語道。困倦又再度襲來。感覺大腦像青蛙卵一樣，軟綿綿地散開成一片。

「什麼？」

梁警官瞪大眼睛問道。秀珍又開始張大嘴打哈欠，同時說道：

「完全沒有失蹤的理由，這一點是共同的。」

「哎，哪有人失蹤還有理由？大家都沒有吧！」

「我不是那個意思。我的意思是，這些人沒有欠債，沒有被誰追殺，也沒有犯下什麼滔天大錯，一言以蔽之，他們沒有消失的理由……」

嗡嗡。

手機的震動讓秀珍停止說明。她從口袋拿出手機一看，螢幕上顯示的是幼稚園的電話號碼。霎時間，一股不祥的預感從腦海中一閃而過。秀珍調整了一下呼吸，然後才接起電話。

「喂？」

「昭熙媽媽，這裡是幼稚園，因為昭熙突然發高燒……」

「了解，我馬上過去！」

掛斷電話後，秀珍嘆了一口氣。疲勞湧上來，她緊緊閉上了眼睛。太陽穴一陣刺痛，脖子與肩膀的疼痛也開始展現存在感。

「前輩，妳沒事吧？小朋友又生病了嗎？」

「嗯，在前面放我下車。我會再跟隊長報告。」

她幾乎能夠想像得到，隊長會對她嘮叨些怎樣的話。不過還是得去。媽媽的人生與警察的人生，哪個她都無法放棄。

昭熙持續嚎啕大哭。自從滿兩歲以後，孩子哭鬧的情形越來越嚴重，晚上也不怎麼睡覺，還動不動就發燒生病。婆婆見昭熙這副模樣，總是刻薄地表示，媽媽從孩子小時候就疏於照顧，所以才會經常生病。然而，比起刻薄的婆婆，她更討厭丈夫聽了這些話，卻始終一聲不響。

「昭熙，讓媽媽抱抱。」

秀珍最終抱起昭熙，在客廳來回徘徊。她感覺肩膀快要脫臼，但也無可奈何。丈夫早就睡得天昏地暗。她不知道自己在客廳走了多久，也許是藥效發揮作用，昭熙開始打瞌睡。秀珍抱著昭熙，輕輕坐在沙發上。

就在那時。

呵呵呵。

她聽見一陣笑聲。飽受驚嚇的秀珍環顧客廳。沒有任何奇怪的事物，只有一間熄了燈的普通客廳。

呵呵呵。

秀珍屏氣凝神時，又聽到了笑聲。

「老公？」

她嘗試呼喚丈夫，但沒有得到任何回應。呵呵呵。只有那令人不快的笑聲在黑暗中迴盪。秀珍從沙發上站起來。有人入侵家裡！這個想法出現的瞬間，她立刻就打起精神。有人潛入家裡，想要攻擊自己跟她的家人……

「呵呵呵。」

又出現了。但是，這次就在她正下方。秀珍低下頭。只見昭熙面露凶光，抬頭仰望著她。昭熙鼓起臉頰，咧著嘴角，露出難看的笑容。

呵呵呵。

然後，她低聲說道：

「媽媽，妳想死吧？」

啊！

秀珍睜開眼睛，過了好一會兒才察覺到那是一場夢，又花了一點時間才意識到大家都在注視自己。

「妳這傢伙！現在連開會都敢睡覺了是不是？」

隊長猛地大聲咆哮。

「不、不是的。」

秀珍慌慌張張地否認道。

「還狡辯啊？把妳的口水擦一擦，我的天。」

「呵呵呵。」

隊友紛紛放聲大笑，一連串尖銳的笑聲刺進耳裡。秀珍看向梁刑警，性格善良的搭檔用嘴型說著「代駕司機」。

「抱歉，請繼續說代駕司機的事吧。」

秀珍語畢，隊長就嘖嘖咂舌，並把視線轉向白板。接著，他重新開始說明案件。

「到時候你們就從代駕司機手機訊號中斷的地方開始搜查。分成三個小組，探訪就由英植你們組這負責，代駕司機當天的行蹤調查由哲浩這組負責。然後，郭秀珍！」

「是！」

秀珍直起腰桿回答道。

「妳不要到處瞎晃，去找找看有沒有其他跟失蹤事件有關的線索。知道嗎？」

「知道了。」

秀珍輕聲回答道。結果，調查中最有意義的部分還是由其他人來負責。

「好了，大家動起來。」

「是！」

隊長說完，眾人都站起身往外走。秀珍跟梁警官一起行動。

「不過，我們找到了代駕司機最後的位置，應該能找到一點頭緒吧。」

聽了梁警官的話，秀珍又嘆了口氣。

「哈，那還用說嗎？反正我們也只能待在辦公室裡抓破腦袋。」

「我會打電話給相關人士，前輩先休息一下吧。」

「謝謝。我晚一點會看一下搜查資料。」

秀珍拿起一疊記錄失蹤者個人資料等等的厚實文件，走向自己的座位。然後，她習慣性地從抽屜裡拿出提神飲料，打開飲料的罐子。滋滋，光是聽見這個聲音，頭腦似乎就清醒了一些。她喝了一口提神飲料，然後隨意翻了翻文件。眼前一陣陣發黑。她昨晚也沒睡幾個小時，早上醒來一看，自己還待在沙發上，昭熙仍然抱在懷裡。她把昭熙送到幼稚園，然後急忙準備上班，光是如此就已經筋疲力竭。

「堅持下去。妳可以的，郭秀珍。」

她輕輕咬住嘴唇，如此喃喃自語道。接著，她開始翻閱失蹤者之一，亦即創業投資公司董事長的相關資料。

「名字叫做崔東賢，四十三歲，Inner Peace Contents的董事長。這間公司是在做什麼的啊？」

「啊！那間公司嗎？心靈的安定、冥想跟什麼……總之，就是跟這類東西有關，會出版書籍、製作音樂、提供訂閱服務的公司。」

聽見秀珍的疑問，梁警官馬上回答道。

「一間公司號稱要幫顧客找回內心的平靜，而公司董事長卻失蹤了，內部應該也很不平靜吧。」

崔東賢是在一個月前失蹤的。他告訴旁人自己下班之後有約，之後就再也沒有回家，也沒有回到公司。他的車子一直停在公司的地下停車場。消失的只有崔東賢本人以及手機。公司發展順利，也經常出現在媒體上，崔東賢也很積極經營公司。一言以蔽之，完全找不到他逃走或自殺的理由。

「崔東賢的手機訊號最後出現的地方，讓我看看……不是島山公園那邊嘛！那裡有很多有名的餐廳對吧？他是去吃飯嗎？」

秀珍朝梁警官問道。

「應該是吧？只要知道他跟誰見面，問題就可以迎刃而解了！」

「就是啊。但是，聽說通聯紀錄裡面也沒有什麼特別的線索？」

「對，他那天並沒有任何約會。」

「實在可疑。」

秀珍又翻開幾頁文件，一張照片「啪」一聲掉了出來。秀珍拾起那張照片。照片裡面，崔東賢在自己的辦公室裡面露燦爛的微笑。崔東賢的皮膚豐潤緊緻，表情充滿活力，讓人看不出他已邁入中年。只從照片上來看，似乎是個渾身散發能量的人。

「這種人會跑去哪裡啊？」

秀珍小聲低語，並把照片夾回文件之中。那一瞬間，腦海中掠過一股不尋常的感覺。有種說不出的怪異。肯定有哪裡不對勁，但她卻不知道問題在哪裡。

是什麼？

她歪著頭，再次拿出照片，仔細端詳崔東賢的臉。無論怎麼觀察這張掛著微笑的臉，怪異的感覺都沒有消失。

「前輩，該吃午飯了吧？」

梁刑警問道，秀珍卻舉起手阻止了他。

「等一下。」

「怎麼了？」

「這裡好像有什麼。」

聽見秀珍的話，梁警官安靜了下來。秀珍的目光從崔東賢臉上移開，觀察著辦公室裡的景象。辦公室非常乾淨大方。有色調溫暖的木質書桌及書架，還有古典雅致的陳列櫃等，擺設令人印象深刻。書架上似乎擺放著原文書。陳列櫃裡……

瞬間，秀珍瞪圓了眼睛。

「這、這是？」

陳列櫃最下面一處角落，一個白色罐子引起她的注意。那看似骨灰罈的罐子與這間辦公室的裝修格格不入。

「妳找到什麼？」

梁警官走過來，問道。秀珍指著照片中的罐子說：

「你有看到嗎？這個白色罐子？」

「嗯。怎麼了？」

「那個代駕司機家裡也有一樣的東西！」

她想起來了。昨天拜訪過的那個家庭，餐廳的餐桌上也有一模一樣的罐子。當時她還在想說是哪來的骨灰罐，順便觀察了一下。雖然這裡只有照片，但看起來是同樣大小與材質的罐子。

秀珍還想起代駕司機家裡那個罐子上的文字。雖然是用草書寫成，但能看出來文字形狀，因此她一度好奇地猜測箇中含義。

活力久久。

上面是這麼寫的。

「那個啊，是孩子他爸吃的保健食品。聽人家說效果很好，某天就拿回家了。大概是他在跑代駕的時候，遇到的客人告訴他的。剛開始，我也不知道這個罐子是什麼。但是自從吃了活力久久之後，整個人就變了。他平常總是把好累掛在嘴邊，吃了以後每天都充滿活力。一天跑好幾場代駕都不知道累的人……現在在哪裡做什麼呀。嗚……」

代駕司機李奎錫的妻子終於忍不住哭了出來。秀珍對梁警官遞了一個眼神，意思是叫他現在掛斷電話。

「好的，我了解了。您很心痛吧？我們現在也……」

秀珍漫不經心地聽梁警官對電話另一頭說明，然後離開了座位。為了消除來勢洶洶的困倦，也為了好好整理思緒，她需要出去走一走。她從自動販賣機買了一罐冰涼的提神飲料後，便往屋頂的方向走去。然後，她走向自己經常坐的固定座位——水箱旁邊的長椅。那裡是屋頂最角落之處，待在那讓她感覺踏實，也很方便讓人小睡片刻。

「活力久久是一種保健食品。」

雖然得知了意外的情報，但也不得不承認這個情報令人沮喪。本以為終於找到失蹤者之間的重要關聯，沒想到那只是保健食品……到處都是保健食品。當然，她是第一次聽說「活力久久」，據說效果非常好，也許只是秀珍不知道而已，看來是相當不錯的產品。重要的是，保健食品跟失蹤案件的相關機率趨近於零。

「效果這麼好的話，我也試試看吧？」

秀珍壓抑著翻湧上來的失望，拿起手機檢索「活力久久」，但什麼都沒出現。關於「慢性疲勞」的檢索結果有很多，但完全找不到名為活力久久的保健食品。

「咦？那是新產品嗎？」

即使檢索時加入活力久久營養劑、活力久久藥、活力久久保健食品等多個關鍵詞，也沒有任何一點資訊。秀珍甚至忘了喝提神飲料，過了一會兒，梁警官打來電話。

「妳在哪裡？」

梁警官立刻問道。

「屋頂。」

「現在已經確認完畢，崔東賢辦公室的那個罐子也是活力久久。該怎麼做？」

「梁警官，你去那個 Inner Peace 還是什麼的，把活力久久拿過來。算了，還是我去吧，我順便去確認一點東西。」

「那我們一起去，前輩。」

「隊長要是知道我們倆都跑光，肯定又要念不停。」

「也是，隊長每次都這樣。」

「所以我快去快回，你就乖乖待在局裡，不要惹麻煩。」

「惹麻煩不是前輩的專長嘛。」

「你這傢伙！」

「路上小心，嘿嘿。」

梁警官一邊發出油腔滑調的笑聲，一邊掛斷了電話。她並不討厭這樣的後輩，反而覺得可靠踏實。秀珍一口氣喝光提神飲料，輕輕拍了拍兩邊臉頰。冰冷的感覺順著脊椎蔓延到全身。

那個保健食品明明是實際存在的產品，網路上卻完全檢索不到，應該有相應的理由。可能因為是非法藥品，所以只能在暗中傳播，也有可能是毒品。無論是上述兩者中的哪一個，可以確定這是一樁好案子。如果那個東西是毒品，可能就跟失蹤案有所牽連。在江南一帶流竄的新型毒品以及連續失蹤案。要是往這方向發展，事態就會變得嚴重起來。

「很好。」

秀珍悄悄咬緊牙關，難得看起來幹勁十足。

她一抵達 Inner Peace Contents 就表明自己警察的身分，一路前往董事長辦公室。Inner Peace Contents 擁有四十名左右的員工，算是頗有規模的創業投資公司。內部裝潢採用最近流行的開放式辦公室，但陰鬱的氣氛籠罩每個角落。

「就是這裡。」

自稱是組長的女人打開董事長辦公室的門。

「謝謝。」

走進董事長辦公室後，秀珍立即發現那個罐子，表面上寫著「活力久久」。組長看著拿起活力久久罐子端詳的秀珍，問道：

「剛才我還接到一個警察先生的電話，這跟董事長的失蹤有關嗎？」

「妳知道這個藥嗎？」

秀珍這樣反問道。

「藥？不，我也是第一次見到這個藥。但是那個罐子很特別，所以我記得是誰帶來的。」

組長的回答讓秀珍興奮不已。

「這是有人拿來的？妳知道是誰嗎？」

「我不知道那人是誰，不過是個男人，我們董事長也叫對方董事長。啊！那天董事長的行程應該有留下紀錄，我去找找看。」

「我明白了。這個我先拿走了。正如您的猜測，這個藥或許跟失蹤案有關。倘若確認好崔董事長的行程，請務必聯繫我。」

秀珍向組長遞出名片。

「好，我會的。」

秀珍再次向手中拿著名片的組長問道：

「對了，最近崔董事長有什麼不一樣的地方嗎？比如特別有活力……」

「是的，您說得沒錯。董事長本來一直都很疲勞，幾個月前開始突然變得很有活力。幾乎天天加班，也沒有抱怨過累。公司狀況漸趨穩定，並開始打開知名度，差不多也是從那時候開始。」

「嗯，原來如此。那麼，之後再麻煩您聯繫我。」

秀珍快步從 Inner Peace Contents 中走出來。她想早一點了解這可疑的藥物。倘若能夠委託國立科學調查研究院分析它的成分，肯定能夠驗出什麼東西。秀珍小心翼翼拿著罐子，正要搭上計程車的時候，丈夫打來一通電話。

「對不起，我實在太忙，不能去接昭熙了。」

丈夫馬上這麼說道。

「那怎麼辦？今天不是輪到你去接嗎？我現在也很忙。」

「我就說已經安排重要的會議了。而且妳才是媽媽！」

「什麼意思？昭熙是只有我在養嗎？」

她不禁提高音量，心裡突然冒起一把火。不管是育兒還是家務事，丈夫總是推三阻四，把責任推給秀珍。

「我都跟妳道歉了！我現在很忙，先掛了。」

「老公！」

電話掛斷了。秀珍強忍心中湧出的滿腔憤怒，緊緊握著手機。

「您要去哪裡呢？」

計程車司機從後照鏡看向秀珍，問道。

「江南警察局……不對，我告訴您地址。」

秀珍告知司機幼稚園的地址後，頭往後靠，閉起雙眼。難以控制的疲勞襲捲意識。秀珍感受著懷中活力久久罐子的冰冷觸感，漸漸陷入沉睡。

昭熙終於睡著了。丈夫還沒有回來。秀珍一邊喝著冰箱裡拿出來的提神飲料，一邊坐在書桌前。活力久久本身是白色粉末，沒有什麼特殊的氣味。她抱著好奇的心理，稍微沾了一點來吃，似乎也不是毒品。罐子本體也沒有特別之處，唯獨罐身過於冰冷。

「這要是普通的保健食品，那就太讓人失望了。」

秀珍自言自語道。就在這個時候，手機收到一封簡訊，是 Inner Peace Contents 的那位組長。

〔您好，這封簡訊是想告訴您，我確認過下午跟您提過的董事長行程，那天來拜訪我們董事長的人，其姓名及聯繫方式如下：禹泰民 010-XXXX-XXXX。〕

「禹泰民……」

秀珍本來考慮要不要立刻聯絡對方，但還是作罷。現在已經入夜，此時無論聯繫哪個人，都難以獲得讓人滿意的資訊，反而只會使對方產生戒心。再加上，她實在太累了……

嗯？

身體比想像中要輕盈。這個時間，明明應該是非常困倦的時段，但她不僅沒感覺疲憊，頭腦還很清醒。並不是因為提神飲料。提神飲料頂多只能稍微緩解困意，但不會讓疲勞消失。

「不會吧？」

秀珍的目光重新回到活力久久的罐子上。她只是用手指沾了一點，輕輕點在舌尖上罷了，不可能產生這種效果。

「打起精神來，郭秀珍。」

秀珍嘀咕著這句如今已經成為習慣的話語，然而其中的含意顯然與平時不同。她現在完全不困，意識也很清晰，活力充沛，甚至到讓人感覺怪異的程度。心跳加速，腦袋高速運轉。剛才肩頸十分痠痛，但現在連症狀都消失了。這讓她感到不安。儘管如此，更明顯的是心情好轉了。整個人非常輕鬆，好像什麼事都做得到。

「到底是怎麼回事？」

她心裡有些不踏實，但也不想白白浪費此刻的良好狀態。秀珍打開電腦，檢索「禹泰民」這個名字。與「活力久久」的檢索結果相反，關於禹泰民的資訊非常豐富。網路上甚至有他的照片。最近，還有關於這個人獲得「年輕企業家獎」的新聞。不僅如此，禹泰民似乎經常在大學或企業公司裡演講。

「我是Paradise的董事長，禹泰民。」

光是看這些新聞標題，可知禹泰民毋庸置疑是個成功人士。秀珍仔細閱讀了有關禹泰民的各種資訊，也繼續尋找名為Paradise的公司。在這段期間，丈夫已經下班回家，但根本不在乎秀珍。丈夫自己不停辯解，但由於秀珍沒有回應，便逕自回到臥室。在這之前，他留下一句話。

「妳看起來還真是精神煥發。」

那句話聽起來像是一種諷刺，秀珍心裡感到怒不可遏，但還是忍了下來。

第二天，秀珍出門上班的同時，做的第一件事就是聯繫禹泰民。她打了幾次電話，但禹泰民沒有接。於是秀珍發了一封簡訊。

〔我是江南警察局重案組的警察，郭秀珍。有關活力久久，我有問題想要請教您。〕

「前輩，那個活力久久還是什麼的，妳有帶來嗎？」

梁警官渾身煙味地走過來，問道。

「啊……我放在家裡忘了帶來，真是的。不過那東西也沒什麼特別之處，只是普通的保健食品。」

「哎呀，還好沒有因為太激動，就直接跟隊長報告，不然又要被碎碎念了。」

「是啊。」

秀珍露出尷尬的笑容。她也不知道自己為什麼說謊。不，她其實很清楚。她在上班之前，吃了活力久久。到了早晨，前一天晚上的活力消失殆盡，難以忍受的疲勞襲捲而來，甚至到了一根手指都不想動，眼皮也不想睜開的地步。秀珍幾乎是用爬的起床，抱著僥倖的心理，把半勺白色粉末放進嘴裡，配著水吞下去。於是，就像做夢一樣渾身湧出力量。這並不只是讓人打起精神而已，是全身上下的每一個細胞都重獲新生。她相信自己不會打瞌睡，所以特意開了車子出門。

「前輩，妳今天整個人的狀態看起來很好，表情也完全不一樣呢。哈哈。」

梁警官笑著說道，然後回到自己的座位上。秀珍的手機震動起來，看了一眼後發現是禹泰民。

〔我是禹泰民。如果您有任何問題，歡迎隨時光臨我們公司。〕

「嗯，是叫我直接過去的意思吧？」

秀珍把那則簡訊反覆看了好幾遍。她把這串文字解讀成「自己無所畏懼」，也像是「我很了解活力久久」的意思。不管是哪一種，似乎都有前往會面的價值。

「喂，我出去一下。」

她對梁警官低聲說完，連回答都不聽就立刻動身離去。本來應該跟隊長報告，但現在還為時過早。而且，隊長似乎並不相信活力久久的事情。她想找到更確切的線索，再告訴隊長。

禹泰民的公司 Paradise 位於江南。地址這種小事，昨晚就已經先查好了。秀珍行駛在擁擠滯礙的道路上，朝 Paradise 的方向前進。Paradise 坐擁金碧輝煌、氣派豪華的三層樓。至少從表面上來看，Paradise 就如同當紅的董事長禹泰民一樣。

秀珍隨著服務台員工走向董事長室。Paradise 的內部規模比 Inner Peace 更大，員工也更多。大家都各自忙著手邊的事情。依照網路資料顯示，Paradise 的主要業務是殯葬禮儀相關產品的製作與分銷。能在江南的蛋黃區把事業發展至此，可知禹泰民的手腕相當不錯。

「歡迎光臨，我是 Paradise 的禹泰民。」

禹泰民給人的感覺比照片上還要乾淨俐落。秀珍和禹泰民輕輕握手後，便雙雙坐在沙發上。他的辦公室裡也相當乾淨大方，與禹泰民的氣質相符，看不出絲毫多餘之處。

「您對活力久久有什麼疑問嗎？」

率先開口的是禹泰民。直球對決。而且還是正中紅心、沉甸甸的直球。秀珍已經大致掌握禹泰民的性格。他是善於用直球來追逐勝利的投手，那麼秀珍也沒有理由選擇球路，只要用力揮動球棒就可以了。對於曾經是狂熱棒球迷的秀珍來說，她已經很熟悉這樣的勝負。

「您應該知道，江南一帶發生了連續失蹤案。我認為這個案件與活力久久有關。」

「這還真是一個有趣的假設。」

然而，禹泰民的樣子似乎完全不覺得有趣。

「禹董，請問您跟活力久久有什麼關聯呢？把活力久久給崔東賢的人，就是禹泰民董事長吧？」

「我只是送給老朋友一罐保健食品，這樣犯法嗎？」

「如果這不是普通的保健食品，那就有問題了吧？」

「您怎麼知道活力久久不是普通的保健食品？您吃過嗎？」

這次是深入內部的直球，而且是全壘打好球。正中要害的秀珍一邊尋找敷衍的話，一邊思考著。禹泰民沒有放過這個機會，再次問道：

「即使失蹤者都服用過活力久久，也無法成為失蹤的理由，不是嗎？」

剎那間，她突然找回理智。禹泰民投出太多球了，最後那一擊……明顯是失誤。

「等一下。我可沒有說過失蹤者都服用過活力久久哦？這樣看來，現在我可以往這方面調查了呢。如果此言屬實，那您就必須要解釋一下，您是怎麼知道這件事。」

一直面無表情的禹泰民臉上，第一次出現裂痕。秀珍相信，自己已經勝券在握。然而，就在那一瞬間，眼前一陣暈眩。熟悉的感覺很快就出現了。是疲勞感。難以言表的巨大疲勞感，沉重地壓在秀珍身上。渾身力氣一下子就被抽乾了。她沒有站起來的力氣，也沒有看禹泰民的力氣。秀珍的身體搖晃不已。

「您怎麼了？」

禹泰民想要攙扶她，被秀珍奮力甩開。

「放開！別碰我！禹、禹泰民你……」

秀珍拿出手機，想要請求協助。她按下快速撥號的號碼後，接通了梁警官的電話，但卻一句話也說不出來，疲倦得張不開嘴巴。秀珍斜躺在沙發上。她的身體再也支撐不住了。

「很疲倦吧？這是因為您的壓力太大。只要擺脫造成壓力的原因，就能徹底消除疲勞。而活力久久就是幫忙達成這件事。哈哈。」

……哈哈。

聽著禹泰民乾啞的笑容，秀珍失去了意識。

「妳可真厲害。堂堂警察竟然跑到無辜民眾的辦公室裡暈倒。妳為什麼要到處惹事、連累別人？啊？」

秀珍在急診室醒來後，立刻回到警察局。不出所料，隊長見到她便如此說道。

「隊長，不是您想的那樣，前輩……」

「喂！哪輪得到你插嘴？前輩在那邊拉屎，你不是應該跟在後面好好收拾爛攤子嗎？你小子也一樣，這次休想升職了！懂嗎？」

梁警官遭受魚池之殃，但他本人只是搔了搔頭。忍無可忍的秀珍出言辯解。

「那人才不是什麼無辜民眾。禹泰民那個人，肯定跟這次失蹤案有關聯。」

「所以到底是什麼關聯啊？這個人到底是從哪裡冒出來的？」

「這……」

秀珍猶豫著說不出話來。

「你們兩個．背著我偷偷做了什麼了？還不快說！」

「禹泰民跟崔東賢是好朋友。我們掌握了這個線索……」

「那禹泰民跟其他失蹤者是什麼關係？」

隊長的聲音變得更大了。

「我正想要調查這個部分。」

秀珍一邊這麼說著，一邊也覺得自己的說法很牽強。撇除活力久久這條線索，空白的部分太多了。當然，即使把活力久久這條線索放進來，隊長也不會相信她。

「我早就跟妳說過，不要牽連無關的善良市民，好好按照我的指示去做。禹泰民先生，那個人可是連一張交通違規罰單都沒收過。對這次的事情，他也不打算追究。妳就心懷感激吧！」

聽隊長說話的期間，她又開始頭昏腦脹，只好閉起眼睛。秀珍下意識地按著太陽穴，身體依舊搖搖晃晃。

「前輩，妳沒事吧？」

梁警官迅速扶了搖晃的秀珍。

「哎唷喂，反正……妳還是下班吧！因為我今天也要加班！」

隊長嘖嘖咂舌，面紅耳赤地離去。在梁警官的攙扶下，秀珍才得以行走。

「沒事。我會直接回家，你就回你的崗位吧。」

聽到秀珍這麼說，梁刑警用生氣的口吻說道：

「不是，妳怎麼不提那個活力久久還是什麼的藥啊？還有，活力久久和禹泰民有什麼關係？為什麼連我也不說呢？如果前輩不方便說，我就去那個代駕司機李奎錫的家，把活力久久帶過來。」

「我現在太累了，明天再說吧。」

「前輩！等一下，妳這種狀態不能開車。」

「我會叫計程車，反正我的車子也在Paradise那邊。」

「我還是很擔心妳，妳把車鑰匙放在這裡再走吧。」

「哈，知道了。」

秀珍把車鑰匙放在桌子上，步伐踉蹌地移動雙腳。喉嚨十分乾燥。身體也一下子被抽乾了似的。她想要喝提神飲料。不對，是活力久久。如果把苦澀的粉末倒進去，似乎就能緩解口渴的症狀。

她完全不記得自己是怎麼回家的。

「一整天都在幹什麼？電話也不接！」

丈夫一看到秀珍，就提高音量說道。昭熙一邊哭泣，一邊抱住她的腿。丈夫的念叨在耳邊滔滔不絕。

「幼稚園竟然打電話給我，說他們聯絡不到妳！我今天忙得要死……」

「閉嘴！」

秀珍發出一聲怒吼，不僅是丈夫，連昭熙也閉起嘴巴。她很滿意這一瞬間流淌的沉默。秀珍走進房間，打開活力久久的罐子。沒空去拿湯匙，也沒有餘力去倒一杯水。秀珍把手伸進去，捻起一把活力久久後，直接送到嘴裡。粉末溶解在口水中，順著喉嚨往下吞嚥，效果立刻就出現了。首先，模糊的視線一下子明亮起來，眩暈也消失殆盡，最重要的是，全身活力都回來了。秀珍細細舔舐手指上的活力久久粉末。

「啊！」

秀珍發出了安心的喟嘆。現在，她又感覺自己無所不能了。她再次回到客廳。丈夫與昭熙的視線停在秀珍身上。秀珍對兩人視若無睹，直接走向玄關。

「媽媽要去哪裡？」

昭熙問道，但秀珍沒有回答。

丈夫朝她大吼大叫，秀珍這才回頭瞥著他。

「去上班。」

「妳瘋了嗎？這是在幹什麼？」

「媽媽！不要走！」

丈夫和昭熙都提高音量，大聲叫喚著她。秀珍置若罔聞，打開大門就往外走。

夜晚涼爽的空氣輕撫過髮絲，秀珍此時才露出微笑。

「郭秀珍，妳怎麼又回來了？」

隊長語氣中帶著不耐煩，問道。秀珍一言不發地回到自己的座位上。她本來想要回來拿稍早沒帶走的車鑰匙，然後直奔Paradise，結果卻遇到隊長。她根本沒想過隊長會一直留到現在。

「現在連回答都省了是吧？嗯？」

隊長提高嗓門，表情很是不悅。

「我現在就走。」

秀珍才回答完，隊長就立刻「嗤」地一聲笑了出來。那是嘲笑。

「妳自尊心倒是挺高，我才說妳幾句，就開始發脾氣。」

秀珍倏地停下腳步，直直盯著隊長。漸漸地，憤怒湧上她的心頭。隊長腳上的拖鞋摩擦地面，轉身走回自己的座位。同時，他接著說道：

「妳這傢伙在我入土之前，都別想升職了。妳以為只有妳累嗎？拿小孩子出來算什麼理由啊，嘖。」

秀珍本來想要回嘴，最終還是忍住了。她粗暴地抓起車鑰匙，然後走向走廊。隊長看著秀珍的背影，又說了一句：

「從明天開始別來上班了，乾脆在家裡當黃臉婆吧！」

「幹。」

秀珍咬緊嘴唇。

她再次搭上計程車直奔 Paradise。秀珍坐在自己的現代 SONATA 汽車上後，才覺得煩躁有所減緩。心情也更加愉快。

『要去兜個風嗎？』

秀珍懷著這個想法發動現代 SONATA 的引擎，此時禹泰民突然出現在地下停車場。禹泰民坐上賓士，伸手握住方向盤，全然不覺她就在附近。目睹這一幕的瞬間，秀珍腦海中掠過某種預感。

她必須跟在後面！

雖然無法解釋原因，但總覺得現在不跟上，就會永遠失去機會。不管這是身為警察的直覺，還是身為女人的直覺。總之，她身上的每一個細胞都在大喊「就是現在」。

禹泰民的賓士流暢地滑出車位，離開了地下停車場。秀珍也開著現代 SONATA 緊隨其後。她一點都不困。別說困了，她身上所有神經細胞都生氣蓬勃，連她自己都害怕。禹泰民的賓士車牌，甚至是上面的細小瑕疵都清晰可見。激昂的情緒一發不可收拾。她覺得自己現在的狀態好像無所不能。

禹泰民進入自由路[4]，向日山方向一路行駛。也許是過了下班時間，路上沒有多少車。秀珍緊跟賓士後面，又小心翼翼沒讓自己靠太近。她持續跟蹤了一個小時左右。禹泰民的賓士經過

4 譯註：韓國連接首爾及京畿道的高速公路。

日山，進入高陽市的郊區，在路燈稀疏的安靜道路上右轉，往深處駛進。秀珍親眼看到，那條路的盡頭有一座巨大的建築物，然後她繼續前進，停下車子。

秀珍在車子裡等了幾分鐘後，悄悄下車。道路籠罩著一片黑暗與寂靜。她靠著手機的照明燈往回走。可以看見那棟建築物在稍遠之處。建築物沒有透出一絲光亮。不管怎麼看都十分可疑。

禹泰民從江南跑到這裡，而且還是在深夜時刻，究竟是為了什麼事情呢？

雖然不知道是什麼事，但肯定是骯髒可惡的勾當。秀珍放輕腳步聲，但是加快步伐。當她進入賓士駛過的道路，建築物的外觀便清晰可見。看起來像是一個破舊的工廠，而且似乎沒有人在維護這棟建築。就在剛進入那座工廠的入口時，秀珍的手機震動了起來。是梁警官打來的。秀珍接起電話，壓低音量說道：

「喂，我之後再打給你。我正在忙。」

「前輩，活力久久那個藥，到底是什麼啊？」

「什麼？」

「我聯繫過所有關係人了，失蹤者都在服用活力久久。我想調查一下這條線索，然後跟隊長報告，但是聯絡不上他，所以我才打給妳。」

「是、是嗎？」

「前輩，妳知道那是什麼吧？這個藥跟失蹤案有什麼關係？禹泰民跟活力久久又……」

「喂！我必須先掛了，之後再跟你解釋。」

「前輩！前輩！」

秀珍掛斷電話。賓士停在工廠門口前的空地上，可見禹泰民確實是進入這裡了。她巡視了工廠周圍一圈。令人感到奇怪的是，這間工廠並沒有窗戶。這就表示，如果不直接進入工廠，就無法確認裡面有什麼。恰巧連接裡面的鐵門微微敞開著，彷彿正在等待什麼。秀珍沒有絲毫猶豫，逕自走了進去。

漆黑一片。腥味以及嗆人的煙味混合在一起，刺激著秀珍的嗅覺。每往前走一步，黑暗與惡臭就會隨之加深。建築物內部似乎有好幾個房間。第一個房間裡什麼都沒有，就只有一扇門而已。從門的另一邊傳來微弱但有規律的聲音。秀珍靜默不語，側耳傾聽。

嗒嗒嗒。嗒嗒嗒。嗒嗒嗒。

她完全無法猜測這聲音的來源是什麼。她輕輕推了一下門，門無聲無息地打開了。橘黃色的燈光下站著幾個人，全部都是女性，而且都是外國人。她們排成一列，站在大型的工作臺前，用白色杵子認真搗碎白色碗裡的某種東西。她們的動作像事先排練過似的整齊劃一，因此每次都發出這樣的聲音。

嗒嗒嗒。嗒嗒嗒。嗒嗒嗒。

即使秀珍走近觀察，也沒有人看她一眼。她們就像沒有靈魂的機器人，只是面無表情反覆做著相同的動作。秀珍一邊打量她們，一邊慢慢移動腳步。嗒嗒嗒，嗒嗒嗒，嗒嗒嗒。碗裡的白色物體隨著聲音逐漸粉碎。

「這是什麼？」

秀珍問道，但沒有人回答她。就在這個時候，響起一道充滿痛苦的尖叫聲。

「啊啊！」

秀珍嚇了一大跳，轉頭的瞬間，對面的門猛地打開，有個人跑了進來，伴隨著撕裂般的尖叫聲。

「啊啊啊！」

那是個男人，也是秀珍認識的人。

「李奎錫先生？」

秀珍不可置信。不光是失蹤的代駕司機突然出現在眼前，還因為李奎錫全身赤裸，渾身都是血。尤其是他的胸口，明顯有一道很深的傷口。不，那種程度的傷口已經無法用言語充分說明。他的胸口幾乎完全被切開了。似乎是在遭到傷害的過程中逃出來，還沒來得及切斷的皮膚像衣領一樣啪啦飄動。黑紅色的血不停流到地上。

「啊！啊！」

李奎錫不斷發出參雜痛苦和恐懼的尖叫聲，四處張望，似乎陷入了恐慌之中。工作臺前的女人們對李奎錫的動靜無動於衷。嗒嗒嗒，嗒嗒嗒，嗒嗒嗒，她們只是專注用同樣的動作碾碎白色物體。這個景象比李奎錫悽慘的模樣更讓人毛骨悚然。

「李奎錫，請冷靜。我是警察！」

秀珍小心翼翼地靠近趑趄踉蹌的李奎錫。下一瞬間，李奎錫忽然停住腳步。他看向秀珍，但是瞳孔沒有焦點。李奎錫顫抖著開口說道：

「以、以後再也沒有壓力了。」

「什麼？」

「再也不會覺得疲勞。」

「李奎錫！」

「充滿……充滿活力。」

「請冷靜……」

秀珍說道，她往前再跨出一步的瞬間，李奎錫忽然癱坐在地上。同時，李奎錫跑進來的那個門裡，又出現了另外一個男人。這個人也是秀珍認識的人。

「調劑時，偶爾會發生這樣的事情。」

「禹泰民！」

秀珍憤怒地喊道，然而禹泰民只是靜靜露出笑容。他用若無其事的語氣再次開口說道：

「即使這樣，衛生方面也沒有問題，請不要擔心。」

「你在胡說八道什麼？」

她身上沒有手槍，也沒有手銬。但是，她有信心可以壓制眼前這個瘦削的男子。秀珍大步走向禹泰民。禹泰民沒有動作，只是站在原地朝秀珍拋出問題。

「您覺得活力久久怎麼樣？」

「什麼？」

秀珍停下腳步。

「效果很厲害吧？讓疲勞感完全消失，讓全身都充滿力量！您不覺得自己無所不能嗎？而且……實際上不也什麼都做了嗎？哈哈。」

「閉嘴！你懂什麼……」

「只要服用過一次活力久久，眼神就會變得不一樣。」

眼神？

那一瞬間，秀珍醒悟了。禹泰民的瞳孔閃爍著奇異的光芒。

「閉嘴！禹泰民，連續失蹤案的嫌犯，也是殺害李奎錫未遂的……」

「您不想知道嗎？關於活力久久的事情。」

秀珍啞口無言，只是嚥下一口唾沫。禹泰民對著這副模樣的秀珍又補充了一句話。

「知道真實情況後，再繼續服用吧。」

聽到這句話，秀珍才恍然大悟。

「你是故意引誘我來這裡的。」

「是的，我在辦公室第一次見到您就知道，您已經嚐過活力久久的味道。所以，我很想跟警察大人說明一下這個優秀藥品。」

「好，那我問你。活力久久與失蹤者有什麼關係？」

秀珍瞥了一眼倒地的李奎錫，問道。李奎錫現在紋絲不動。是失去意識嗎？還是死了？老實說，她對答案沒什麼興趣。現在能夠刺激秀珍的東西只有禹泰民的話，還有他的話語中關於活力久久的故事。

「失蹤者都是連續殺人犯。」

禹泰民表情絲毫沒變，淡淡地說道。

「你說什麼？」

「這種人也只能處理掉了。當然，多虧了他們的犧牲，我才能得到新的活力久久。」

「你在說什麼？」

秀珍的聲音沒有想像中大。禹泰民沒有回答，而是轉身打開了門。接著，眼前出現另一個房間的光景。看起來裡面有幾十根點亮的蠟燭。秀珍像是著了魔一樣靠近那個房間。房間裡有好幾個戴著面具的人，每個人都拿著在屠宰場才能看見的利刃。此外……房間從牆壁到天花板都貼滿了符咒。位於正中間的長桌上，充滿鮮血和肉塊，立刻就能看出李奎錫是從哪裡逃走。

秀珍目不轉睛地盯著那可怕又獵奇的情景。禹泰民在秀珍的身後說道：

「您應該已經很熟悉，只要服用活力久久，就可以讓人完全忘記疲勞，給人源源不絕的活力。這是因為活力久久可以自然地消除壓力的主要來源。當然，之前的版本有一些問題。只有解決壓力成因，才能重新獲得活力，所以服用者才會開始濫殺無辜。但是只要服用新版的活力久久，就會立刻產生活力！哈哈！應該說這是我不斷研究的成果嗎？當然還是有一些問題要解決。雖然像我這樣熟練又謹慎的人，可以享受活力久久的完整功效，但肯定也有無法適應藥物的人。活力久久的主要成分是殺人犯的骨頭粉末，這些骨頭渴求著鮮血和死亡，要是稍有不慎盲目順從這股衝動，就會變成愚蠢的殺人魔……」

「等等，殺人犯的什麼？骨頭粉末？」

秀珍反問道。她並沒有覺得噁心或厭惡，甚至也沒有生氣。她雖然感到有點驚訝，除此之外沒有其他想法。對於自己可以如此冷靜接受現在這種荒唐的情況，她也甚感陌生。

「沒錯。活力久久是利用詛咒將殺人犯殺死，拔出殺人犯的骨髓，分離骨肉之後碾碎骨頭做成。裡面再加入各種藥材混合在一起，就是活力久久了。此外……吃了活力久久的人也會想要用殺人來緩解壓力。就像警官您一樣。」

「我、我……」

「您回家之前，應該先把濺到的血跡擦掉。哈哈！」

禹泰民指著秀珍的襯衫。秀珍低頭看向身上的白襯衫，上面滿是隊長飛濺如汗漬一般的血。她把削得尖銳無比的鉛筆刺進隊長脖子，隊長發出宛如氣球漏氣的聲音，然後無力地癱坐在地上。實在太容易了，甚至到了無聊的程度。處理死去的隊長也不難。她把屍體拖到屋頂，然後棄置在水塔裡。她是怎麼揹著體型巨大的隊長，又是怎麼在不被任何人發現的情況下爬到屋頂的，越想越覺得不可思議，但此時此刻似乎已經真相大白。這一切都是得益於活力久久。

「怎樣才能繼續拿到活力久久呢？」

秀珍沉默了幾分鐘，問道。她沒有任何抵抗的想法，承認自己殺了隊長後，心情變得異常舒暢。她不想捨棄這一瞬間充盈著活力與暢快的心情。不，她想要永遠保持活力。

「我利用Paradise公司來處理活力久久的流通業務。這裡還有另外專門負責製造的人。我想，就由警官您來宣傳，然後負責善後工作，怎麼樣呢？」

禹泰民說道。

「如果我答應的話……」

「如果您能做到這一點，我將免費提供活力久久給您。」

成了，結束了。非常令人滿意的結局。禹泰民笑著伸出手。就在秀珍想握住那雙手的瞬間，躺臥在地的李奎錫一躍而起，然後開始拔腿狂奔。李奎錫逃離了房間，對於一個幾乎被開腸破肚的人來說，他的奔跑速度實在驚人。禹泰民的臉上短暫浮現驚慌的表情。禹泰民看向戴著面具的人，大聲喊道：

「快抓住他！」

「等等。」

秀珍對著禹泰民露出笑容，接著說道：

「讓我來解決。」

秀珍追著李奎錫跑了出去。活力充滿她的四肢百骸，整個人幾乎要膨脹爆開。秀珍感受到一股無法控制的力量，忍不住發出詭異的叫聲。

「啊啊啊！」

連續失蹤案已經結案。最終還是沒有找到失蹤者，警方最後的結論是本案不成立。負責帶領搜查的重案組隊長也失蹤了，媒體對此進行了大肆報道，但是什麼都沒查到。後來，對失蹤者的人身安全持悲觀態度的證言層出不窮，事件就這樣被蓋過去了。

案件結案的一個月後，江南警察局重案組裡出現了其他壞消息。這次，是剛升職的警監失蹤了。隊長失蹤之後，她以出色的表現接連解決許多重大案件，因此即將受到表彰。

「郭警監到底是怎麼回事？」

「你們知道嗎？她竟然拋棄丈夫和女兒，就這樣無聲無息地消失了。」

「隊長也是這樣，這次連郭秀珍警監都消失了，我們是不是應該請人來驅邪啊？」

「聽說隊長和秀珍是那種關係，所以兩個人一起跑了……」

「哎，不管怎麼樣也不該說那種話吧！」

梁警官忽然提高音量說道。

「抱、抱歉，我不是那個意思……」

「怎麼能在梁警官面前說這種話？現在最辛苦的人就是梁警官了。」

「也是，畢竟一直追隨的前輩失蹤了。」

梁警官倏地轉身，往走廊上走去，身後傳來惋惜的咂舌聲。

「嘖嘖，梁警官那小子，最近還挺精力充沛，希望不要因為這次事件洩氣。」

梁警官低垂著頭，肩膀上下聳動，看起來就像強忍淚水的人一樣。

誰也不曉得，其實梁警官正拚命忍住笑意，他無法控制自己，只能快步前進。

鬼火魔山

全建宇

那座山會使人發瘋。

雖然已經擁有「螢火山」這個像樣的名字，但村民仍把那座山稱為「狂人嶺」。其含義為，還沒過山嶺就會讓人瘋狂，並打道回府。當然，這並不是由於山勢險峻。雖說沒有對「山」的明確標準，但是跟那些上下山需要花費好幾個小時的知名群山相比，螢火山明顯只有「山丘」的水準。因此，山勢並不陡峭，樹林也不茂密。

只是，螢火山上有鬼火在遊蕩而已。

真的，僅此而已。

我第一次在山上看到鬼火，是小學一年級的時候。那個年紀的記憶維持不久，大部分在青春期前就會消失，但是那天晚上跟爸爸一起爬上螢火山的記憶仍然歷歷在目。記憶鮮明到只要閉上眼睛，就會想起那段時光，已經深深刻在我腦海中了。

那晚，爸爸瞞著媽媽把我叫醒。我從爸爸嘴裡隱約聞到一股酒味。

「小哲，小哲，快起床。」

「爸爸……」

我揉著眼睛，從床上爬起來。雖然睏意依舊強烈，但想起白天跟爸爸的約定，才好不容易打起精神。這不僅是與爸爸的約定，也是必須對媽媽保密的約定，所以一定要遵守。即使年紀再小，這種程度的察言觀色還難不到自己。因為，這種事情通常都是真的很有趣。

「準備好上山了嗎？」

爸爸問道，我點了點頭。爸爸所說的山當然就是狂人嶺了。那時候，我還不認識螢火山這麼難懂的名字。我同齡的朋友都不稱呼那座山為狂人嶺，尤其是在我面前。我們都稱其為「螢火蟲之山」，因為在山口的小溪邊容易看到螢火蟲。我也是長大後才知道，螢火山的「螢火」跟螢火蟲的「螢火」是使用相同的漢字。

「穿多一點。」

「嗯。」

爸爸非常慈祥，酒醉之後更是如此。所以，我喜歡散發出酒味的爸爸。我就著睡覺時穿的睡衣，外面套上一件棉質夾克外套，跟著爸爸走出房門。我擔心把媽媽吵醒，因此踏在地板上的每一步，腳後跟都會輕輕抬起來。只要稍微用力一踩，地板就發出嘎吱的聲響。

「我們上山吧。」

走出庭院後，爸爸握著我的手說道。爸爸寬大又厚實的手裹住我的小手。我家坐落在山口，只要打開家門，立刻就可以看到螢火山。這是有原因的。因為螢火山是我們家世世代代祖先埋葬的地方。當然，任何人都可以隨意上山。至少當時還是那樣。取而代之的是，我們會豎起這樣的牌子。

『請注意！任何人在山上發生事故我們概不負責。』

爸爸跟我繞過那個牌子，徑直爬上了山。這是我第一次在所有人都沉睡的深夜出門遊蕩。甚至還是去爬山，想想都覺得刺激又期待。小孩子就是會對這點小事感到興奮。

不久之後，我們就經過了小溪。時節已屆深秋，所以空氣雖然有些冰涼，但還是看得到螢火蟲。小小紅光在空中飛舞。我不由自主停下腳步，伸出手想觸碰、這時爸爸對我輕聲細語道：

「我給你看更酷的東西，快走。」

更酷的東西。那天晚上之所以上山，正是因為爸爸說有很酷的東西只給我一個人看，所以才促成這次的登山行。我懷疑山上是否還有比螢火蟲更酷的東西，但是決定相信爸爸、所以即使走到腿痛也忍耐下來。

再往前走一點，就抵達墓地了。以前爸爸跟我說明過，這片墓地埋葬著我們家族的老人。因此在我還這麼小的時候，就知道這是祖墳。半夜經過墳墓還是讓人有些害怕，但因為有爸爸在身邊而安心許多。更何況，祖先應該不會做出傷害我們的事情，尤其是去年才剛去世的爺爺。墓地的盡頭就是爺爺的墳墓。爺爺雖然嚴厲，但對年幼的我卻非常溫柔。每當我挨媽媽訓斥大哭時，他就會偷偷給我薄荷糖或羊羹。

「小哲，你以前來過這裡吧？」

爸爸問道。

「嗯。」

「我們還要再往上一點，加油。絕對不能放開爸爸的手。」

我點了點頭。聽到爸爸這席話，我重新振作起來。剛開始還覺得冷，但是往上爬著爬著就開始流汗了。還好風不大。山上時不時會颳起旋風，颳風時就會發出嗚嗚嗚的聲音。爸爸說，那是風掠過樹葉的聲音，但對於幼小的我來說，那聲音令人膽戰心驚。

我們沉默不語地走了片刻。一條小路從乾枯的樹叢裡延伸出來。道路並不崎嶇，但對年幼的我來說實在太累了。就在我氣喘吁吁，想叫爸爸暫時休息一下的時候，他停下了腳步。然後，他指著上方的某處。

「快到了。」

我順著爸爸的指尖轉頭。那裡是一片平坦的田野。籠罩在田野上的黑暗似乎格外深沉。那天晚上，月亮明明高掛天際，天空還是漆黑一片。而且，四周非常安靜。深夜的山上總是充斥著各種聲音。蟋蟀一邊鳴叫，一邊拍動翅膀一整晚；經過溪邊時，還能聽到青蛙的聲音。但是……進入田野後，所有聲音都立刻消失了。耳朵像是聾了，又好像是進了水。我不由自主緊握住爸爸的手，爸爸說道：

「不用擔心，我們再往裡面走一點。」

我幾乎是緊貼在爸爸身上，一齊走進田野之中。不知名的雜草高高立起。

「我什麼也看不見。」

我說完，爸爸就把手放在我的肩膀上。

「等著看。」

時間一點一滴過去。我遵從爸爸的指令，靜靜等待。就在我漸漸厭煩的時候，它們突然出現了。

起初，我以為是螢火蟲，然而並非如此。這東西更大、更藍。有的只有皮球那麼大，有的則比足球還大。那些東西拖曳著長長的尾巴，在空中飄動飛舞。時快，時慢。它們有一個共同點，就是都在閃閃發光。而且，都非常美麗。

「那是什麼？」

我問爸爸，爸爸微笑回答道：

「鬼火。」

「鬼火？」

聽了這句話，我頓時覺得毛骨悚然。我也知道村民平時都怎麼評價祖墳。任何人都可以攀登，但卻無人攀登的山就是螢火山。其原因正是鬼火，人們總是說，一旦被鬼火迷惑就會魂飛魄散，就像隔壁村莊從樹上掉下來的崔叔叔一樣，到時就無藥可救了。我在上學途中偶爾會遇見崔叔叔，他的口水總是從咧開的嘴角流下。我怕自己也變得跟崔叔叔一樣，於是趕緊蒙上眼睛。耳邊傳來爸爸的聲音。

「沒事，你可以看。」

我張開手指，再次仰望天空。鬼火留下長長的藍色尾巴，直直飛升到遙遠的高處，然後像溜滑梯一樣嗖地往下俯衝。也有在原地轉圈圈的鬼火。就像哥哥們為了玩鼠火戲[5]，點燃罐子裡的火焰在空中甩動，劃出明亮的光環一樣。雖然知道那是鬼火，那景象依舊美麗得令人驚嘆。

「好漂亮哦。」

我不知不覺喃喃自語，爸爸聞言指著鬼火說道：

「其他人看到鬼火可能會被迷惑，因而失去理智，但是我們不會受影響。」

「我們？」

「嗯，我們。我們家族的男性必須守護這座山。」

「那媽媽呢？」

「媽媽不行。」

爸爸面無表情地說道。我原本以為媽媽討厭爬山，結果並非如此。媽媽是害怕這座山。我還有一件事很好奇。

「為什麼我們可以沒事？」

「我以後會慢慢解釋，今天只是想讓你看看鬼火。我在你這個年紀的時候，也由你爺爺牽著手，第一次看到鬼火。」

爸爸說著這句話時，鬼火聚集在一起，逐漸成團。然而，一眨眼就又消失了。

「他們真的是鬼嗎？」

5 譯注：鼠火戲源於韓國民間的習俗，農曆一月十五晚上會在田間燒雜草，以祈求新的一年農業豐收。

我提出那天晚上的最後一個問題。即使沒有其他人在旁邊，爸爸還是壓低音量說道：

「不對，那些鬼火都是活物，所以不能稱之為鬼。」

爸爸一副故弄玄虛的模樣，我後來才知道這句話只對了一半。

從那天以後，我偶爾會跟爸爸一起上山看鬼火。但是我們也沒辦法經常上山，媽媽本來就不喜歡，爸爸也變得小心翼翼。爸爸曾貌似無心地說過這樣的話：

「媽媽說得沒錯。年紀太小的話，山的氣息可能會成為劇毒。等到你上了高中，就可以看見比鬼火更厲害、更帥的東西。所以，你現在只要慢慢親近大自然就好。」

比鬼火更帥的東西會是什麼呢？雖然答案令人心癢難耐，但成為高中生仍是十分遙遠的未來，所以我很快就對此失去興趣了。對於那個年齡的孩子來說，十年是無法想像的時間。

隨著時間流逝，鬼火也漸漸變得無足輕重。當然，自己看得見鬼火這件事要對朋友保密，所以我有種刺激以及隱祕的喜悅，但這種情緒也沒有持續很久。畢竟即使上山，也不見得每次都能看到鬼火。有時候揉著睏倦的眼睛，等了半天也沒出現。遇到這種狀況時，爸爸就會這樣說道：

「看來今天心情不太好啊。」

這種事情重複經歷過幾次後，我就不再等待鬼火出現了。在那段時光裡，比鬼火值得投注興趣的事物多得數不清。就算只是跟村子裡的朋友或哥哥待在一起，也覺得有趣萬分。一天很快就過去了。從學校回來，放下書包再次跑出去玩，沒過多久就到了晚餐時間。當螢火山上開始出現橘黃色的晚霞，孩子們也差不多都回家了。這樣過了一天又一天安詳而寧靜的日子。然後，我升上四年級。

我升上四年級的那一年跟以往有些不同。不對，是非常不同。非常非常不同。這裡大部分的居民都是種植水田及旱田過活，在風氣如此平凡純樸的村莊裡，一條意想不到的消息傳開了。

村莊旁邊即將開通道路。

在四年級的世界裡，道路代表只有在村鎮才能看到的車道。村莊裡的車道雖然稱為車道，但行經其上的更多是人或腳踏車。偶爾看到汽車甚至是件值得吹噓的事，因此我可以理解為什麼村民都對道路開發的話題感興趣。儘管如此，我還是隱約意識到這是一個非常重要的事情。尤其是對我們家族而言。

「我不同意！這條道路會經過祖墳，怎麼可以！」

爸爸在村莊會議上這樣叫道。宣布道路開通的消息後，村莊裡幾乎每天晚上都會召開會議，而爸爸每次都會說出同樣的話：我絕對不會同意。

「哎呀，小哲爸爸，就算祖墳再怎麼重要，你也應該替這個村子想想啊！」

「就是啊！政府不是說會保障這裡的地價嗎？以後就不用這麼辛苦了！」

「對啊，你再考慮一下吧，小哲爸爸。」

即使村民如此勸說，爸爸也從未退讓。

「怎麼每個人都這樣？螢火山是一座普通的山嗎？嗯？你們以為我只是想要保護祖墳才反對嗎？」

於是，村民又啞口無言了。爸爸每次都會帶我去開會，但我總是感到提心吊膽。此外，也覺得非常惋惜。這個村子裡，好像沒有一個人站在爸爸這邊。有一次還發生過這種事。爸爸像平時一樣提高音量叫喊，其他村民再次陷入沉默時，有人悄聲說了一句話。是村長家的大兒子東日叔叔。

「哎唷，真讓人看不下去。現在還有誰會這麼迷信啊……」

「什麼？迷信？東日，你剛才說這是迷信？」

爸爸勃然大怒，於是東日叔叔也不再繼續忍耐。

「不是迷信的話，那是什麼？大哥，這是飛機會在天空中飛行的世界。然後你跟大家說，那麼小的山上有跟房子一樣大的怪物，這合理嗎？還說如果不守護那座山，怪物就會跑下來，把世界夷為平地，你告訴我這像話嗎？」

爸爸睜大眼睛，張開嘴巴卻說不出話來。我是第一次看到爸爸露出那種表情。無論是怪物的事情還是爸爸的表情，都讓我覺得大為震驚。其他人似乎也嚇了一跳，紛紛責怪起東日叔叔。片刻之後，好不容易回過神的爸爸對東日叔叔說道：

「你根本不知道山上有什麼。你最好小心你那張嘴，遲早有一天會惹禍上身。」

本來氣勢逼人的東日叔叔突然露出害怕的表情，還低下了頭。然後，用若有似無的音量小聲說道：

「對、對不起。」

那天晚上，我們走在回家的路上，我一直在觀察爸爸的表情。雖然心中有很多疑問，但始終無法向他提起。爸爸好像讀懂了我的心思，在快到家的時候悄聲說道：

「小哲，你仔細聽爸爸說。我們家族無論發生什麼事，都要保護好這座山，這是我們的命運。如果不能守住這座山，就會出現嚴重的後果。一旦龍脈被攪亂，任何人都承擔不了後果。」

雖然我不知道龍脈是什麼，但真正讓我好奇的另有其事。

「祖墳上真的有怪物嗎？」

我小心翼翼問道。爸爸低頭出神地看著我，點了一下頭，然後忽然補充了一句話：

「它住在山上，但不在山上。」

當時的我還無法理解那是什麼意思。

即使爸爸強烈反對，道路工程仍有條不紊地推進著。當年的秋季前後，測量技師開始陸續進入村莊，簡直不顧工程必須經過居民同意的前提。也許除了爸爸之外，村裡的其他人都私下同意了。就算我年紀再小，也能隱約察覺到這一類的事情。還有爸爸不怎麼擅長跟別人溝通也是……

事件在冬季到來之前爆發了。有三名測量技師偷偷爬上祖墳，然後……就再也沒有下山，直到太陽西落為止。

「什麼？為什麼沒有人阻止？」

爸爸後來才知道這件事。他會得知這個消息，也是因為那天去了鄉鎮區公所，把陳情書帶回來之故。

「為什麼不攔著他們？都在做什麼啊？」

村長及村民來到家中，只能看著爸爸大發雷霆，卻無法反駁。爸爸並不是單純在發脾氣，他是在擔心他們，也就是那三個測量技師大叔。這讓我更加害怕了，感覺會發生什麼非常不好的事情。

「現在就上山找人吧。」

村長說道。爸爸猶豫了一下，才點了點頭。

「找人當然好，但一定要記住一件事，就是只有我一個人能進去墓地。你懂我是什麼意思吧？」

眾人一片沉默，似乎是在表示「知道了」。爸爸重新穿上外套，帶上手電筒便走出家門。媽媽一直露出不安的表情，爸爸對擔心的媽媽說道：

「別擔心，應該沒什麼事。」

然後他看向我，輕輕撫摸我的頭。

「小哲，不管聽見山裡有什麼聲音，你都絕對不能上來。知道嗎？」

爸爸第一次露出如此嚴厲的表情，所以我也立刻點頭。爸爸大而溫暖的手掌一離開我的頭頂，就感覺一陣涼風吹過。脖頸爬滿雞皮疙瘩。可以不要去嗎？雖然很想這麼對爸爸說，但始終開不了口。

距離村民和爸爸上山已經過了一個小時左右。媽媽正在折衣服，但三魂七魄好像都飛到山上去了。我看著媽媽不斷重複折疊爸爸的襯衫，不斷重複折起又攤開的動作。

「山上有什麼啊？」

我問媽媽。那是我第一次和媽媽談論那座山的事情，此後再也沒有出現過。

「我什麼都看不到。」

媽媽語氣生硬地說道。我忍不住順勢繼續問道：

「山上真的有怪物嗎？」

「小哲。」

「嗯？」

「媽媽討厭那座山。」

那時，我能看出這是媽媽發自內心的話。媽媽一邊摺疊爸爸的襯衫，一邊出神地看著窗外。窗戶的另一頭是一片漆黑。我心想，這是不是從那座山上蔓延過來的黑暗。我又再次問了一遍：

「媽媽為什麼不喜歡那座山？」

「那座山把你爺爺跟你爸爸的人生都毀了。爺爺的爺爺也是同樣的下場。從很久很久以前開始就是這樣了。媽媽……害怕你也會被那座山毀掉，所以才討厭那座山。」

媽媽說著這一席話時，山上傳來了聲響。那是一種無法用語言說明的可怖聲音，那時的我從來沒有聽過類似的聲音。如果有數百輛耕耘機同時啟動運轉，能夠發出這樣的聲音嗎？還是遇到天塌地陷，才會發出這樣的聲音？簡直無法想像。那道聲響壓迫力十足，我只能蜷縮成一團不敢動彈。反觀，媽媽倏地跳起來走到窗邊。

「山在鳴叫。」

媽媽喃喃自語道。那是令人驚心膽戰的聲響。我第一次看到媽媽如此發抖。

「爸爸沒事吧？」

媽媽沒有回答我的問題，只是套上夾克外套，戴起圍巾。我嚇了一跳，又問道：

「妳要去哪裡？」

「去派出所。」

「為什麼？」

聽媽媽說要去村鎮上的派出所，我頓時感到害怕。

「至少應該向警察求助！」

「媽媽！」

媽媽二話不說，徑自衝了出去。我感到坐立不安，只好靠近窗戶往外看。雪花片片紛飛。幾天前，山上可能就已經積滿了雪。爸爸跟村民們完全沒有下山的跡象。我實在無法就這樣乾等下去，於是我也跑到外面去。凜冽的狂風椎心刺骨，但我絲毫沒有覺得冷的念頭。

「爸爸！」

明知道對方聽不到，我還是對著黑暗高喊道。山依舊在那裡屹立不搖。我漫無目的地跑上去。

直到經過結冰的溪川，我也沒有停下腳步。我跑得上氣不接下氣，實在受不了才停下來大口喘氣。寒風襲來，刺痛我的喉嚨。此時，樹林裡有什麼東西正在動。我一邊喘氣，一邊直起腰。

「爸爸？村長？」

我問道，但對方沒有回答，只是踉蹌地走過來。

「呃呃。」

那東西發出奇怪的聲音。我猶豫地往後退了幾步。天際開始落雪時，月光也隱去了蹤跡。它像一團黑影般移動。

「你、你是誰？」

我不斷後退時，雙腳被石頭絆到，失去平衡摔倒在地。刺骨的疼痛順著尾椎蔓延到四肢百骸。但是我沒能發出呻吟聲，因為那東西正朝我大步靠近。下一刻，它向我撲來。

「啊啊！」

我忍不住尖叫出聲。濕熱的東西弄濕我的臉頰，一股熱氣撲面而來。我被壓在下方，只能不停扭動掙扎。

「小哲！」

我聽見爸爸的聲音，於是出聲喊道：

「爸爸！」

我放聲大哭。

「救命！」

片刻之後，耳邊傳來腳步聲，似乎有手電筒的燈光正在輕輕晃動。襲擊我的東西不再動作。有人從我的身上拿開那東西，它變得像木頭一樣。下一刻，我就失去了意識。但我還是清楚看見那是什麼東西。

那是……頭顱被撕成一半的人。

三名測量技師都死了。其中兩人在墓地附近被發現時，四肢已經遭到撕裂，剩下的那個人就是襲擊我的人。我從昏迷中醒來後，聽到了這些內容。警察還認為死去的三人是受到山中野獸的襲擊。然而，祖墳裡根本沒有足以殺死三個大人的野獸，裡面連一隻普通的狐狸都沒有。

那是怪物的成果。

我病了整整三天才起來。只要閉上眼睛，我就會想起那可怕的景象，甚至無法好好睡覺。爸爸並沒有對我多說什麼，只是在深夜時分，在我因病痛呻吟時，靜靜握住我的手。我也沒有問爸爸任何問題。不知為何，就是覺得應該這麼做。

即使發生了這種事故，道路工程也沒有喊停。也有村民已經把房子及田地賣光，搬到城市中。這個村莊漸漸變得空蕩蕩。爸爸長嘆一口氣，媽媽也變得沉默。就這樣，一年又過去了，我升上小學五年級。那時候我的身高一下子抽高，好像沒多久就能追上爸爸。然而，並沒有發生這樣的事情。

那年初夏，大概是從遠方的某個村莊傳來工程開工的消息。沒過多久，我們村莊也開始陸續引進工程設備。那些鐵塊占據本來荒涼無比的村莊後，我變得越來越害怕。它們發出比夏蟬還要震耳的噪音，巨大的外觀甚至需要我抬頭仰望。每移動一次，地面就轟隆作響。

「不可以！不能碰山！」

爸爸每天早上都會到工地現場報道，孤身一人這樣喊道。當然，沒有人願意傾聽這些話，人去樓空的房子一個接一個遭到拆除，然後消失得無影無蹤。本來是稻田的地方，不出幾天就變成平坦的土地，著實讓我大吃一驚。爸爸沒辦法做其他事情，也幾乎沒怎麼吃飯，只是站在烈日下大聲疾呼。一天晚上，村長找上門來。我假裝睡著，偷聽爸爸及村長談話。

「已經撐不下去了，這件事有高層親自下令，公務員也沒辦法繼續手下留情。」

「你要這樣放任他們夷平那座山嗎？」

「不然要怎麼辦？你以為他們會相信我們的故事嗎？至少在他們願意給錢的時候，先拿到錢離開這裡。」

「不行！您也很清楚不能這麼做，不是嗎？那座山是什麼樣的山，那座山上到底有什麼……」

「唉，你夠了沒！」

「什麼？」

「我根本沒見過你說的東西，不是嗎？之前一直都是聽你們家族的男人自說自話，有誰親眼見證過嗎？」

「您在說什麼？您是真的不知道山上有幾十條龍脈交錯嗎？」

「不是啦……我的意思是說，你這樣要說服別人很困難。」

「如果不相信我，那也沒辦法了。」

「你想怎麼做？」

「我已經想好了。身為守墓人不能保護這座山，那就不算是守墓人了。我不會讓那些家伙靠近山附近。」

爸爸的語氣過於悲壯，令我感到相當不安。感覺好像將發生什麼非常糟糕的事情，這讓我開始莫名不喜歡這座山。我討厭它。我好像能夠明白媽媽的心情了。因為那個不知道是龍脈還是什麼的東西，爸爸也變得越來越奇怪。

第二天，爸爸在山口立起巨大的鐵門，鐵門上端聳立著尖銳的刺。尖刺讓人望而生畏。爸爸立好鐵門之後，將鐵鏈鎖穿過欄杆，再鎖上粗大的鎖頭。那個鎖比我的拳頭還大。

「小哲，把這個掛在脖子上。」

爸爸把與鎖頭相配的大鑰匙繫上繩子，然後掛在我的脖子上。

「為什麼要把這個給我？」

我問完，爸爸撫摸了一下我的頭頂，然後說道：

「這座山由爸爸來守護，後面就該由小哲來接手了。你現在一定在想，到底是什麼情況？無論爸爸怎麼解釋，你也不會明白。以後，等你自願這麼做的時候再上山。你必須自己上山，那樣才能夠理解這一切。」

「爸爸，我哪裡都不會去的！我要跟爸爸媽媽一起，永遠住在村子裡！為什麼要說這種話？」

我無法理解爸爸的話。但是，爸爸說完這些我無法理解的話後，就立刻離開了家裡。

「小哲，那些事情一直在發生。第一次看到的時候，連爸爸也無法理解，現在終於知道為什麼要這麼做了。」

當天下午，爸爸搭上開往首爾的火車。我完全不知道這件事，媽媽也不知道。然後……爸爸在總統居住的青瓦臺前，點燃了自己的身體。

道路沒有行經祖墳，而是從旁邊拐彎繞了過去。這是在爸爸去世後才做出的決定。這究竟是為了保護爸爸所說的祖墳，還是為了平息七嘴八舌的輿論，我無從得知。後來道路工程以何種方式進行，我也不得而知。因為，我和媽媽用賣掉農田獲得的補償金離開村莊，搬到首爾。媽媽說她十分厭倦那座山，我也一樣。思念爸爸的心情轉為對祖墳的憎惡，是理所當然的事情。即便如此，我仍然沒有把爸爸留給我的鑰匙項鍊摘下來。那幾乎是爸爸唯一留下的遺物。

時光流逝，歲月如梭。媽媽與我，我們倆都歷經千辛萬苦，但還是頑強地堅持下來。我們從來沒有聊過那座山，逢年過節也絕對不會回去。隨著年齡增長，我努力唸書升學，考上了一所好大學，也入職了一間好公司。然而，小時候那個思念爸爸的我，依然沒有長大。我心中的少年停在那個年紀，就這樣停止了成長。

然後，媽媽去世了。

「保重身體。」

媽媽的遺言只有這句話。直到最後一刻，媽媽都沒有提過「山」這個字眼。但是，我並沒有因此完全忘記或忽視祖墳的存在。我還是會躲在圖書館裡，尋找有關龍脈的資料，只是結果令人失望。

用一句話來說明龍脈，就是土地的氣息流動的地方。傳聞中，智異山及漢拏山等著名高山都有龍脈深藏其下。據說是能夠獲得好運的氣息，西方也有類似的概念，稱作「Ley Lines」。

我讀到西方古代遺址大多建在這條線上的資料時，想起冷清無比的祖墳。資料不夠充足，也沒有多少相關的書籍。即使在談論世界不可思議奇景等荒誕內容的書籍中，也只有寥寥可數的幾行字。

「多條龍脈交錯重疊的地方，會出現時空次元扭曲的現象……」

我讀到這裡，便把書闔上。關於那座山的調查，那是最後一次。根本沒有關於螢火山的資料。

我結婚了。小雲是在我結婚第二年出生的。我忙得暈頭轉向，不可開交。小雲長高的速度極快。我才工作出差幾天，他就在不知不覺中長大不少，這讓我感到新鮮不已。生活很忙很累，但也度過十分幸福的日子。

看著小雲日漸成長的樣子，我也不斷想起爸爸。小雲跟以前照片裡的我長得一模一樣。而我隨著年齡的增長，也越來越像爸爸。深夜回家，我站在鏡子前面，在充滿疲憊的臉上看見爸爸的影子。這時開始，我突然想起祖墳的事情，也經常夢到相關的事情。幼時跟爸爸一起看鬼火的記憶在夢中浮現。我突然想起爸爸最後說過的話。

「小哲，那些事情一直在發生。第一次看到的時候，連爸爸也無法理解，現在終於知道為什麼要這麼做了。」

爸爸的這些話到底想傳達什麼呢？我對此感到非常好奇。所謂「第一次看到」是看到什麼？又是基於什麼原因，想要繼續守護祖墳？這些疑問一直在腦海中徘徊不去。

是因為這個理由嗎？我開始想去祖墳看看。用我的雙眼親自確認，爸爸看到了什麼。

小雲五歲時，我終於跟妻子一起來到祖墳。沒有什麼特別的契機，本來只是打算在假期去郊外走走，就突然想起了故鄉和祖墳。當然，現在回過頭仔細想想，這也是已經註定要發生的事情。

多虧開通了道路，從首爾到那座山不用三個小時。我出生成長的老舊村莊早已消失許久。由於道路貫通其中，我也分不清哪裡是哪裡。然而，道路旁建起新的村莊，若想要想到達祖墳，就必須橫穿過那座村莊。

「怎麼回事？你從來都沒說過家裡有祖墳。」

妻子看著窗外流逝的風景，問道。小雲依偎在妻子懷裡睡覺。我手握方向盤，假裝若無其事地回答道：

「本來就只是一座小山……所以我也忘記了。」

面對我牽強的辯解，妻子沒有繼續追問。

我把車子停在山口的鐵門前，也就是爸爸生前最後立起的那道鐵門。除了生鏽之處外，鐵門依然保持傲然挺立的姿態，鎖頭也緊緊鎖上，完美執行自己的工作。我也發現，在過去的幾十年裡，也就是自從爸爸去世後，就再也沒有人踏足過這座山。這是一種感覺與確信。這座山不會……允許任何人入侵。我沒來由地產生這樣的想法。

「這裡嗎？要在這座山裡郊遊嗎？」

小雲瞪圓眼睛問道。

「對，我們進去吧。」

我一邊回答小雲，一邊解開項鍊，取下鑰匙。本來還擔心鎖頭打不開怎麼辦，結果只是杞人憂天。鑰匙放進去轉動的瞬間，鎖頭就像等待已久般，應聲而開了。從那時開始，我的心臟開始劇烈跳動。揭開鎖鏈推開門時，緊張感讓我頭暈目眩。

「天啊，真漂亮。」

妻子越過鐵門走進山中，不禁感嘆道。這座山與我記憶中的樣子相差無幾，幾乎沒有變化，甚至讓人起了一點雞皮疙瘩。這裡的時間彷彿停止了。即使人跡罕至，每棵樹、每株草看起來都跟以前一樣，著實是件怪異的事情。奇怪的是我，又或是這座山奇怪？也或許兩者兼有。

「往上走一點有一條小溪，妳就在那裡陪小雲玩吧。」

我對妻子說道。

「你呢？」

「我去上面看看，等下就回來。」

「爸爸，我們一起去。」

小雲對我這麼說道，我撫摸他的頭頂。

「等小雲再長大一點，再跟爸爸一起上去。」

我將點頭的小雲留在身後，大步往山上走去。清新春日裡的山景在我看來十分美麗。色彩繽紛的蝴蝶四處飛舞。從樹木之間吹來涼爽的風。與小時候不同的是，我很快就經過溪邊。我很好奇現在螢火蟲是否還是很多，但是此刻距離天黑還有一段時間，太陽仍高高掛在天際。

漫長的歲月裡，沒有任何人行經此處，但通往山頂的路依然清晰可見，我不必為了找路而彷徨失措。事實上，就算感到彷徨失措，結果也不會改變。跟小時候比起來，長大後所見的祖墳矮小許多。因此我越接近看見鬼火的田野，心中那一點點的期待感也消失殆盡。即使龍脈真的存在，甚至穿過這座螢火山，在這麼小的山丘上，似乎也發揮不了任何力量。我穿過墓地，來到田野。田野上依舊長滿雜草，除此之外沒有其他任何東西。夜晚尚未降臨，當然看不見一絲鬼火。我用手帕擦乾脖頸上的汗水，然後向田野另一頭望去。穿過田野之後，再往上走一點就是山頂，所以那裡可以看見山脊。我從來沒有爬到那裡過，因為那邊一直都是屬於爸爸的領域。

剛走到山頂上的時候，我就發覺有哪裡不對勁。總覺得耳朵好像聽不見，連呼吸都變得困難。似乎有什麼看不見的東西緊緊束縛雙腿。雖然一直保持挺直的姿勢，我還是把手放在膝蓋上。

呼呼。

我吐出長長一口氣，卻聽不清自己的聲音。吞嚥口水時也一樣。我像老狗一樣氣喘吁吁，突然發現空氣中的氧氣稀薄。這個想法實在荒謬。我回頭看了一眼來時路，不知不覺間已籠罩在濃霧中。濃霧把應該鋪展在下方的田野和其他風景一分為二，好像與世隔絕的樣子。螢火山上竟然起霧了……這簡直就是不可能的事情。尤其是在這樣的春天，在這樣的下午。

就在我凝視霧氣的時候，一陣狂風吹來。強風把我的身體吹得東倒西歪，濃霧卻絲毫未受影響。此時，我心中才漸漸萌生出一股不安。我轉頭一看，面前也布滿迷霧。而且是嚴絲合縫的密集霧氣。我先移動了一下腳步。根據我的計算，這裡離山頂沒剩多少公尺，只要能爬到山頂，霧氣大概也會煙消雲散。然而，這是錯誤的判斷。無論往上走多久，這條山路都沒有盡頭。由於看不見手錶，所以無法確認時間過了多久。圍繞四周的空氣十分冰涼，我不自覺地拉緊夾克外套。

就在這時。

遠處出現陣陣火光。又大又圓，綻放出藍色的光芒。

「是鬼火！」

我興高采烈地喊道。鬼火增加到數十個，迅速飛來將我團團圍住。然後像是要為我指引道路般，留下長長的尾巴，徑自輕飄飄地向前飛去。

「一起走吧！」

我怕跟丟鬼火，因而拚命跟在後面。不曉得這次又往上爬了多少距離，連腳底下都在震動。

咚咚咚！

這聲響覆蓋大地與天空的瞬間，便響起了那道聲音。足以撕裂空氣，吹散狂風，懾人心魄的聲音。

這是山在嚎叫的聲音。

我停下腳步，捂住耳朵，將身體蜷縮起來。我內心深處的小男孩在發抖。這道聲音就像一隻凶惡殘暴的手壓制著我。再繼續聽下去，我說不定會陷入瘋狂！就在我懷著這個想法，整個人備受折磨之際，聲音忽然之間消失了。就連濃霧也消失殆盡。鋪展在我的眼前的，是一片無垠無涯的遼闊夜空。我抬頭仰望看不見星星與月亮的漆黑夜空，只能眨了眨眼睛。

我不知道什麼時候變成夜晚，又為什麼完全看不見其他風景，就像掉進宇宙中心一樣。面對如此廣闊的風景，還來不及感嘆，心中的恐懼率先湧出。但是……與後來感覺到的絕對恐怖相比，當時那些恐懼只是小兒科。

鬼火再次聚集，在我的周圍繞圈盤旋，然後一齊飛越漆黑的天空。

「不要！」

我朝消失的鬼火喊道。瞬間又回歸一片黑暗，這次的黑暗格外沉重濃烈，還伴隨著孤獨感和孤立感。我想自己應該要下山了，但始終不敢輕易行動。那片一望無際的天空，就像一隻眼睛俯視著我。有一個令人無法想像的巨大生命體，而漆黑的天空是它的黑色保護網。至少在那一瞬間，我是認真這麼想的。這個想法本身也沒有不對。

鬼火消失在黑暗盡頭，不知道過了幾分鐘，在無法估量的遙遠某處，有光芒在隱隱閃爍。那是一道燦爛的光芒，而且正以極快的速度靠近我。看著那道光不斷接近，我僵在原地，絲毫動彈不得。那道光，比所有的鬼火聚集起來還要巨大。我的腦海裡浮現出巨大流星飛向地球，將恐龍滅絕的景象。

那道光可能會將我吞噬，把這個世界燃燒殆盡！

這種肯定的感覺倏地湧現心頭。不過並沒有發生這種事。那道光線停在我頭頂上十餘公尺左右之處，然後一動也不動。照亮天空的光圈之外，隱約可見有什麼東西。我瞇起眼睛，抬頭向上看，周身瞬間產生一股風壓。在剛才的旋風無法比擬的威力下，我不由得趴倒在地上。在這過程中，我看見了。不對，是我明白了。光團的兩側有巨大的翅膀正在拍動。

這東西在空中飛翔。它是一個生命體。

「呃呃。」

雖然想吞下呻吟，結果還是沒能忍住。那是來自本能發出的呻吟，也是無意識發出的痛苦信號。然而，倘若不發出這樣的呻吟，我可能會馬上失去理智。

此刻，呈現球狀的光團開始閃爍不已。我意識到那道無法估量大小的光團，是這個巨翅生物的獨眼。也許是已經習慣光明與黑暗的交錯，我甚至能看見這個生物的軀幹以及往下延伸的一對腳。獨眼正下方還伸出修長而鋒利的喙。不過，我很快就發現眼前所見的事物只是這個生命體的一小部分。

它只讓我看見它想讓我看見的部分。

我如此猜測。此外，這似乎也是事實。又或者是它只展現出我能承受的部分。

極度的恐懼順著血液流淌全身，在此同時，我也生起一股敬畏之心，於是抬頭仰望著生命體。我從來沒有想過這可能是一場夢。我的神智第一次這麼清醒。也因此，一切都十分鮮明，而且真實無比。

我就像等待神諭的祭司一樣趴伏在地上，只要看到其中一部分，自然而然就領略了其他許多東西。我從未接觸過的知識一股腦流進腦海中。

俯視我的這個存在來自另一個次元。在龍脈交叉的地方，次元之門打開了，來自異世界的生物穿過縫隙來到這裡。鬼火是這個生物的手下，同時也是嚮導。很久很久以前，從遙遠的過去開始就是如此。在文明進入這片土地之前，在人類開始生存之前。人類將這些穿越次元的生物稱為神，有時稱為惡魔，有時稱為怪物。普通人只要見到它們的形體，就會精神崩潰乃至瘋狂，但我們家族的男性不一樣。我們是被它們選中的人。因此，我們家族世世代代都是守護者，負責調解未知生物與人類之間的關係。守護者要做的事情只有一件，那就是將自己奉獻給這些生物，並向它們講述這個世界的事情。這些陌生的生命體之所以過來，正是因為對我們的次元感到好奇。

所有知識與資訊進入我的頭腦，並掠過全身每個神經細胞時，我始終趴跪在地上。

然而，當一開始的壓迫感變得模糊，我悄悄抬頭與那個存在視線交會。

霎時間。

我感覺自己的靈魂驟然抽離，飄浮在半空中。同時，耳邊響起「某些話語」，「某個場面」在眼前快速播放。我並不是透過「看」與「聽」，而是有所感受及體驗。我只是翻開已經記錄一切的卷軸。我走在無法改變的命運線上。

小雲也在那條線上。

有第一次看到鬼火後驚嚇不已的小雲，有在運動會上摔倒受傷的小雲，有進入大學後第一次談戀愛的小雲，有辛苦準備公務員考試的小雲，有創業失敗的小雲，有對我說謊拿錢去投資亂七八糟標的的小雲。

我也在那條線上。

我安慰著被鬼火嚇壞的小雲，我揹起腿受傷的小雲走在回家路上，我輕輕撫摸喝醉後回家的小雲的背，我一邊替小雲加油一邊給他零用錢，我把田地賣掉當作小雲的創業基金。

還有……小雲失去一切後跑來找我，要求我賣掉祖墳。我憤怒地甩開小雲，結果不慎失足掉進山中。小雲沒有打算找我，而是逕直離開了螢火山。

我得知了這些事情，還有之後的命運會如何發展……

「我知道應該怎麼做了。」

我如此喃喃自語，我驀地明白爸爸也經歷過跟我一樣的事情。爸爸看到了，自己用火點燃身體的樣子。雖然不知道理由為何，但爸爸明白必須發生那件事。然後，就那麼做了。

我的靈魂逐漸升高，然後突然往下墜。

「啊！」

我發出尖叫聲，然後便失去了意識。

我躺在田野上，睜開雙眼。太陽依然高掛空中。我步履蹣跚地走回小溪邊。妻子說道：

「這麼快就下來啦？」

「嗯，這座山非常低。」

我一邊說話，一邊看向小雲。小雲把手伸進小溪裡想要抓魚，然後突然把頭轉向我。

「爸爸！」

小雲跑過來抱住我，我把小雲抱了起來。他的髮絲散發著陽光的味道。我用自己的臉去碰小傢伙柔軟的臉頰。小雲覺得癢，便發出笑聲。雖然我渾身無力，頭昏腦脹，但只要聽到小雲的笑聲，就能讓我打起精神。

「爸爸，那上面有什麼啊？」

小雲問道。

「你想知道嗎？」

「嗯！」

「其實……有怪物住在這裡。」

我在小雲的耳邊竊竊私語。

「真的嗎？是很可怕的怪物嗎？」

「不是，是知道世界上所有知識的怪物。」

聽到我這麼說，小雲露出好奇的表情。我笑著對小雲說道：

「以後再介紹給小雲，爸爸已經跟那個怪物成為朋友了。」

我抱著小雲下山。總有一天腿會受傷的孩子、初戀失敗會心痛的孩子、為了學習而掙扎的孩子、因為事業不順而心急如焚的孩子、對我說謊而提心吊膽的孩子、把錢全部投進虛擬貨幣市場而戰戰兢兢的孩子、想要從我這裡奪走山的孩子、希望我死去的孩子、以為自己得了痴呆症的孩子，最終接受自己的命運守護這座山的孩子。

「老婆，我們搬到這裡吧？」

我不動聲色地問道，妻子沒有回答。

「好想辭掉現在的工作，在這裡種田生活。」

我又提了一次，妻子只是模稜兩可地笑著回答道：

「好漂亮的山。」

正當我們經過鐵門走向車子時，小雲問道：

「爸爸，你愛我嗎？」

「當然。」

我毫不猶豫地回答道。我只能這麼做，我必須愛著我的兒子。因為，這件事一定會發生。

作者的話

申真悟

一開始接到這份改編工作時，我有許多煩惱。因為這是我第一次將網路漫畫改編成小說，其中最讓我擔憂的是，如何將網路漫畫的趣味移植到小說上。剛開始，我懷著害怕又期待的心情，後來卻完全投入到這項工作中，連我自己都感到驚訝。結束之後，我才發覺這是一項非常愉快的工作。

但是，老實說我也無法確定，自己是否能保證讀者獲得跟我相等的樂趣。也許在撰寫這篇文章的過程中，我想要保持謙虛的本能讓我說出一些違心之言，但是即便如此，讀者的批評總是令我害怕且難以預測，所以我會儘量避免自己過度臧否本書。

撇開對作品本身的評價，作家在創作當下的感受，坦白說是非常有趣的。我個人認為，倘若無法在創作小說時擁有屬於自己的樂趣，那麼讀者也一樣，所以「樂趣」這個要素一直是我寫作的重要標準。如果工作時感受不到樂趣，那對我來說就是失敗的作品。從這層意義上來說，這次的改編作品雖不能說完美優秀，但還不至於是失敗的作品。當然，這跟作品得到的評價是兩回事。

如果要用寥寥幾字來表達我在改編每部作品時的想法，最先開始創作的〈嗨，馬蒙斯〉是一個很棒的開始，可以說是為我負責的作品決定了整體改編的方向。老實說，我很擔心自己從第一篇小說就遇到瓶頸，幸好先開始這篇小說，這個憂慮很快就煙消雲散。此外，這篇作品也是我個人讀起來最有趣的，最重要的是符合我的風格，在改編的過程中沒有遇到什麼困難。若要問與原作有什麼差異，那就是小說的時間線會在現在和過去跳躍，總覺得只有這樣才能提供讀者更多思考的空間。得益於此，這篇小說的故事才得以變得更加豐富，我認為這是一個正確的決定。

〈四足獸〉與其他三篇作品相比，是主角性格最為突出的一部。因此，在設定主角熙貞的階段，讓我十分苦惱。我擔心稍有不慎，角色的立體感就會被故事埋沒，然而如果個性過於鮮明強勢，則可能妨礙故事的發展。因此，我努力維持角色和故事之間的平衡，我認為結果還不錯。

〈玩命大挑戰〉展現出相當經典的故事情節。在改編的過程中，我參考的作品有《七夜怪談》、《鬼來電》、《絕命終結站》、《真心話大冒險》等電影。除此之外，我還參考了其他許多類似的作品，但給我最多靈感的就是這四部。《七夜怪談》和《鬼來電》是我個人最喜歡的日本恐怖電影，長期以來影響我良多。〈玩命大挑戰〉中有一些橋段會讓人想起經典恐怖電影，我在創作的期間非常開心，希望也能引起讀者相似的情感。

第四篇作品〈黑色汙漬〉是改編過程最困難的作品，所以我故意放在最後進行，幸好其他篇進展順利，這篇也能順勢推進。近來，我非常關心的兒童虐待、孤獨死、脫離社會安全網的弱勢群體等社會問題，都對這篇作品有很大的幫助。然而，我不太喜歡把這些嚴重的社會問題硬塞進作品中。因此，〈黑色汙漬〉的創作比其他篇花費更多心力，也不得不經過多次修訂。但是，這些議題是否完美地融入其中，仍然是個疑問。說實話，我並不是很滿意。但是，我想透過作品傳達的意圖沒有受到扭曲或誇大，所以我認為算是成功了一半。

以上，是改編 Toyou's Dream 推出的網路漫畫《Tastes of Horror》中四篇作品時的簡短感想。身為作家，新的挑戰總是有趣又激勵人心。對我來說，所有的創作工作都彌足珍貴，但是像這樣將其他形式的作品改編成小說，更是特別的經歷。希望這次的改編作品沒有帶給原作者困擾，同時也真心希望讀者能借此機會，感受恐怖題材的豐富樂趣。

作者的話

全建宇

我不怎麼喜歡甜食，但是去便利商店的時候，偶爾還是會拿起加倍佳棒棒糖。通常是在小說進度卡關的時候，需要一些轉換心情的調劑，才會這麼做。我會走到收銀台前，從巨大的鐵桶裡拿起一根可愛的棒棒糖。我不會挑選特定的口味。今天會吃到什麼口味呢？這種期待心理才是加倍佳棒棒糖能帶來的最大喜悅。聽說加倍佳棒棒糖還有爆米花口味及香蕉口味，我都還沒品嚐過。加倍佳棒棒糖有一百多種不同的口味，全部嘗試過一遍是我的小小心願。就像外觀形狀相同，但口味卻各自不同的加倍佳棒棒糖一樣，恐怖題材也有各式各樣的「口味」。有像草莓口味一樣充滿鮮紅色調的恐怖作品，也有像可樂口味一樣刺激鼻腔的恐怖作品。出乎意料地，也有像香草口味一樣甜美的恐怖作品。很高興能透過這個機會，與我的摯友中真悟作家一起提供各種口味的恐怖小說。希望這或辣或鹹或甜或酸等八篇不同口味的故事能吸引讀者的興趣。如果還想嚐嚐其他口味，請隨時告訴我。因為我的故事鐵桶中，裝著數不清口味的「恐怖」！

恐怖盛宴

作　　者　申真悟（신진오）、全建宇（전건우）
譯　　者　郭宸瑋
美術設計　吳郁婷
內頁排版　高巧怡
行銷企劃　蕭浩仰、江紫涓
行銷統籌　駱漢琦
業務發行　邱紹溢
營運顧問　郭其彬
責任編輯　吳佳珍
總 編 輯　李亞南
出　　版　漫遊者文化事業股份有限公司
地　　址　台北市103大同區重慶北路二段88號2樓之6
電　　話　(02) 2715-2022
傳　　真　(02) 2715-2021
服務信箱　service@azothbooks.com
網路書店　www.azothbooks.com
臉　　書　www.facebook.com/azothbooks.read

發　　行　大雁出版基地
地　　址　新北市231新店區北新路三段207-3號5樓
電　　話　(02) 8913-1005
訂單傳真　(02) 8913-1056
初版一刷　2024年09月
定　　價　台幣390元

ISBN　978-986-489-993-7

國家圖書館出版品預行編目 (CIP) 資料

恐怖盛宴/ 申真悟, 全建宇著 ; 郭宸瑋譯. -- 初版. -- 臺北市 : 漫遊者文化事業股份有限公司出版 ; 新北市 : 大雁出版基地發行, 2024.09
320 面 ; 14.8X21 公分
譯自 : 호러만찬회
ISBN 978-986-489-993-7 (平裝)

862.57　　113011722